第二部 六 亂起太平山

劍來

烽火戲諸侯 著

高寶書版集團

◆目錄◆

第一章　下筆有神

陳平安躺在床上，那個奇怪的夢境，始終在心頭縈繞不去。

上一次，是在桂花島渡船上的夢中讀書，不知道這次又有什麼深意，又或者就只是個夢而已，是自己疑神疑鬼了？

陳平安坐起身，既然睡不著，乾脆就來到桌旁，開始清點家當。

白天九娘那邊傳來確切消息，明天清晨時分，姚家進京隊伍就會經過狐兒鎮，到時候雙方結伴同行，去往蜃景城，然後在京師外一座著名的渡口分道揚鑣。陳平安一行人繼續往北，入山訪仙於天闕峰，老將軍姚鎮已經為他們安排好兩種身分，後半段行走山下，一樣可以暢通無阻。

陳平安點燃油燈，將養劍葫蘆放在桌上，飛劍十五掠出。陳平安取出那件法袍金醴，有些心疼，既心疼這件海外仙人遺物的破損，更心疼修繕金醴的一枚銅錢。這不是什麼小暑錢，更不是雪花錢，而是當初鄭大風在老龍城破境，作為報答，贈給陳平安的一小袋子金精銅錢中的一枚。

陳平安摸著整齊疊放的法袍，嘆了口氣，難怪說修行一事，就是吃金山銀山的活計，誰也別談自己的錢多到花不出去。

陳平安沒來由想起倒懸山猿蹂府的劉幽州，估計這個父親是皚皚洲財神爺的同齡人，才有資格為錢多而犯愁吧。

陳平安再次拿出那袋子金精銅錢，輕輕倒在桌上，一枚枚累加，疊成一棟小樓，還不到一巴掌高。陳平安會心一笑，就是樓小了點，矮了點，不然他更開心。

這些價值連城的金精銅錢，沒有一枚是供養錢、迎春錢，而是清一色的厭勝錢，正反兩面分別篆刻有「去殃除凶」、「天下太平」，文字與陳平安最早在驪珠洞天接觸到的厭勝錢又有不同，想來是每一甲子的錢幣鑄造，都有變化。

陳平安當初在倒懸山，跟那個看門的捧劍漢子學了一門看似粗淺，其實極為正統的煉化口訣。先前煉化那枚金精銅錢，不過耗費了一盞茶光陰，多處破損、撕裂的法袍金醴，那經緯絲線就如柳枝抽芽一般，活了過來，十分神奇。陳平安估計這件袍子最多一旬就能恢復如初。

還有一個意外之喜，就是陳平安發現了法袍上那幾條金龍的異樣，之前最大那條團龍所銜驪珠，與兩條稍小金龍的眼珠子，金光並不明顯，「進食」了金精銅錢之後，如畫龍點睛，尤其那顆金色驪珠中蘊含的靈氣濃稠似水。

這個發現，讓一向對世間靈器法寶並不執著的陳平安都有些心動，因為這件法袍金醴的品秩，與魏羨、朱斂他們的武道境界一樣，在漲。須知法寶之上，是什麼？仙兵！富甲一洲的老龍城苻家，千年積累，都不曾擁有一件名副其實的仙兵。

不過陳平安不奢望金醴能夠成長為一件仙兵品秩的法袍，天曉得需要進補幾枚金精銅錢，而且如今驪珠洞天已經不復存在，三種金精銅錢極有可能就此斷絕，再不會現世。

即便僥倖修成了長生橋，還要煉化五行之屬的五件法寶，以「難如登天」四字形容，絲毫不為過。只是這對於陳平安而言，其實還好，不過是練完一百萬拳後再練百萬拳，只要能清楚看到腳下的路，知道自己下一步該往哪裡走就行了，至於到底有多遠，多難走，且不去想。

陳平安繼續取出一些珍藏已久的物件——城隍爺沈溫贈送的金色文膽，是神靈身死道消後遺留人間的金身碎片；能夠追本溯源到青神山的一堆翠綠竹簡，大半已經被陳平安刻滿了詩詞佳句；神誥宗黃冠賀小涼還給他的那顆蛇膽石，最後取出了那枚齊先生親手篆刻的水字印，輕輕放在桌子中央。俗話說山水不分家，山字印已經毀在了蛟龍溝，水字印顯得有些孤零零的。

陳平安怔怔出神，生出一個念頭，要在趕路途中，找機會去買一支白玉簪子，材質一般也無妨，雕刻出那八個字後，就可以別在髮髻間，倒不是為了顯擺什麼，純粹是覺得如今這身行頭，哪怕不穿法袍金醴，也是青衫長袍別玉簪，雖不是讀書人，但裝一裝讀書人還是湊合的，那麼回到了寶瓶洲，去大隋山崖書院找李寶瓶他們，終於可以不用擔心，會連累他們給同窗瞧不起了。

讀了這麼多書，看了那麼多聖賢道理，可陳平安還是最喜歡那八個字——言念君子，溫其如玉。

只要一想到客棧中有位打地鋪的書院君子，陳平安便對那大伏書院有些好奇。若非不宜再在桐葉洲耽擱行程，陳平安還真想去書院遊歷一番。

陳平安收起了所有東西，放回方寸物當中。

鄭大風當時為了結清新舊兩筆帳，送了陳平安一袋子金精銅錢，此外還有一件傳說中的咫尺物——一塊玉牌，並無篆文，素雅至極。只是陳平安習慣了跟飛劍十五打交道，順手也順心，便一直沒有去動玉牌，元嬰地仙都未必能夠人手一件的寶貝，就這麼給陳平安雪藏起來了。

甘露甲西嶽暫時交由魏羨，狹刀停雪掛在盧白象腰間，癡心劍給隋右邊背在身後。由老蛟長鬚製成的那根金色縛妖索，如果不是顏色太過扎眼，無論是和金醴平時的雪白顏色還是和兩身購自市井店鋪的青色長袍都不搭，否則可以當作腰帶使用。

收好了豐厚家底，陳平安心情舒暢。何以解憂，唯錢與酒。

站起身，走到窗臺打開窗戶，突然發現隔壁裴錢沒有半點動靜。客棧牆壁隔音不佳，小女孩睡覺經常會發出微微鼾聲，陳平安以為裴錢又像之前，大晚上當老鼠，去一樓灶房偷吃東西了。等了約莫一炷香後，等來了客棧大門的開關門聲，陳平安隨手一彈指，燈火瞬間熄滅，很快就聽到裴錢上樓的聲響。

等到隔壁關上門，陳平安這才靜下心來，重新點燃油燈，拿出三本書隨手翻閱——算是與顧璨借閱的《撼山譜》、李希聖贈送的《丹書真跡》、鄭大風給的《劍術正經》。

如今對於書上篇章，早已爛熟於心，只是除了最近開始研習的撼山拳千秋睡樁，符籙和劍術兩事，相較於誤入藕花福地之前，幾乎毫無進展，實在是無法分心。陳平安相信，《丹書真跡》上一些品秩略高於寶塔鎮妖符的符籙，接下來可以動手試試看，有機會一氣呵成。

陳平安一夜讀書，天未亮，就聽到隔壁發出窸窸窣窣的輕微聲響，過了沒多久，就傳來敲門聲。

陳平安收起三本書，起身去開門，就看到裴錢已經背好棉布行囊，手持行山杖，燦爛地笑著抬頭問道：「咱們啥時候動身去蜃景城啊？」

陳平安問道：「不是說了讓妳留在客棧嗎？」

裴錢笑容不變，繼續裝傻，問道：「要我去喊小瘸子起床給咱們做飯不？吃飽了才好上路，聽說狐兒鎮離大泉京城有兩、三千里路，遠著呢。」

陳平安正要說話，樓梯口那邊出現一個打著哈欠的落魄書生，走到兩人身邊。

鍾魁睡眼惺忪，一巴掌拍在裴錢後腦勺上，對陳平安問道：「姚家人來這麼早？姚鎮這麼想要當那兵部尚書啊？」

無緣無故挨了一巴掌的裴錢大怒，拎起行山杖就要給鍾魁來一記攔腰斬，只是瞥見陳平安之後，立即停下動作，低聲埋怨道：「君子動口不動手，書上說的，你怎麼當的讀書人？活該九娘瞧不上你。小瘸兒說得沒錯，天底下就數你們窮書生最可惡。」

鍾魁不理睬小女孩的絮絮叨叨，一巴掌按住裴錢腦袋，笑道：「陳平安，你還是帶上她吧，我可不願意每天對著這麼個丫頭片子，太傷神了，估計青梅酒都要喝得沒滋味了。再說了，狐兒鎮那邊不太平，你留她在這裡，有違初衷。」

裴錢立即站好，挺起胸膛，眼觀鼻、鼻觀心，盡量讓自己顯得乖巧老實些。

陳平安沒有立即給出答案，道：「我再想想。」

鍾魁點頭笑道：「是得好好想想。」

陳平安下樓出門去散步，鍾魁剛打開客棧大門，此時九娘三人都已經起床，開始忙活早飯了。朱斂等四人，幾乎同時打開二樓房門，一下子就熱鬧了起來。

裴錢跟著鍾魁下樓的時候，偷偷扯了扯鍾魁的袖子，等他轉頭後，悄悄道：「回頭我給你在九娘那邊說說好話。」

這算是投桃報李？鍾魁朝她豎起大拇指，讚道：「仗義！」

陳平安出去逛蕩了幾里路，往返都以六步走樁緩緩行走於官道上，神清氣爽。

多瞧了幾眼遠處狐兒鎮的輪廓，陳平安差點沒忍住想要拿出那張陽氣挑燈符——唯一一張金色材質的挑燈符——來查看狐兒鎮那邊到底藏有何方神聖，若真是道行高深的妖魔作祟，普通挑燈符未必能夠使其彰顯。能夠讓大伏書院君子待在這裡守著，一定不會是什麼彩衣國那邊的「五境大妖」了。

只不過這個念頭才起就被陳平安強行掐滅，若真祭出那張金色材質的挑燈符，一旦真有妖魔巨擘在狐兒鎮潛伏，符籙燃燒起來，既是示警，同時也是挑釁，陳平安吃飽了撐著才會給自己找麻煩。再說，一張珍稀的金色符紙，如今用一張就少一張，沒這麼敗家的。

陳平安回到客棧之後，坐在門檻那邊，倍感頭疼。

裴錢和鍾魁坐在桌邊，鍾魁喝著小酒，正在那邊誤人子弟；裴錢聽得聚精會神，一臉茅塞頓開的模樣。

鍾魁問：「知道為什麼說君子動口不動手嗎？」

裴錢答：「讀書人打架不行唄。」

鍾魁壓低嗓音，神祕兮兮道：「這句話的真正意思，是君子只要動口，對方就已經死翹翹了。」

裴錢問道：「君子吵架這麼厲害？難道還能罵死人？」

鍾魁一隻腳踩在長凳上，滿臉得意，挑挑眉，示意小女孩給自己倒酒，然後自己才會給出真相。

裴錢翻了個白眼，滿是嫌棄，她那張黝黑小臉上分明寫著「你算哪根蔥」。

鍾魁也不惱，伸出手指點了點黑炭似的小丫頭，笑哈哈道：「就妳不喜歡吃虧。」

裴錢倒是氣惱了，站起身，彎腰一巴掌拍掉鍾魁的手指。

鍾魁擺動身軀，就要對著裴錢指指點點，裴錢就在那邊一直揮動手掌。

站在遠處櫃檯的九娘看著鍾魁，一點不覺得一個大老爺們的童心未泯是值得讓女子刮目相看的好，不過既然鍾魁能夠如此，應該不是多壞的人。

裴錢沒碰到過如此不要臉的讀書人，她累得氣喘吁吁，坐回原位，譏笑道：「既然君子這麼厲害，那為什麼還說寧得罪君子，不得罪小人？」

鍾魁微笑道：「那是因為沒遇上我。」

裴錢扯動嘴角，不屑道：「你就胡謅吧，你讀過的書，能有我爹多？」

鍾魁一巴掌拍在自己臉上，無言以對，好像無顏面對那些神臺上的聖賢夫子們，頹然道：「算我輸了。」

陳平安走到九娘那邊，掏出早就準備好的銀子。九娘這次沒有推脫，既然眼前這位姚氏恩人願意給這二、三十兩銀子，她就只好收下。

她苦笑道：「陳公子，此次入京，希望能夠幫我稍稍照顧一下嶺之，她性子傲，確實不討喜，公子多遷就，就當我得寸進尺了。」

陳平安點頭答應下來，然後笑著伸出手，讓九娘一頭霧水。

陳平安笑道：「照顧姚姑娘的酬勞，沒個二、三十兩銀子，說不過去。」

九娘已經好些年沒笑得這麼開懷了，將銀子重重拍在陳平安手心，樂不可支道：「哎喲，不承想公子還是個精明的買賣人！」

陳平安還真收起了銀子，打趣道：「出門在外，需要生財有道。」

鍾魁轉頭看著九娘與陳平安的其樂融融，朝灶房那邊使勁嚷嚷道：「等會兒，早飯上桌，記得給我上碗陳醋，要大碗的！」

眾人吃過了早飯，客棧外邊官道上馬蹄聲陣陣，越來越清晰。

離別在即。

年先討個好兆頭。

陳平安突然想起一事，對鍾魁試探性問道：「能不能幫我寫一副春聯？」

陳平安心想，眼前的青衫書生，好歹是一位書院君子，想必筆墨極佳，就當給自己來

鍾魁眼睛一亮，問道：「給錢不？」

九娘氣笑道：「你掉錢眼裡了？」

鍾魁悻悻然，屁顛屁顛跑到櫃檯那邊，搓手道：「九娘，筆墨伺候。」

九娘賞了個白眼，道：「你一個帳房先生，自己找不到？」

客棧有筆墨與裁剪為空白春聯的紅紙，以往過年，都是老駝背親自動手，他寫得一手好字，畢竟是姚鎮的三弟。姚氏雖是邊關行伍中的豪閥大族，可是對於詩詞文章，並不怠慢。行軍布陣，兵法韜略，姚氏子弟若真是一個個粗鄙武人，可勝任不了。

陳平安說不用準備筆墨，他有。說這話之前，他就已經悄然翻轉手腕，從方寸物中取出了那支小雪錐。

裴錢很諂媚地去接過那對春聯紅紙，鋪在一張酒桌上。她不忘叮囑站在桌前捲袖子的鍾魁：「你可要多用點心，寫得好些，以後要掛我家門牆上的！」

朱斂四人，都湊了過來，很好奇這位君子會寫什麼。

至於陳平安如何弄來的毛筆，又為何不用蘸墨就能書寫，九娘假裝什麼都沒看到。

鍾魁接過筆後，氣沉丹田，神色肅穆，輕喝一聲，筆走龍蛇，寫下了五個字。

字很正便是了，風骨氣韻之類的，似乎還談不上，內容是「筆落驚風雨」。

顯而易見，這不是春聯該有的文字，倒像是鍾魁好不容易逮著一個機會，就使勁抖摟自己的書生身分。

朱斂一直佝僂著端詳那五個字，笑咪咪的。

隋右邊已經轉過頭去，望向客棧大門那邊，姚家人很快就要到了。

九娘面無表情道：「小瘸子，去拿掃帚來，有人皮癢。」

鍾魁一臉無辜道：「別啊，我很用心寫了。實在不行，我再寫一副，桌上這兩張春聯底子的錢，算我頭上。」

陳平安笑道：「挺好，就這副吧，再寫五個字就可以了。」

九娘死死盯著鍾魁，後者趕緊推了一把幸災樂禍的小瘸子，道：「再去你師傅房裡拿一對底子來。算了，乾脆兩對好了，萬一九娘不滿意，我再改。」

鍾魁先寫了第一副春聯後邊的——「詩成泣鬼神」。

興許是覺得自己寫得「大」了，鍾魁一陣乾笑，給自己找臺階下，笑道：「手生了，沒寫好，沒寫好，不及平時一半的功力。」

後來兩副春聯，鍾魁寫得規規矩矩，很喜慶，是正兒八經的春聯，不是第一副這種吊兒郎當的——「新年納餘慶，嘉節號長春」。

寫完第二副後，鍾魁自己極其滿意，說這副春聯的內容，是世間所有春聯的老祖宗。

第三副則最讓九娘滿意，因為很取巧應景，是「國興旺家興旺國家興旺，老平安少平安老少平安」，便是裴錢都覺得挺不錯，總算給了鍾魁一點好臉色。

陳平安小心翼翼收起了三副春聯，對鍾魁抱拳感謝，鍾魁坦然受之。

然後兩人對視，陳平安無奈提醒道：「筆。」

鍾魁問道：「我都送你三副寓意如此美好的春聯了，你就不能送我一支毛筆？」

陳平安搖頭道：「不能。」

鍾魁還想要討價還價，卻發現九娘臉色烏雲密布，估計不用小瘸子去找掃帚，她就要親手把自己掃地出門，於是嘆息一聲，戀戀不捨地將那支小雪錐遞還給陳平安，喃喃道：「杆上的『下筆有神』四個字，與我有緣啊，何等般配。陳平安你這是棒打鴛鴦，很煞風景的。」

陳平安收起了李希聖相贈的那支小雪錐，笑道：「真不能送給你。」

看鍾魁神色可憐，九娘笑道：「春聯底子錢免了，不但如此，看在三副春聯的分上，今兒你可以拿一罈五年釀的青梅酒。」

鍾魁立即眉開眼笑。

客棧外的官道已是塵土飛揚。

挎刀少女姚嶺之和少年姚仙之一同下馬，來到客棧大門那邊，迎接陳平安一行人。

九娘對姚嶺之說了句「路上小心」，便哽咽凝噎起來。

少女也紅了眼睛，低頭轉身，不再看自己娘親的愁容。

身穿便服的姚鎮站在一輛馬車旁邊。此次姚氏的入京隊伍，除了三輛故意空著的馬車，還專門為陳平安準備了五匹高頭駿馬，俱是大泉邊軍中的甲等戰馬，京城的頂尖權貴子弟都未必能夠擁有一匹。

姚鎮沒有想到除了那個枯瘦小丫頭以及背負長劍的絕色女子，其餘陳平安四人都選擇了騎乘戰馬北行。

姚鎮對此自無異議，與陳平安打過招呼後，老將軍便坐回自己的車廂，車廂裡備有十數本兵書，都是姚氏祖傳之物，幾乎每本書的每一頁上都寫了許多姚氏先祖翻書時的旁注和心得，可能這才是世族高門的傳承有序，香火綿延。

此次姚鎮只帶了三名姚氏子弟，三人屬於同一個輩分——獨坐一輛馬車的姚近之，在隊伍最後方並駕齊驅的姚仙之和姚嶺之，七、八位隨軍修士，散落在隊伍之中。

姚鎮與陳平安坦言，其中有兩位是大泉王朝的祕密供奉，如果不是此次奉旨入京，就連他這位大泉品秩最高的邊疆大將，都無權調動那兩位修士。

其餘六十餘騎，皆是熟諳弓馬的邊軍老卒，還有這些老卒的少量家眷，多是姚氏家族的府上管事、雜役婢女之流。

陳平安夾雜在隊伍當中，騎馬緩行。

朱斂哪怕是坐在馬上，依然縮著身架子，隨著馬背一起顛簸起伏，晃晃蕩蕩，看似是陳平安四名扈從中最隨意、和氣的一個。

盧白象在閉目養神；魏羨在馬隊之中，最如魚得水，自然而然。

客棧那邊，九娘久久不願收回視線。

老駝背蹲在門口抽著旱煙，那些嫋嫋煙霧，遮住了褶皺的滄桑臉龐，如山霧布滿山巒溝壑之間。

小瘸子爬到了屋頂，登高望遠，才剛剛離別，就已經開始期待與那位負劍姐姐的下一次重逢了。

鍾魁來到了那座小墳頭前，那塊石片墓碑已經倒了，還被人刨開了泥土，拿走了衣冠塚裡頭的物件。

有些好玩，孩子嘛。

鍾魁摸著腦袋，轉頭看了眼那支浩浩蕩蕩遠行的隊伍，收回視線，雙手負後，搖搖晃晃走回客棧，自言自語道：「日出東海，萬里熔金。月落西山時，啾啾夜猿起。可惜不對仗，不然就是板上釘釘的傳世名篇了。」

鍾魁想了想，猶豫要不要走一趟狐兒鎮。

先生膽子也太小了點，好歹是大伏書院的山主，還出身於中土神洲的某位聖人府邸。那條九尾狐，雖說她的名字，待在那位白老爺寫出的《真名篇》第二頁最前邊，可既然給自己知道了她的真名，要她死，不就是一句話的事情嗎？

鍾魁雙手抱住後腦勺，清風拂面，彷彿還有那陣陣秋風，在他高高抬起的兩只袖子裡打轉兒。

這樣的鍾魁，客棧裡邊的婦人，不曾見過。

北行路上，風平浪靜。

大泉王朝武運昌盛，最近的數十年，只有大泉邊軍欺負別人的份，南邊的北晉和北邊的南齊，都吃過很多苦頭。可是近年來大泉王朝的三位皇子掰手腕，爭奪龍椅，幾乎都快要明刀明槍了，牽扯了大皇子許多精力，使得這位坐鎮北邊的劉氏庶長子，不得不中止了一場既定的北伐，以免不小心打下了南齊千里疆土，自己也元氣大傷，失去大勢，給蜃景城的新帝作嫁衣裳。

東西兩邊接壤的四、五個小國家，其中一個國家的君主以侄子自居，敬稱大泉皇帝劉臻為叔皇帝，還有一個直接淪為了大泉藩國。

隊伍每三十里一停，要給戰馬洗刷鼻子，這個時候，姚鎮都會離開馬車，去跟陳平安閒聊幾句。一來二去，姚鎮嫡孫姚仙之就跟陳平安熟悉了起來，不過這塊「姚氏璞玉」在陳平安身前，很拘謹。

姚仙之今年才十四歲，卻已經在邊軍待了三年，第二年就成為正式斥候，此後憑藉軍功升為伍長。他自幼跟隨家塾夫子學習兵法，卻不喜好誇誇其談，少年老成，很受家主姚鎮的器重。

姚仙之毫不掩飾自己對陳平安的仰慕，當初山谷之中，被兩名山上修士追殺得慘絕人寰，正是陳平安橫空出世，救下了包括爺爺姚鎮在內的邊軍子弟，一拳就打得那位身披甘露甲的可怕宗師倒退而回，面對一位殺力無窮的恐怖劍修，更是應對自如。

後來聽姚嶺之說，陳平安在客棧又「砰砰砰」三拳當場打死了中國公之子，敢跟御馬監掌印李禮對峙，姚仙之越發佩服得無以復加，恨不得自己每天給陳平安牽馬、餵馬。

陳平安對姚仙之印象很不錯，山谷浴血奮戰，披甲少年的堅毅眼神，讓人記憶猶新。只是姚仙之大概是為了跟他套近乎，總會沒話找話，經常蹦出一些不太好笑的笑話，比如南齊在北邊、北晉卻在南方，還說有些擅長寫邊塞詩的文豪，最嚮往大泉邊軍中的姚家鐵騎，其中有一位詩壇巨擘想要拿詩詞換取一匹甲等戰馬，被他爺爺拒絕了，便懷恨在心，回去之後，在京師詆毀姚家邊軍十年之久。姚仙之信誓旦旦地說，到了蜃景城，一定要會會那位先生。

陳平安不怎麼搭話，倒也不厭煩。

姚氏這一輩人中，最有武學天賦的姚嶺之對陳平安的觀感頗為複雜，既感恩又敬畏，心底還有些不服氣，又是位正值妙齡的少女，所以不太願意跟著姚仙之一起，湊到陳平安身邊。

陳平安之前就騎過馬，在藕花福地之中，還曾經陪著老道人騎過驢子，所以知道說書先生和演義小說上，那些所謂的日行千里，都是蒙人的。一般的世俗王朝，驛站傳遞軍情急件的八百里加急，確實做得到，不過需要換人且換馬，驛路上撞死人無須負責，只是這麼跑一趟下來，往往傷馬極重，即便釘了馬掌，還是可能直接把馬蹄給跑爛了。

負責接待的沿途驛站官吏，以及驛站所在郡縣衙門，都十分上心，畢竟是征字頭的大將軍，姚家鐵騎的老家主，而且這還不是什麼解甲歸田，是赴京就任兵部尚書，得天子倚重，從邊關砥柱成了朝堂棟梁，姚老將軍伸出一根小拇指，估計就能碾死幾個小縣令，誰敢不當回事？

姚鎮迎來送往，疲於應酬，談不上對地方官員有多熱情，可也不曾流露出絲毫跋扈氣焰，幾乎不會拒絕任何一位刺史的宴請，至於郡守的盛情邀請，偶爾會藉故推辭，縣令當然是沒這膽子為一部尚書擅自擺開接風洗塵宴的。

陳平安不會參加這些宴席，裴錢倒是削尖了腦袋想要往裡頭鑽，有次只是聽了姚仙之講述那些菜名，就開始嘴饞，流口水。奇怪的是，姚鎮次次都會帶上姚嶺之、姚仙之，唯獨忽略了那位好似將車廂當作深宅大院的姚近之。

這次途經一座名聲不顯的郡城，竟然是淨土掃街的架勢，陳平安依舊沒有參與其中，只是帶著裴錢、朱斂兩人離開驛站，打算購置一些瑣碎物件，比如一支玉簪子，但是姚近之破天荒離開了驛站房舍，要與陳平安他們同行。

她依舊戴著那頂施裙及頸的雅素帷帽，其實之前隊伍停留，只要沒有外人在場，姚近之就會摘掉帷帽，陳平安見過她的面容多次，確實長得漂亮，姿容猶勝女子劍仙隋右邊。

朱斂說，姚姑娘這般傾國傾城的相貌，在藕花福地他作威作福的幾十年裡，沒能遇上一個，聽說後來有個叫童青青的鏡心亭小姑娘，不知能否與姚近之媲美，當時陳平安點頭說「有的」。朱斂便說世間女子顏色，若以百文錢計算，那麼姚近之與童青青，怎麼都該有個九十多文錢。

陳平安不願在背後議論別人的長相，心中只有一個想法，便是這些女子生得盡善盡美也不過百文錢，在他心中，寧姑娘那可就是穀雨錢、金精銅錢了，所以陳平安遇到了姚近之這樣的姑娘，也就只是遇見了而已。

陳平安要買簪子，姚近之說郡城有條孩兒巷，專門售賣古董珍玩，她循著某個小道消息，想要在那邊尋找瓦當和一種名為懷鏡的古老壓歲錢。朱斂喜好志怪小說，至於裴錢，只要是值錢的物件，她都喜歡，都想要。只是跟在陳平安身邊，好似天生的陰鷙性子給磨掉了大半，成天只求著陳平安讓她當帳房先生，就像鍾魁在客棧的角色，哪怕兜裡只有幾兩碎銀子，她就心滿意足了。

陳平安根本就沒理她，腰有十文錢，必作振衣響，說的就是裴錢。

這座郡城為了迎接姚鎮，花了很多心思，姚近之在去孩兒巷的路上，給陳平安解釋了其中緣由。郡守是姚家邊軍出身，機緣巧合，退出邊軍後，開始在地方上攀爬仕途，聽客棧三爺說當年是一個很有志向的年輕人。

走入街道極長的孩兒巷，各色鋪子都有，除了正兒八經的店鋪，還有好些個包袱齋。窮酸秀才模樣的，多半是家道中落的；鬼頭鬼腦的，多半是包袱中物件來路不正，走了旁門路數，或者乾脆就是梁上君子。

街上這些上不得桌面的包袱齋交易，陳平安覺得很有意思，雙方有了買賣意向後，便去往一個僻靜角落，也不嘴上談錢，只在大袖之中比劃。姚近之笑言此舉被戲稱為「籠中對」，除了象徵銅錢、銀子的獨有手勢之外，數字也有講究，食指窩成鉤形就是九，食指中指相疊為十。

在這條孩兒巷，陳平安三人各有收穫，除了裴錢。

姚近之得償所願，購買了一堆歷朝歷代被譽為名泉的古老銅錢，價格有高有低。這還不算什麼，姚近之在一間小鋪子找到了幾片瓦當，有饕餮紋的，寫有吉祥語的，還有一整套四神瓦當，哪怕隔著帷帽白紗，陳平安都能感受到她的驚喜。

出門後她便多了一只包裹，陳平安說了句幫忙背的客氣話，姚近之趕緊拒絕了。

朱斂買了兩本披著志怪外衣的才子佳人小說。

陳平安買了一支白玉螭龍髮簪，素身，並無篆文，龍紋簡潔流暢。陳平安一見鍾情，卻覺得有些貴了，掌櫃竟然開價八十兩銀子，說這是前朝一位琢玉大家的手筆，只是沒有落款而已，不然三百兩都不賣。若是在大隋求學那會兒，陳平安掉頭就走了，現在咬咬牙還是會買下。

好在姚近之上去言語了一番，砍到了三十兩銀子，大致意思是自己就收藏有那位大家的一件傳世玉雕，是一株水仙，那才叫玲瓏奇巧，對於此人雕琢手法，她再熟悉不過，又對螭龍玉簪的材質一通貶低，說得掌櫃啞口無言，悻悻然給那位大家閨秀腰斬了價格，將玉簪賣於陳平安。

出了鋪子，陳平安拿著小錦盒，先謝了姚近之幫忙殺價，然後忍不住苦笑道：「給姚姑娘這麼一說，怎麼覺得這支簪子，三十兩銀子都不值？」

姚近之沉默片刻，等到離開鋪子很遠，才輕聲笑道：「簪子真是那位琢玉大家之作，別說三百兩銀子，五百兩都值得入手珍藏，而且此人推崇『玉質不佳者不治』，你這簪子材質絕佳，好到了讓他認為是『美玉材質最佳者，錕鋙刀不敢落在美人臉』的地步。只是世間美玉，好不好，大家都看得出來，具體有多好，就難說了，何況各人趣味不同，很難有個定論。」

朱斂笑著點頭，不知是讚賞姚近之的學識，還是認可那位琢玉大家對待美玉的態度。

陳平安將錦盒收入袖中，笑問道：「姚姑娘真有那水仙玉雕？」

姚近之笑道：「那些說辭，都是從書上照搬來的。」

那就是沒有了。

裴錢翻了個白眼，她原本還想著，今後要多拍拍姚近之馬屁，說不定哪天姚近之一個高興，就把那件水仙玉雕送給她呢。

姚近之又說道：「說辭確實是書上的，可那件玉雕，是我小姑姑的嫁妝之一。」

陳平安只好報以禮節性笑容。

這一點，姚姑娘跟弟弟姚仙之其實挺像的，只是道行比弟弟更深，不至於太過尷尬。

由此可見，其實姚近之不難相處。

裴錢已經開始溜鬚拍馬了，嬌滴滴問道：「姚姐姐，妳累不累，我幫妳背包裹吧？背東西我熟得很，這一路都是我背的，保證不摔壞妳那些寶貝們。」

姚近之笑著搖頭，帷帽白紗，輕輕晃悠起來。

裴錢有些失望，仍不願死心，又道：「那麼姚姐姐，妳覺得累的時候，一定要跟我說啊。這巷子離驛站還有五千六百多步呢，姚姐姐妳腿長，約莫四千七百步就差不多了。」

姚近之只得點頭，真是一個古怪的小丫頭。

四人走在熙熙攘攘的孩兒巷，朱斂低頭笑問道：「步數記得這麼清楚？」

裴錢唉聲嘆氣道：「無聊唄，反正又不會給我花錢，只好沒事找事，還能咋樣？」

朱斂哈哈大笑。

暮色中，回到下榻驛站，陳平安去後邊的庭院散步，發現盧白象和隋右邊不知從哪裡找來了棋盤，正在一座小涼亭內對弈，魏羨在旁觀戰。

陳平安走入涼亭時，棋局剛剛分出勝負，盧白象小勝。

隋右邊下棋殺力極大，氣勢極足，盧白象身為男子，反而不如隋右邊來得殺伐果決。

朱斂也來到這邊，隋右邊與陳平安告辭一聲，就此離開。盧白象便向朱斂邀戰，佝僂老人笑著直搖手，說自己是個臭棋簍子，不敢獻醜。魏羨在盧白象向他投來視線的時候，就說了句他連臭棋簍子都不是，根本就沒看懂，只是閒來無事，想要知道兩人棋局的勝負而已。

無人下棋，魏羨就離開了，朱斂緊隨其後，只剩下陳平安和收拾棋盤殘局的盧白象。

陳平安靠著欄杆，喝著養劍葫蘆裡的青梅酒，盧白象雙指拈子，快速放入棋盒，雖然只是這麼一個不起眼的動作，但是加上那棋子磕碰、敲擊的清脆聲響，竟然非但不枯燥，反而有些賞心悅目。

陳平安心生佩服，若非自己實在對下棋沒有天賦，加上覺得手談一事太過耗費光陰，會耽擱練拳練劍，不然陳平安還真想好好琢磨如何下棋。

姚近之姍姍而來，在驛站內她便摘了帷帽，落座之後，對差不多收拾完棋子的盧白象說道：「盧先生，我們手談一局？」

盧白象看了眼天色，笑道：「估計是一場鏖戰，天黑之後下棋，我是無妨，就是不知姚小姐到時候能否看清棋局？」

姚近之點頭道：「十五月圓，藉著月光應該勉強能夠看清，盧先生不用擔心此事。」

猜先，盧白象執白，姚近之執黑。

陳平安站起身，看了雙方先手走勢，沒看明白深淺盈虧，便回到長椅上，盤腿而坐，緩緩喝酒。

由於隊伍中有兩位大泉供奉，陳平安不太願意洩露姜壺的底細，所以白天喝酒都喝不太痛快，畢竟修士和武學宗師都眼尖，可能一個持壺抬臂的姿勢幅度，就能夠看出蛛絲馬跡。陳平安神遊萬里，不知不覺，等到回過神，姚近之竟然已經離去，盧白象又在那邊獨自收拾。

盧白象一邊收拾棋子，一邊笑道：「希望有朝一日，能夠去那座坐落於彩雲間的白帝城看看。好一個『奉饒天下棋先』，令人心嚮往之。」

陳平安脫口而出道：「我有個……學生，下棋很厲害，以後你們見了面可以切磋。」

少年崔瀺，或者說崔東山，那可是曾與白帝城城主手談十局的大國手。不過承認崔東山是自己弟子，還是讓陳平安有些無奈，畢竟總不能說是朋友。

盧白象卻沒有太較真，隋右邊也好，姚近之也罷，兩局棋，都沒能讓他在棋盤上使出七、八分氣力，只不過隋右邊是真輸，姚近之卻是隱藏了棋力，但即便她傾力而為，還是輸。對於自己的棋力之高，盧白象近乎自負，在那個遙遠的江湖百年裡頭，身為魔教開山之祖的盧白象，除了武學上一騎絕塵，下棋亦是無敵。

盧白象真正好奇的是陳平安年紀不大，又不是這座浩然天下的儒家子弟，竟然就有學生弟子了。

閒聊了幾句郡城的風土人情，盧白象就去歸還棋盤、棋盒，陳平安獨自留在亭內。

已是秋末時分，按照隊伍行程，到了蜃景城外邊那座渡口，差不多剛好入冬。聽說蜃景城下了大雪後，有世間少有的美景。

陳平安心境平和，武道一事，比起剛剛離開倒懸山那會兒的預期——十年後躋身第七境金身境，進展已經算是極快，遠遠超乎想像。飛鷹堡內外兩場生死大戰，還有藕花福地和邊陲客棧一連串的廝殺，使陳平安不但成功躋身了五境，而且底子打得雄厚結實，即便現在就破開瓶頸，一舉進入六境，他都不會覺得腳步輕浮。

不提其中的種秋，其餘諸如頭頂五嶽冠的金丹修士、福地第一人丁嬰、大泉王朝守宮槐李禮，陳平安哪一個贏得輕鬆了？

陳平安不知道六境入七境，得有多難，到底需要怎樣的機緣和底蘊。七境之後，是羽化境，又名遠遊境，進入此境相當於一名純粹武夫真正一步登天，能夠如山上仙人一般御風遠遊。純粹武夫的九個境界，加上祕不示人的真正止境總計十個，其中第八境遠遊境，陳平安最是嚮往。

冷冷清清的夜色中，哪怕騎乘馬匹都在修習劍氣十八停的陳平安，難得偷懶一回，就只是坐在涼亭裡喝酒發呆。

直到姚鎮和孫女姚近之散步而來，陳平安才站起身，發現老人臉色不太好看。

姚近之輕聲道：「此地郡守，宴席上只與爺爺聊沙場往事，爺爺喝酒還挺盡興，可郡守在私底下，卻遣人來驛站送了一份重禮，希望爺爺入京後，在朝堂上照拂他這個門生一二，把爺爺氣得不輕。」

姚鎮輕輕一拍膝蓋，神色落寞，感慨道：「想當年多好一個年輕人，朝氣勃勃，一身正氣，上陣廝殺從不怯戰，怎麼到了官場，不過十餘年，就變了這麼多？」

姚近之笑道：「爺爺，十年不短了。烏紗略戴心情變，黃閣旋登面目新。」

姚鎮冷哼一聲，罵道：「畫蛇添足！廟堂上，休想我幫這小子說半句違心話。」

姚近之笑著問道：「難不成他不送禮，爺爺就會因為以往攢下的交情為他說好話了？顯然不會，既然橫豎都不會，他還不如賭一賭，賭爺爺曉得官場的身不由己，也要入鄉隨俗；賭爺爺入主兵部衙門後，要拉攏起一撥行伍舊人，免得被京官勳貴們排擠。到時候孤立無援，形勢所迫，爺爺說不定第一個記起來的名字，就是本地郡守了。」

姚鎮苦笑不已。

陳平安並未插話，不過爺孫二人願意當著外人的面，說這些彎彎腸子的官場規矩，陳平安只當是一門千金難買的學問，聽在耳中便是。

只要過了那條橫穿大泉版圖的埋河，就等於北上之路走了一半。

這天黃昏，姚家隊伍在埋河南岸的一座驛館下榻，距離埋河不過半里路，姚鎮拉著陳平安一起去河邊賞景散心。

方才飯桌上的那道硬菜——埋河鯉魚是一絕，這條大河裡的鯉魚，金鱗赤尾，無論是清蒸、糖醋還是紅燒，都沒有半點魚腥味，鮮美至極，是大泉王朝的貢品之一。

可惜那座名動朝野的埋河水神廟，距離驛站和渡口有些遠，隔著三百餘里。歷史上數國的文人騷客，都曾在那座水神廟的牆壁上，留下珍貴墨寶，最早可以上溯到六百年前，甚至還有許多不同時代大文豪的詩詞唱和，一先一後，一問一答，相得益彰，以及同一題材的暗中較勁，再加上後世士林名流的評點，使得一座水神廟熠熠生輝，文采之絢爛，文運之濃郁，簡直要比蜃景城文廟還要誇張。

散步隊伍分成三撥人，為首姚鎮和陳平安並肩而行，裴錢拿著行山杖跟在後邊。

兩名充當隨軍修士的大泉供奉，與姚氏「三之」待在一起。兩名修士，是一對道門師徒，因為此次潛行，並未穿上醒目的道袍，反而懸佩邊軍制式腰刀，掩人耳目。一路上，師徒二人疏遠眾人，年輕道士生得面如冠玉，氣質溫和，像是一位從鐘鳴鼎食之家走出的貴公子。

魏羨、朱斂、盧白象、隋右邊四人難得一起露面。

姚鎮打心眼喜歡與陳平安相處，雖然大多數時候陳平安都不怎麼說話，在家族以及軍中都不苟言笑的老將軍，到了陳平安這裡，反而健談了許多。這會兒就在給陳平安介紹大泉王朝山水神靈的品秩，說除了五嶽正神之外，就以這條埋河水神的品秩最高，是一位大府君，不但可以開闢府邸，規格還與世俗藩王相等。

只是水神府常年關閉，埋河水神幾乎不與世人接觸往來，兩百年來，只有寥寥幾次顯露真身，也是始終如雲霧蛟龍，若隱若現。水神廟香火過於鼎盛，勝過最正統崇高的五嶽神靈，每逢廟會，十數萬人從南北會聚在埋河之畔，使得水神廟所供奉的那尊金身神像，一年到頭都像是位於水霧之中。

姚鎮朗聲笑道：「只要遭遇乾旱，皇帝陛下便會親臨水神廟祈雨，哪怕無法親自趕來也要派遣一位劉氏宗親與禮部尚書一同南下。埋河水神，極為靈驗，從未讓大泉百姓失望過。」

給姚鎮這麼一說，連陳平安都開始惋惜無法路過水神廟，不然就可以喝著青梅酒，以刻刀將所見所聞一一寫在竹簡上。

沿著河流滾滾的埋河，往下游走了四、五里，他們遇上了一位蹲在河畔，愣愣望河的老漢。

姚鎮回頭看了眼老供奉，後者輕輕點頭，老將軍這才大步走向那老漢。

老漢神色木訥卻體魄精壯，只是給姚鎮這些人的陣仗嚇到了，慌張起身，喉結微動，咽著口水，怯懦地喊了聲官老爺後，便不知如何應對，雙手都不知道放在哪裡才好。

姚鎮喊了聲大兄弟，要老漢無須緊張，隨口問起他家住何方、營生為何。老漢不敢隱瞞，最後的答案，讓人大吃一驚，原來老漢除了是莊稼漢，還做著撈屍人的行當，需要經常在埋河邊上轉悠，按照傳下來的老規矩，自稱「水鬼」。

姚鎮心生好奇，詳細問起了水鬼和撈屍一事，老漢有些猶豫，應該是覺得此事難以啟齒，生怕這些貴人們聽後心生不喜。姚鎮又是好言安慰，老漢這才斷斷續續說了些此方鄉俗，還真有許多不為人知的門道。

原來他們這些自稱水鬼的船夫，如果遇上了屍體，打撈起來，不可主動向其親屬索要錢財，在世生人願意給，就收下，不給，就算數，只當是積了一樁陰德，不然就會最少三年晦氣纏身。不過死者的親人要是不給錢，又不願意請一頓飯，那保管也會倒楣。

約莫是姚鎮和陳平安都瞧著面善，老漢起了話頭之後，便逐漸沒了拘束，含糊不清的大泉官話說得越發順溜，主動與姚鎮說了那撈屍的講究，言語和神色之間也有了些笑意：「大人興許不知，男人落水死了，肯定是俯在水面上，婆姨是仰著的，從無例外，在岸邊看一眼，就曉得是男是女。拉上岸後，如果無人來收屍，就得幫著葬在離水神老爺廟不遠的一個地方，再去廟裡頭上三炷香，在廟外求一紅布條，綁在手腕上，就算是做了善事，以後會有好報的。」

老漢瞥了眼埋河水面，臉色沉重起來，接著道：「但是有兩種撈不得：一種是死後直直立在河中的，無論男女，都不是咱們可以去撈的了，頭髮漂在河面上，看不清臉，出錢再多，咱們都不敢去。再就是一些個投河自盡的黃花大閨女，若是用竹竿子撈了三次，都沒能撈上船，咱們就不能再管了，只要沾了手，沒誰能有好報。」

裴錢一開始聽得津津有味，到後來則頭皮發麻，都不敢再看埋河一眼。

老漢舒展眉頭，憨厚而笑，道：「哪天不做水鬼了，就要找個日頭大的時辰，來這岸邊洗手，算是跟水神老爺打聲招呼。」

姚鎮點點頭，問道：「老哥這麼多年，撈起了多少人？」

老漢想了想，搖頭道：「可記不清嘍。」

姚鎮沉聲道：「好人有好報，老哥莫要覺得撈屍這門營生不光彩，是積德行善，好得很。」

老漢赧顏笑道：「老大人一定是個好官，青天大老爺哩。」這已經是老漢最用心用力的一種稱讚了。

天色不早，姚鎮笑著與老漢告別。

陳平安說要再待會兒，到最後河邊只剩下撈屍人老漢，還有陳平安、裴錢和朱斂，其餘人都返回了驛館，朱斂則繼續往下游走去。

陳平安坐在老漢身邊，笑著遞過酒葫蘆，問道：「老伯能喝酒？」

老漢趕緊擺手，謝絕道：「公子可別糟踐好東西了，你自己留著喝。」

陳平安伸了伸手臂，堅持道：「那就是能喝了。」

老漢還是不敢接過酒葫蘆，陳平安輕聲笑道：「老伯可能不信，我也是窮苦出身，當過好些年的窯工。」

老漢見這位公子沒有收回酒葫蘆的意思，只得小心翼翼接過，高高舉起，仰頭喝了一口，就趕緊還給陳平安。

一口咽下酒水，估計什麼滋味都沒嘗出來，老漢卻已是紅光滿面，很是高興了。

陳平安喝了口青梅酒，問道：「老伯今兒在這邊是看有沒有屍體漂過？」

老漢搖頭道：「這會兒河裡水枯著呢，不太容易見著屍體。」說到這裡，老人彷彿覺得說錯了話，有些難為情，趕緊道：「見不著才好。」

陳平安「嗯」了一聲，默默喝著酒。

老漢本就是個悶葫蘆，今天與姚鎮嘮叨了那麼多，可能比往常一年的話語加起來，都多了。

陳平安看著眼前這條埋河之水，便想起了家鄉的龍鬚河和鐵符江。

老漢突然轉頭笑道：「公子算是熬出頭了，有了大出息。」

陳平安撓撓頭，竟是不知如何接話，說自己沒錢，好像站著說話不腰疼，承認自己有了大出息吧，又差了點意思。

裴錢就納了悶了，奇了怪哉，不知道陳平安跟這麼個老漢有什麼好聊的，心想，你跟姚老頭那麼個當大將軍的，話也不多啊。

三人一起沉默許久，蹲在岸邊的老漢突然嘆了口氣，望向埋河水面，道：「說些不中聽的晦氣話，公子別生氣啊。」

陳平安點頭道：「老伯只管說。」

老漢輕聲道：「我那娃兒跟公子差不多歲數的時候，遇上了不該撈的可憐人，不聽勸撈上了岸，沒過幾天，娃兒就沒了。我該攔著的。」

說起這些的時候，老漢臉上沒有太多哀傷。最後老漢離去的時候，跟陳平安道了一聲謝，說酒好喝，這輩子沒喝過這麼好的酒。

陳平安起身目送老漢越行越遠。

裴錢還是不敢看埋河水面，朱斂原路折返而回後，裴錢這才膽子大了一些。

陳平安盤腿而坐，遙望江水和對岸，要朱斂帶著裴錢先回驛館，只是裴錢不願意，死活要待在陳平安身邊，朱斂就只好陪著她一起留在岸邊。

陳平安閉上眼睛，像是睡著了。

裴錢百無聊賴地撿起一顆顆石子，可是不敢往埋河裡丟，生怕不小心砸出一具立在水中的屍體來。她一想到女屍頭髮漂蕩在水面上的畫面，就起一身雞皮疙瘩。

裴錢下意識往陳平安那邊挪了挪，握緊手中的行山杖，開始在心中默默背誦那本書的篇章，給自己壯膽。

朱斂身形佝僂，瞇眼遠眺。什麼山水神靈、鬼怪精魅，武瘋子朱斂自然不當回事。

許久之後，夜色深沉，裴錢驚訝出聲道：「怎麼河上有座橋？」

朱斂愣了一下，順著裴錢的視線望去，哪來什麼橋，江水滔滔，僅此而已。

裴錢一雙使勁瞪圓了的眼眸熠熠生輝，嚷道：「哇，金色的橋！」

朱斂先看了眼陳平安的背影，並無絲毫異樣，就有些哭笑不得，只當是這個鬼靈精怪的丫頭片子在胡說八道，哪怕騙人說河上有具屍體都比河上多出一座金色長橋來得可信。

裴錢有些疑惑，神色茫然，因為她好似聽到了陳平安的讀書聲，所讀內容剛好是他要裴錢死記硬背的一段。這是陳平安在那本儒家典籍之外，唯一要她記住的東西，甚至還專門用小雪錐寫在了那本書的末尾，所以裴錢記憶深刻。

陳平安從不願意跟她說任何道理，只對曹晴朗說那些書本之外的道理，裴錢覺得這些文字，大概就是她唯一比那個小書呆子強的地方了。

此時此刻，一肚子委屈的她，便大聲朗誦出來了。

是那「列星隨旋，日月遞炤，四時代御，陰陽大化，風雨博施……」

是那「君子不妄動，動必有道。君子不徒語，語必有理。君子不苟求，求必有義。君子不虛行，行必有正！」

裴錢盯著那座金色長橋，背誦聖賢教誨，朱斂在想心事。

橫跨埋河的長橋漸漸消失，裴錢有些口渴，便也沒了讀書的心氣。她倒是想要學習拳法和劍術，只可惜陳平安不願意教她，至於朱斂這些人，就算他們願意教，裴錢她還不願意學呢。

陳平安依舊處於坐忘的玄妙狀態中，更奇怪的是，他發現自己飄蕩而出，神魂離開了身軀，懸在空中，看著盤腿而坐的自己，心中感覺很是怪誕。不同於之前對峙丁嬰和蟒服宦官的魂魄分離，一分為三，此次出竅離體的，有些像是傳說中的陰神，就是客棧那晚君子鍾魁的那種，只不過鍾魁同時修成了陽神和陰神。陳平安此時隨著埋河江風中蘊含的靈氣和罡風飄忽不定，身形不穩，遠遠比不得鍾魁陰神、陽神的凝練穩重。

如果說這「陳平安」只是個學步稚童，那麼鍾魁已是登山涉水如履平地的青壯漢子。此等異象，裴錢和朱斂都未能有絲毫察覺。

兩個陳平安幾乎同時心念微動，心頭泛起一個想法，揮之不去。

飄蕩不已的陳平安轉頭望了一眼埋河下游，然後盤腿而坐的陳平安睜開眼睛輕聲道：「裴錢、朱斂，你們可能需要幫我守夜幾個時辰，我需要在這裡練習劍爐立樁，今晚情況不太一樣，無法細說。」

朱斂點頭笑道：「老奴的本分事。」

裴錢一跺腳，哀嘆一聲，道：「早說啊，我該拿些點心來當夜宵的。」

出竅離身的那個陳平安向埋河一步跨出，瞬間掠出十數丈，直接來到了埋河水面上，像一截木頭在水面浮浮沉沉。陳平安停下身形後，適應了這種高蹈虛空的詭異環境，腳尖一點，便會向前漂蕩出極遠。陳平安身體前傾，在埋河水面蜻蜓點水，彷彿是那御風凌空的山上神仙，或是純粹武夫第八境的遠遊境。

雙袖飄搖，禦風遠遊。

陳平安當下還不清楚，種種機緣巧合之下，這是鍊氣士的陰神離形。脫胎換骨，神氣凝合，身外有身，是為陽神，喜光明；一念清靈，出幽入冥，無拘無束，是為陰神，喜夜遊。

夜訪水神廟。

陳平安覺得哪怕只是看一眼都行，去去就回。至於河畔那個陳平安，則閉上眼睛，雙手掐劍爐訣，雖然一坐一神遊，可是兩者渾然一體。出竅陰神所見所感，修習劍爐立樁的閉眼陳平安一清二楚，完全身臨其境。

大道之玄，玄之又玄。

陳平安直到這一刻才有些明白，為何修行之人會紛紛遠離人間，潛心修道，登高望遠，想來這些鍊氣士眼中的風景，都已是世外高處了。

此刻河畔的陳平安看似在修習劍爐立樁，實則繼續閉眼觀想心中那座長橋。

比起藕花福地那兩次，這次穩固了許多，雖然冥冥之中，依然覺得無法行走其中、渡河而過，但是登橋觀河，應該已經做得到了，如果不是身邊有朱斂，陳平安會走上去試試看。

今夜有此觀想，既是因為想到了君子救與不救，還是因為想到了度人與度己的關係。

將裴錢帶在身邊，陳平安只是要她讀書、背書，並未說過任何自己琢磨出來的道理，看著裴錢的一舉一動、一言一行，如對鏡自照，陳平安會不由自主自省。許多書上內容，陳平安自己往往感觸不深，不得真意，可裴錢在，陳平安就會想得更多一些，比如君子日三省乎己，克己復禮，慎獨……

讀書萬卷始通神，妙哉。

裴錢已經將第一本書背誦得滾瓜爛熟，看來今日夜遊水神廟之後，大概可以讓裴錢開始看第二本書了。

讀書不在多，只看讀進自己肚子有幾個字。

這個不是道理的道理倒是可以與裴錢說上一說，不過估計她多半只會當作耳旁風吧。

相傳曾經有個僧人，識字不多，結果唯讀了一部經書，就讀成了佛。

埋河之畔，有兩人長掠如虹，身影模糊，一閃而逝，往下游急急而去。他們看到了河邊三人後，輕輕點頭，就算是打過了招呼。

等他們消失於夜幕，朱斂才收回視線。

原來是回了驛館後，換上道袍的師徒二人，只與姚鎮說今夜有事外出，天亮之前就能返回驛站。

姚鎮不會阻攔，事實上也攔不住。兩位駐紮在邊境的劉氏供奉，就連身為姚家鐵騎家主的姚鎮，都不清楚他們的根腳背景、師門淵源。姚鎮甚至懷疑，這對道門師徒，是不是直接聽命於皇帝陛下，既防止北晉大修士刺殺自己，引發邊軍動亂，同時監督姚家邊軍的動向，畢竟他還有個剛剛卸任吏部尚書的親家。

為此，姚鎮私底下還詢問過姚近之，是否要與那兩位供奉刻意交好，就算不奢望他們庇護未來要在蜃景城開枝散葉的姚氏，好歹趁機結下一樁善緣。

她並不贊同，說那兩人身分特殊，絕不可擅自籠絡。臣子服侍帝王，若是君主英明，為臣者的頭等聰明，就是連揣摩帝心的念頭都不要有，多想無益，不過這只是對姚家這類疆臣而言，天子身側的近臣，另當別論。姚鎮便有些不服氣，家族兩次命懸一線，若非陳平安兩次相救，早就沒了，說不定還要被安上一個私通敵國、謀逆篡位的名頭，要是如今還想著潔身自好，到了蜃景城，身邊已無邊軍壓陣，豈不是更加凶險難測？

姚鎮想起了那個下了馬背當文官的郡守門生，一時間心中彆扭不已，難不成如孫女所說，以後要經常跟這類小王八蛋打交道？

姚近之笑言，恰好相反，小姑姑當年嫁入京城後，咱們姚家還想著自掃門前雪，事事恪守祖宗家法，是錯了，可到了蜃景城，在朝廷接納爺爺的前提下，繼續明哲保身，則是對的，若是與那些豪閥、勳貴比拚山頭和手腕，姚家根本別想在京城站穩腳跟，但也不是什麼都不做，任人拿捏。

姚近之說了一句名士禪語：「行到水窮處，坐看雲起時。」

姚鎮唏噓不已，當初姚近之年紀尚小，對於小姑姑嫁給那個大雪天跪在姚家祠堂外邊的李錫齡，就假借父親之口，跟爺爺姚鎮提過異議，大致意思是說姚氏遵守了數百年的祖宗規矩，一旦破例，姚氏上下知道是兩人真情可鑒，可外人不會管這些，蜃景城不會管，皇帝陛下也不會管。

姚氏子女不可與豪閥聯姻的祖訓，既然破例一次，那麼對劉氏忠心耿耿的姚氏邊軍，會不會再破例一次？

沒有一，便無二。可有了一，二、三、四便會接踵而來，這才是常理。

爺爺，我姚近之若是外人，都要懷疑姚氏是不是覺得偏居一隅，太憋屈了。

老將軍聽到這裡，滿臉惱火，心胸之間更多的還是悲憤。

姚近之神色自若，遞給爺爺一杯茶，笑道：「將軍飲酒，能夠助長豪氣，可到了蜃景城，爺爺當了官，就改喝茶吧。」

姚鎮氣呼呼接過茶杯，一飲而盡，仍是喝酒的路數。

姚近之嫣然一笑。

河畔兩位道人的身影，飄忽如兩縷青煙，遠遠快於奔馬的速度。

這對道門師徒，老者出身於名為金頂觀的道家旁門。別覺得「旁門」二字不中聽，其實已經很了不起，宗字頭外的道家洞府門派有資格躋身旁門之列的，一洲之內都不會多。

金頂觀道士喜歡入世修心，人數不多，不足百人，一旦入世，往往隱姓埋名，不喜歡依仗靠山和祖師爺。金頂觀現任觀主，已經五百歲高齡，是一位貨真價實的元嬰地仙，在桐葉洲北部有很響亮的名聲。

老者俗名尹妙峰，道號為葆真道人，取自「長生久視，全性葆真」一說，屬於金頂觀觀主一脈。唯一的嫡傳弟子邵淵然，是尹妙峰下山入世，與其偶遇後，花費了整整十四年光陰的審察，才決定收入門下。其間葆真道人設立了三次大考，邵淵然皆過關，心性和天資無疑都是人上人。

之後，邵淵然跟隨葆真道人去了一趟金頂觀，覲見觀主，拜謁祖師堂掛像，姓名載入師門譜牒，從此正式成為金頂觀的一名潛字輩弟子，最後又跟隨師父來到大泉王朝，師徒二人連袂成為劉氏供奉，負責盯著南疆邊境，已有十年之久。

別看玉樹臨風的邵淵然，如今面容不過及冠之齡，其實已經是不惑之年。

師徒二人都是龍門境修士，葆真道人自認此生金丹無望，而邵淵然資質遠勝於他，如此年紀就成為觀海之上的龍門境，實為修道天才。觀主聽聞邵淵然在大泉邊境破境後，專程讓人下山，賜下一件師門法器，還許諾邵淵然只要成功躋身金丹境，更有一件傳承千年的鎮門重寶，等他回山拿取，作為慶賀之禮。因此，尹妙峰希望能夠借助大泉劉氏的雄厚底蘊，幫助邵淵然百尺竿頭、更進一步，結成金丹客，方是神仙人。

金丹之下鍊氣士，猶在大小兩牢籠。

關於大將軍姚鎮赴京任職一事，邵淵然隱忍許久，今夜終於還是開口問道：「師父，姚氏真就這麼逃過一劫了？」

尹妙峰問道：「怎麼，很失望？姚氏得以全身而退，姚近之就可以繼續過她的安穩日子，說不定到了蜃景城，很快就會嫁入某個豪閥世族，侯門深似海，再難相見，所以你心裡不太痛快？」

邵淵然搖頭笑道：「失落難免，不過修行修心，順其自然而已。姚氏若是覆滅，弟子自會保下姚近之，護在羽翼之下，可既然姚氏渡過了難關，說明我與姚近之緣分未到，無須強求，以後有以後的機緣。」

尹妙峰笑道：「深山常有千年樹，人間少有百歲人。姚近之不是修行中人，如今美豔動人，你心動很正常，可二十年後，即便機緣來了，她已是人老珠黃的婦人，你那會兒，運氣好的話，說不定已是一位陸地神仙，還會對一個顏色凋零的凡俗女子動心？」

邵淵然微笑道：「那就到時候再說。」

邵淵然沉默片刻，耳畔狂風呼嘯，問道：「師父，我們此次突然拜訪碧游府，是為何事？與昨天收到的京城飛劍傳訊有關？」

尹妙峰淡然笑道：「總之不是小事情。」

邵淵然無奈一笑，既然師父不願多說，他只好按下心中好奇。

碧游府正是那位埋河水神的府邸，類似先前三皇子押送囚犯的那座金壙府邸。只不過金壙府邸沒了主人，如今多半是山精鬼怪扎堆了。

經此一役，北晉國的山水氣運可謂大傷，金壙山神府君很快就會被押送到蜃景城，而與之針鋒相對數百年的松針湖水神廟垮得更早，水神廟餘孽，只剩下一些蝦兵蟹將，不成氣候，能夠不擾亂地方就算北晉的幸事了。

邵淵然想起一事，啞然失笑。剛剛被金璜府君娶進家門，轉瞬間就變成階下囚的那位山神夫人，可真是不走運，本以為能夠夫妻恩愛數百年，遠勝人間鴛鴦男女，哪裡想到是這麼個結局，就是不知道蜃景城會如何處置她。

這些狗屁倒灶的世間瑣碎，不過是修行路上的趣聞樂事而已。邵淵然眼中所見，是地仙前輩們的大道逍遙，心中所想，是長生不朽，與天地同壽。

邵淵然心中豪氣盈胸，見埋河兩岸四下無人，便大笑道：「師父，我去學那大蛟走江了！」

這位金頂觀年輕道士飄到河面，踩水而下，每一次踩在河水上，都濺起巨大的水花，只是道袍之上滴水不沾。

尹妙峰依舊在江畔飄掠，看了眼得意弟子的江上風姿，低聲笑罵道：「臭小子，以後成了陸地神仙，還了得？」

陳平安只是大概知道水神廟的距離和方位，所幸只需要沿著江水盯住兩邊就行。

按照姚鎮和姚近之各自的說法，那座埋河水神廟，在驛館三百里外的下游，建造在河邊一座無名小山之上，山坡平緩。廟會在每年的三月初一到十五，酬神獻藝的香會多達百餘個，熱鬧非凡，附近州郡的達官顯貴，都會在廟會期間施粥捨茶。

姚鎮當時感慨了一句，山水神靈，開府是第一大門檻，若是能夠將府邸升為宮，那才是真正得了道，無異於某個山上仙家獲得那個「宗」字。

姚近之著重說了水神廟的另外一奇，偏殿供奉有一尊靈感娘娘神像，求子之靈驗，名動四方，幾乎每天都有遠道而來的婦人。她們多是出身富貴門戶，生養艱難，便來水神廟的這座偏殿磕頭燒香，施捨一些銀錢，就能跟廟祝老嫗請回一個腰纏紅線的小泥娃娃，繫在手腕上，返鄉後一旦成功生育，不用回去還願，只是抱回家的泥娃娃不能扔掉，要供奉起來，當作是遙遙酬謝靈感娘娘的恩德。

不過陳平安真正想要看的東西，是那水神廟前立著的兩百多塊白玉大碑，多是歷史上埋河水神幫助大泉劉氏度過旱災後，朝廷和文人對埋河水神歌功頌德的美文。

約莫不到兩個時辰，不斷左右張望的陳平安，沿著埋河之水一路漂蕩，終於到了那座河邊山。

夜幕深沉，水神廟大門關閉，但是陳平安依舊遙遙看到那邊的燈火輝煌，這也是陳平安一眼看到水神廟的原因。

陳平安突然意識到自己這副模樣，雖然裴錢和朱斂看不到，可若是水神廟那邊有中五境的鍊氣士，會不會一眼看穿，將自己視為夜間出沒的作祟妖魔？這讓陳平安有些猶豫。

難不成要白跑這三百里水路？加上回去的路，可就是六百里了。

思來想去，飄懸在埋河河心的陳平安還是打算靠岸試試看，最壞的結果，就是遠遠瞥一眼水神廟門，然後驚動廟祝或是此地修士，被追殺三百里，只好讓驛館那邊的老將軍姚鎮出面解釋。

就在此時，一個熟悉嗓音在耳邊響起：「陰神夜遊？陳平安，你不是純粹武夫嗎？還能不能講一點道理了？」

陳平安轉頭望去，哭笑不得，離著三十步遠，有個青衫書生蹲在河面上，雙手使勁攥著一大把頭髮，像是要將誰從埋河裡頭拔出來——正是鍾魁。

陳平安來到鍾魁身邊，問道：「這是？」

鍾魁抬起頭，笑道：「我方才正在水神廟那邊跟人搶占地盤呢，想著天亮之後，好燒個頭香，求著神靈保佑，能夠讓九娘看我順眼一些。」

陳平安指了指鍾魁手中的頭髮，問道：「我說這個。」

鍾魁白眼道：「埋河裡邊的冤死水鬼，還能是什麼，應該是給你的陰神引來的，把你吃了，保准修為暴漲。我見它探頭探腦的，一張臉竟然不似尋常水鬼那般稀爛醜陋，還挺水靈俊俏的，就想跟這女鬼商量，讓她出來陪我聊聊天。」

鍾魁不似那晚陰神、陽神出竅遠遊，一身浩然氣肆意流瀉，今夜他就像平時待在客棧那樣刻意遮掩了氣機，所以河底水鬼，沒有像那晚，一頭頭沉入水底最深處瑟瑟發抖。不然的話，鍾魁哪怕只是靠近水神廟，估計埋河水鬼就要魂飛魄散了。

鍾魁那兩只袖子裡頭裝著的肅殺秋風，可不管你是冤死的水鬼還是遭了報應的惡鬼，一律是秋風掃落葉。

陳平安看看鍾魁手中的女鬼青絲，再看看與女鬼拔河的鍾魁，問道：「好玩嗎？」

鍾魁點點頭。陳平安轉頭望向遠處那座水神廟，鍾魁鬆開手中的頭髮，河面下陰影如獲大赦，一閃而逝。

鍾魁站起身，伸手按在陳平安陰神的肩頭上，笑道：「仔細看清楚了，就知道好不好玩了。」

兩人猛然墜入河水。

陰神夜遊，看待世間萬物，亮如白晝，即便是在河水中，一眼望去，依舊視線毫無阻礙，眼力與陳平安真身的武道修為持平。

陳平安算是見識過許許多多的鬼魅精怪了，還是第一次感到……噁心。

埋河水底之下，陳平安和鍾魁四周「站」著密密麻麻的水鬼，它們靜止不動，多是身穿雪白衣裳，尤為漆黑的頭髮遮住面孔，頭髮直直落下到腰間，像是矜持的大家閨秀出門上街，戴了一頂俗稱市女笠的冪䍦。

不僅如此，陳平安低頭望去，看到了一雙大如燈籠的銀白眼眸，冰冷異常，死死盯住他們兩人，卻看不清它的身軀。

雙方隔著至少一里路，那雙眼眸依舊如此碩大，可想而知若是近觀，此物何等龐然。

鍾魁笑道：「它和水鬼們都是給你引來的，只是不敢下嘴，一來你這陰神雖然只是個雛形胚子，可還是有些不同尋常，它們便不敢妄動，只是實在眼饞，就不斷彙聚在一起；再者它們包藏禍心，希冀著你能夠驚動河底那頭妖物，廝殺一番，它們好分一杯羹。結果你剛好在水神廟這邊停下，就不再挪窩了，底下那頭妖物估計都快要氣炸了，不敢輕舉妄動，畢竟埋河水神娘娘的那座碧游府，離這裡可不算遠。」

既來之，則安之，陳平安環顧四周，就當是欣賞風景了。

鍾魁也在張望，喊道：「剛才那位長得很好看的水鬼姑娘，妳還在嗎？妳要是不願繼續做這水鬼了，我可以一巴掌拍死妳，至於能不能投胎，我不敢保證，但是幫妳脫離河底那頭妖物的束縛，不用再幫它作惡害人，不難。」

那對燈籠稍稍變大了幾分，陳平安下意識瞇眼望去。

就像小時候在田邊釣黃鱔，偶然見到一條，黃鱔的頭顱和身軀緩緩游弋而出。這頭埋河妖物，粗略估算一下，竟是比棋墩山那兩條黑白蛇蟒還要巨大。

陳平安問道：「那位埋河水神不管它嗎？」

鍾魁笑道：「不管？怎麼不管。這位脾氣暴躁的水神娘娘，之所以不愛現身露面，就是一次次試圖搏殺此妖，已經有三次傷及金身根本。幾乎每三、四十年，都要教訓一次這頭妖物，一百年中，甚至還會有一次真正的生死廝殺。最慘的一次，水神廟金身都出現裂縫了，碧游府也給淹沒了大半。」

陳平安更奇怪了，又問道：「朝廷不盡力圍剿它？大泉朝廷做不到的話，你們書院不管嗎？」

鍾魁雙手抱住後腦勺，解釋道：「世事不簡單嘛。這頭水妖能夠活到今天，除了靠道行之外，還是靠它的腦子多些。再說了，桐葉洲中部這麼大，大伏書院就那麼點人，能夠打得死這條妖物的，就更少了。書院讀書人要修身養性，每天讀書做學問，很忙的，爭取做賢人、做君子、做聖人，做能夠在中土神洲那座文廟裡頭塑像的大聖人，讀書之外，事情就更多了。再說了，大泉王朝本就已經有一位君子待著了。」

陳平安點點頭，心中了然。

藕花福地那一趟遊歷，人間百態，盡收眼底。

鍾魁說早有書院君子坐鎮大泉王朝，陳平安被一點就透，想來門戶之爭，書院亦有。

鍾魁接下來讓陳平安大開眼界，他指著河底那對燈籠說道：「你再瞪我一眼試試看？信不信我把你剝皮抽筋，送去給埋河水神當賀禮？」

那頭水妖緩緩退去，那些水鬼也隨之散去。

陳平安問道：「賀禮？」

鍾魁點頭道：「我之所以來此，是因為得到消息，埋河碧游府要破格升為碧游宮，大泉劉氏這個決定，我們書院默認了。其實大泉王朝是沒這個資格敕封『宮』的，估計是蜃景城那位君子用以亡羊補牢的手筆吧。」

一位獲得「正統」二字的江河水神，必須先要獲得朝廷認可，君主頒旨冊封，禮部賜下金書玉牒、銀籤鐵券，載入一國朝廷譜牒後，才有資格立祠廟、塑金身，受人間香火。與此同時，還要獲得一洲鄰近書院的點頭認可，不然依舊屬於一洲淫祠之列。一些個地方水神的小廟可以不在乎，但是大的水神廟，卻視為大道不全，會竭力懇請皇帝向儒家書院求來一部聖賢典籍，供奉起來，共受香火。

至於那部儒家典籍是哪位聖人的著作，可以酌情而定。一般都是書院看著給，但也有極少數腰杆硬、強脾氣的水神，會自己挑明瞭討要某位聖人的某部典籍。不過這種情況屈指可數，在桐葉洲更是千年難遇，敢跟浩然天下七十二座書院較勁的一根筋水神，怎麼可能多？

鍾魁沒有告訴陳平安所有真相。他之所以暫時離開狐兒鎮湊這個熱鬧，就在於碧游府那個出了名暴躁的水神娘娘，非但沒有因為即將由府升宮而受寵若驚，對大泉劉氏和大伏書院感激涕零，反而揚言要某本聖人典籍坐鎮水神宮，不然她會繼續懸掛那塊「碧游府」匾額。

而那本聖賢典籍，如今可與「聖賢」半點不沾邊了，這才是最讓大泉劉氏崩潰的地方。

因為那本書，出自昔年文聖之手。

鍾魁一聽是這麼場鬧劇，就覺得這趟碧游府之行，自己是非來不可了，只是他沒有想到會遇上陰神遠遊的陳平安。

第二章 謹遵法旨

陳平安心中有些惱火，心想不該如此隨心所欲，念頭一起，就信馬由韁，這趟三百里水路，惹來這些水妖水鬼的覬覦，真要起了衝突，養劍葫蘆還在肉身那邊，之前在河上練習六步走樁，十分生澀，又出了幾拳，更是綿軟無力，陰神好似天生不擅武學拳法。一想到方才河底那對燈籠眼，陳平安就有些後怕。

鍾魁興許是看穿了陳平安的心思，道：「陰神本就喜好夜遊天地，你初次出竅神遊，新生陰神別處不去，偏偏就來到這埋河水神廟，按照鍊氣士的說法，這就有可能是可遇而不可求的機緣了，但仍是要小心應對，機緣一事，福禍不定，可不全是好事。」

陳平安問道：「那水神廟裡頭的廟祝，是不是修士？能發現我的陰神身分嗎？」

鍾魁沒好氣道：「就埋河娘娘那性子，隔三差五就要去跟水妖打生打死，河裡頭又有這麼多冤魂厲鬼，全部被那頭水妖驅使，你覺得還擺放著她金身的水神廟，能沒有高人坐鎮？不然早給那頭自封『黃仙君』的水妖，連廟帶小山一起吞入腹中了。」

陳平安汗顏道：「好像是這麼回事。」

鍾魁總算說了個好消息，道：「不過你放心，你這尊陰神很虛，只要不進祠廟燒香，水神廟那邊就沒人看得出來。」

鍾魁皺了皺眉頭，繞著陳平安轉了一圈，嘖嘖稱奇，道：「陳平安，你是不是遭遇過兩次大禍？一次極早，傷到了命數；一次就在幾年前，斷了長生橋？」

陳平安猶豫了一下，點點頭。

一向謹小慎微的他，破例沒有刻意隱瞞，道：「差不多是這樣。」這既是因為鍾魁身上的大伏書院君子頭銜，更是因為此人口中稱呼的那聲「齊先生」。

鍾魁揉著下巴，陷入沉思。

陳平安問道：「你是怎麼看出來的？」

鍾魁依然在打量著陳平安，緩緩道：「樹有年輪，可觀歲數。這人的魂魄，其實也差不多，只是人身小天地，天地大人身，人之皮囊血肉筋骨，就像在兩者間立了一堵牆。」見陳平安一臉迷糊，鍾魁舉了個例子，道：「打個比方，浩然天下和青冥天下，修士想要相互查看，即便熟稔神人掌上觀山河的神通，任你是十二境仙人的修為，都不管用。可當你陰神顯化後，魂魄就如水落石出，清晰可見，便能夠讓我看出許多端倪。」

鍾魁突然笑道：「陳平安，你這個縫補匠當得有點辛苦了。」

本命瓷碎了，在驪珠洞天中，陳平安便抓不住任何福緣；長生橋斷了，一副身軀四面漏風漏雨，才需要練習撼山拳吊命。鍾魁說陳平安是個苦兮兮的縫補匠，可謂一語中的。

前有寶瓶洲賢人周矩，口誦詩篇，就能讓敵人身處罡風，瞬間形銷骨立；後有桐葉洲君子鍾魁，更是深不可測，陳平安一時間對這些儒家書院，有了更複雜深刻的感受。

陳平安問道：「你要進廟燒頭香？書院君子這麼做，不會有問題？」

鍾魁有些忍俊不禁，笑道：「如果被書院某些迂腐夫子曉得了，非議應該會有一些，只是無傷大雅，讀書人沒你想的那麼死板。」

鍾魁「咦」了一聲，滿臉促狹笑意，道：「好嘛，借你的光，我可以領教一下埋河水神娘娘的暴脾氣了。」

鍾魁嘴唇微動，兩人四周的埋河水流如遇河中砥柱，繞行而過，同時泛起一陣淡淡的螢光，大傘遮蔽，華蓋當頭，遮掩了兩人身形。

鍾魁抓住陳平安手臂，道：「隨我一起去看好戲。」

埋河變得渾濁不堪，洶湧澎湃，像是有一連串水下悶雷在河中炸開。

距離水神廟三、四里，一段河流的底部，成了一處戰場。陳平安遙遙望去，有一個嬌小身影，手持一物，每一次揮動，都在水中畫出一條絢爛的銀色弧線。由於速度太快，銀線不斷累積，就像一幅凌亂的草書，充滿了大寫意風采。

那個身影散發出淡淡的金色光芒，在漆黑河底，像是點燃了一盞明燈，尤為矚目。

女子個子很矮，顯得嬌小玲瓏，相貌年輕，長得姿容平平，有些娃娃臉，圓乎乎的，只是一身湛然金光，眼神凌厲，很有威勢。她腰間挎長刀，背後負長劍，手裡頭還拎著一杆鐵槍，極長，快有她兩人高了。

刀鞘呈青紫色，以金絲纏繞了大半，劍鞘與劍柄交界處，有五彩雲霞蒸騰而出，景象瑰麗，想來那把鞘中長劍，定非凡品。

她在水中來去如風，毫無阻滯，快若奔雷，手中長槍，數次劃破那頭水中妖物的龐大身軀，鮮血四濺，使得埋河之水充滿了血腥氣味。

一次她被水妖頭顱撞在身上，給砸入河底，帶起一陣轟隆隆聲響，轉瞬間身形暴起，一槍刺透那巨妖的下頦。妖物的哀號震天響，瘋狂扭轉身軀，使得埋河中掀起滔天巨浪，就連水神廟那邊的老百姓都發現了異樣，只是人人並無畏懼，踮腳翹首，紛紛開始遠眺，當作一樁新鮮事看待。

矮小女子除了出手暴戾迅猛之外，還是一個喜歡打架時罵人的黑衣姑娘。

「孽畜你反了天！我不去找你的麻煩，已經算你祖墳冒青煙了……罷了，你本就是個沒祖墳的孽畜。既然你有膽子來我廟前，我就要你在這裡留下幾百斤肉！

別以為你朝中有人，每年往蜃景城塞七、八十萬兩銀子，一直想將我撤掉府君身分，我就怕了你，便是埋河水廟哪天真成了大泉淫祠，拚了金身不要又如何？說了要將你砍成十八截，就不會只將你剁成十七段！

孽畜，來來來，再吃我一槍！回頭我要讓府上做一碗爆炒鱔魚麵，味道絕好！」

妖物體形巨大，金黃色，無鱗片，那種滑膩，讓人作嘔。它本是大泉一座著名湖泊中的妖物，世間物久成精，只是修行緩慢，雖有一份天大機緣早早到手，可六百多年勤懇修行後，依舊被攔在龍門境門檻外一百多年。後來經一位泛湖遊歷的高人指點，它便離開了湖中老巢，上了岸，歷盡坎坷，從埋河源頭開始往下走，模仿那蛟龍走江，破了瓶頸，得以躋身龍門境。若是讓它一路暢通無阻地走下去，到了埋河與江交匯處，再順勢入海，說不定就要成就金丹。

不承想，經過埋河水神廟時候，那個臭娘們竟然嫌棄它弄死了一些凡俗夫子，就說要替天行道，甚至不惜與它拚命。它那會兒剛剛躋身龍門境，氣勢正盛，並沒有將她放在眼中，老巢所在的湖泊亦有水神坐鎮，不過是它的應聲蟲而已，對它卑躬屈膝，每年還會向它納貢。

當時從埋河水神廟外的河段，雙方一直往上游殺去，那一場廝殺打得翻天覆地，最終水漫兩岸三百里，所幸是那荒郊野嶺的河段，才沒有殃及百姓。

妖物在水中竟然不敵那位埋河水神，便只得退回埋河上游，休養了數十年，在龍門境穩固後，便幻化出人形，以壯漢形象上岸，攜帶重寶，親自去碧游府登門請罪。哪裡知道那個腦子壞了的臭婆娘竟然二話不說，就開始動手，妖物也是凶性大發，雙方法寶盡出。

那次交戰比起初次河中遭遇戰，更為慘烈，碧游府被淹沒大半，損毀嚴重，水神廟的河神金身都出現了裂縫，妖物更沒討到好處，一件本命法寶和一件鎮水重寶，一損一毀，慘敗而退。之後這兩百多年，它將那碧游府之戰，視為奇恥大辱，發誓只有這個瘋婆娘金身崩壞、祠廟廢棄之日，它才會大搖大擺上岸。因此，即使它在種種經營謀劃之後，道行暴漲，已經臨近金丹境門檻，可是始終沒有幻化人身。

至於河神的那一堆金身碎片，自然就是它的盤中餐了，說不定，不用去往那條入海大江，就可以一舉躋身金丹境！

只是打了兩百多年的交道，正兒八經的水中廝殺，它還真不是這位埋河水神的對手，一次都沒有占到過便宜。那婆娘好像鐵了心要將它攔阻在埋河上游，同時她也因為這種損人不利己的行為，哪怕年復一年受著那麼多人間香火，金身塑造還是進展緩慢。

今夜妖物又毫無懸念地吃了一場敗仗，只好迅猛地往上游撤退。

矮小女子見它打定主意，只要自己追殺不已，它就上岸禍害百姓，這才憤憤然收手。

那杆鐵槍早已在大戰中墜入河底，她收了刀劍入鞘，找到那件最稱手的兵器，罵罵咧咧，身形一閃而逝，返回碧游府。

鍾魁這才和陳平安一起現身，兩人上岸去往山上水神廟。

來此等待開門燒香的百姓，竟然有將近千人之多，山腳停滿了馬車和驢騾，廟外擺了許多夜宵攤子，熱鬧非凡，加上方才上游河段的異象，人人興奮不已。

鍾魁陪著陳平安去看那些白玉碑碑文。

白玉碑碑文多是大泉歷代皇帝和地方官員的祈雨文，其中還有些類似罪己詔的內容，以及祈雨成功後的謝雨文，這些碑文陳平安看得快，一掃而過。

鍾魁早早去了碑林最前邊，蹲在地上，看著一塊磨損嚴重的古老石碑，大概是歲月悠悠，風吹日曬雨淋，碑文只剩殘篇數十字，內容斷斷續續，缺失許多文字。

陳平安來到鍾魁身邊，蹲下觀看，發現是一首詩，並無落款：「天地聾，日月瞽……山河憔悴草木枯，天上快活人訴苦……縛以鐵笏送酆府。驅雷公，役電母，須臾天地間，風雲自吞吐……擅神武，一滴天上金瓶水，滿空飛線若機杼……掃卻天下暑……」

鍾魁問道：「能看出點什麼嗎？」

陳平安搖頭道：「認得字而已。」

鍾魁感慨道：「先生曾言，這塊石碑所載文字，其實是一篇失傳已久的道門修真口訣。」

陳平安問道：「那你看出門道了？」

鍾魁一本正經道：「認得字而已。」

陳平安呵呵一笑。

兩人站起身，看見祠廟大門那邊，人滿為患，鍾魁埋怨道：「為了你，我算是燒不成頭香了。」不過鍾魁很快無奈道：「後門會比大門這邊早開一、兩刻鐘的，肯定早有官員或是權貴等著了，由廟祝親自開後門，所以廟外邊這些普通百姓，任你等了幾天、幾年，這輩子都燒不成頭香。」

陳平安猶豫道：「我家鄉那邊，有四字佛語，叫作莫向外求。」

鍾魁「嗯」了一聲，道：「此語絕妙。佛家講究一個正信，就是要人篤信正法之心。關於頭香一事，其實是世上許多香客們誤解了。燒頭香，不是進廟燒香的香爐裡那第一炷香，頭香只是每個心誠之人自己的頭香，此生頭香，今年頭香，本月頭香，都是頭香。」

陳平安點頭道：「有道理。」

鍾魁笑道：「你以為成為書院君子很容易嗎？學問需要很大才行。」

陳平安問道：「那你給我作一首詩，題目就是〈觀祈雨碑文有感〉。我見文人筆劄上經常有此舉動，你試試看？」

鍾魁抬頭看了一眼月色，道：「今夜宜上山下水，宜登門訪府，宜近神祇，唯獨不宜吟詩。」

陳平安又呵呵一笑。

鍾魁惱羞成怒，道：「陳平安，你這樣就沒意思了啊。」他嘿嘿一笑，問道：「想不想陪我一起去趟碧游府？那可是未來的水神宮，稀罕得很，在整個桐葉洲都屈指可數，運氣好的話，你還能見到那位埋河水神娘娘……」

陳平安說道：「方才不是見過了嗎？」

鍾魁一拍額頭，只是這一拍，使得他靈光乍現：「機緣！你此次陰神夜遊的機緣，說不定就在碧游府和她身上！」

陳平安搖頭道：「算了，我得趕緊回去。」

鍾魁一副見鬼的表情，世上還有人這麼不把機緣當回事？

山腳那邊鬧哄哄，鍾魁一把扯住陳平安，道：「麻煩事來了，去看看。」

這座祠廟的廟祝老嫗，與一位仙風道骨的駐廟老修士，並肩站在山腳，攔住了一位白衣女子的登山之路。

遠處夜宵攤子的百姓們指指點點。

女子臉色呈現出病態的慘白，不但如此，雖然看似衣裙與老百姓無異，可細看之下，她身後一路行走而來的道路上，如一只竹籃始終漏水，路上濕漉漉的，痕跡明顯。

老嫗手持龍頭拐杖，重重敲地，冷笑道：「小小水鬼，也敢冒犯水神娘娘廟，自尋死路！」

老修士笑道：「本就是一頭水中惡鬼了，死路一說，似乎不太妥當。」

老嫗笑容陰森，死死盯住這個大逆不道的埋河水鬼。小傢伙而已，一拐杖下去就能魂飛魄散，將其打殺了，也算一樁功德。

那水鬼女子戰戰兢兢，咬了咬嘴唇，鼓起勇氣，望向兩位高高在上的大人物，怯生生開口道：「廟祝老神仙，這位仙師，我來此是為了尋找一位讀書人，他說可以幫我掙脫水妖的束縛，不用繼續為虎作倀……」

老嫗一挑眉頭，道：「笑話！妳無故上岸，定是那水妖的陰謀詭計！」

老修士撫鬚笑道：「我來還是妳來？」

老嫗握緊拐杖，就要杖斃此鬼，卻發現龍頭拐死活提不起來，駭然轉頭，看到一個笑臉書生對她說道：「有話好好說，這位姑娘並未說謊，我確實答應過她此事。她敢冒著被水妖折磨的風險上岸找我，很不容易，萬一我是那信口開河的騙子，她以後的十年、百年可就慘了，說不定就要淪為這埋河底下的魂魄燈芯，在水中一直燃燒到魂魄殆盡。這種折磨，可比人間任何酷刑都要可怕。」

鍾魁對那個先前被他扯過頭髮的女鬼笑道：「姑娘好膽識，眼光更好。這樁心願，我幫妳了了便是！就衝妳敢上岸，我爭取連妳轉世投胎的機會都求一求……」

老嫗臉色漲紅，都沒能挪動手中龍頭拐分毫，惱羞成怒道：「黃口小兒，你在胡說什麼？你要在水神娘娘眼皮子底下，包庇那頭水妖麾下的水鬼？」

老修士眼神陰沉，嘴上言語更是險惡，道：「這人居心叵測，說不定是想要裡應外合幫著水妖謀害咱們水神娘娘。」

鍾魁置若罔聞，只是盯著女水鬼的眼睛——她眼中有畏懼、悔恨，還有一絲對眼前落魄書生的愧疚。

鍾魁笑著點頭，道：「就衝妳這份善心，便是先生責罵，我也要為妳破例一回，至少在我鍾魁身前，善有善報，不分人鬼神怪。姑娘，請稍等片刻。」

鍾魁伸手輕輕往下一扯，那重達百斤的龍頭拐竟直直釘入地面，沒了蹤跡，接著他一巴掌打得那廟祝老嫗在空中旋轉了幾十圈，摔在十數丈外，又一巴掌打得那老修士一個筋斗摔入了埋河水中。

陳平安微笑道：「合情合理，可是有點不講禮了啊。」

這是當初鍾魁在客棧對他說的。

鍾魁哈哈笑道：「捫心自問嘛。」收起笑容，鍾魁一臉的無賴樣：「占著理就行了，『禮』這個字太大，我只是君子，又不是聖人，暫時還用不著。」

那埋河女鬼張大嘴巴，她猜得出眼前的書生是一位道行不淺的鍊氣士，可絕對想不到能夠一巴掌一個，打得那兩位老神仙毫無招架之力。

鍾魁氣勢大步向前，雙袖扶搖，在女鬼身前站定，沉聲道：「報上姓名、家鄉、生辰八字！」

女鬼一一照做。

鍾魁點頭，示意自己知曉了，雙指併攏，輕輕抵住女鬼額頭眉心處，淡然道：「我，大伏書院，君子鍾魁。」

陳平安發現除了他和女鬼之外，好像水神廟外所有百姓都陷入了靜止狀態，光陰長河出現了短暫的停頓。

鍾魁緩緩道：「在此昭告酆都，此女子去往陰冥，萬鬼不可侵，閻羅不可辱，種種業障一筆勾銷，我來受之，放其轉世，得大福報。」

陳平安猛然抬頭，只見那埋河百丈上空，烏雲密布，遮住了明月，隱約有大如山峰的一個陰冥鬼物的頭顱浮現，氣勢驚人，模樣與某些山上仙家畫卷上所繪酆都品秩最高的鬼差如出一轍。

雲海越發厚重，下墜，鋪滿了埋河之水，那個傳說中的陰間官吏從黑霧中緩緩走出，上岸之後很快就停下了腳步，他低下頭，頭上是一頂冥府官帽，抱拳道：「謹遵法旨！」隨著他抬手抱拳，響起一陣嘩啦啦的聲響，原來他雙臂纏繞著兩串鐵鍊，一直垂到地上。

鍾魁收回手指，女鬼的神魂開始消散，如螢火點點，紛紛飄蕩向立於河岸的鬼差。

她泣不成聲道：「謝過鍾公子，希望來世可報大恩。」

鍾魁笑著擺手道：「不用，切莫再與我扯上關係了，下輩子安心當妳的千金小姐。」

女鬼最終被那個類似巡狩使節的酆都大鬼差帶走，埋河河面和空中的烏雲黑霧驀然一捲而散。

臨了，那鬼差有意無意瞥了眼陳平安的陰神。

鍾魁抹了把額頭汗水，重重吐出一口濁氣，轉頭對陳平安提醒道：「你這陰神果然不同尋常，竟然可以不受壓制，難道你以前走過光陰長河？這不可能吧？」

陳平安沒有回答這個問題，只是說道：「我覺得九娘應該會喜歡上你的。」

鍾魁眼前一亮，驚喜道：「你真這麼覺得？」

陳平安微笑道：「跟你客氣一下，別當真。」

鍾魁苦笑不已，然後喃喃道：「被你耍了，被你耍了。」

鍾魁突然歪著腦袋，用手心摩娑著下巴，嘖嘖道：「我真牛氣啊，如我這般相貌英俊又有本事的男子，不多見了。」

陳平安點頭附和道：「還能寫打油詩，當帳房先生。」

鍾魁哀嘆一聲，道：「跟你聊天，真沒勁。」

碧游府並未建造在埋河水畔，而是位於山谷之中，距離河水有十數里遠，加上這段河流兩岸山路不通，窮山峻嶺，人跡罕至。許多地方山水神祇的府邸，州郡父母官要一年一次登門寒暄，早已是官場慣例，但地方官員想要拜訪碧游府，是一件苦差事，好在水神娘娘神龍見首不見尾，免去他們許多辛苦。

金頂觀師徒尹妙峰和邵淵然是修行中人，當然不會覺得有何難處。來到碧游府的大門前，尹妙峰朗聲報上名號，除了大泉王朝的供奉身分，還報上了師門金頂觀。沒法子，埋河水神娘娘的怪脾氣，大泉修士都聽說過，尹妙峰生怕自己不搬出金頂觀，碧游府今晚很可能不會開門。

不過這位葆真道人還是想錯了，哪怕他報出了金頂觀和邵淵然師祖的身分，碧游府依舊大門緊閉，連個看門的門房雜役都沒露面。

尹妙峰神色不悅，卻不得不忍氣吞聲，再次懇請埋河水神開門一見，還坦言自己帶著皇帝陛下的密旨。

邵淵然則越發好奇，師父到底是為了什麼大事，才害得他們兩個吃這一頓閉門羹。

占地百餘畝的巨大府邸燈火輝煌的大廳中，有個矮小女子正一腳踩在長凳上，埋頭吃著桌上那碗麵條。

準確說來，是一大盆，比她兩個腦袋還大，正是爆炒鱔魚麵。

大廳裡站著好些個府邸管事和女婢，皆是在埋河中冤死、枉死的水鬼。

其中一位老人輕聲問道：「娘娘，真不見那兩位金頂觀道士？」

女子頭都沒抬起來，下筷如飛，發出嘩啦啦的吃麵聲響，含糊不清道：「見個屁！說來說去就是那套說辭，煩死個人。」

她突然抬起頭，對一名正在摘下袖套的廚子說道：「燒得不錯，下次多放些辣椒，放個三、四兩，味道就更好了。別忘了，最好是劉老三鋪子的朝天椒，那個辣味最正宗！」

那廚子模樣的憨厚漢子好像是結巴，點頭道：「娘……娘，我……我……曉得了。」

矮小女子翻了個白眼，憤憤道：「娘你大爺的娘，老娘還是黃花大閨女！」

她突然心頭一震，一拍筷子，猛然起身，滿臉殺氣，罵道：「他娘的，還有人敢在祠廟那邊搗亂？膽子有點肥啊！」

桌上出現一縷煙霧，如人焚香，煙霧裡有一名老嫗的聲音響起。

女子凝神聽完，殺氣騰騰地打了個飽嗝，又低頭彎腰，拿起筷子，吃了一大口爆炒鱔魚麵，這才一抹嘴，大步往外走去。走到門檻附近的時候，她對老管家說道：「我要去趟祠廟，你去打發了門外客人，就說還是那麼個意思，除非朝廷能夠讓書院拿出那本書，否則咱們碧游府就寧肯守著那塊舊匾。」

老管事愁眉苦臉，他雖然敬重這位水神娘娘，卻也不畏懼，徑直問道：「娘娘，萬一那兩位道門神仙動了肝火，將我打得魂魄皆無，如何是好？那以後誰給娘娘妳去人間市井置辦物件？」

她「呸」了一聲，斥道：「怕死就怕死，還給自己找由頭。」說是這麼說，她一步跨出門檻後，就沒了蹤影，只有話語回蕩在碧游府門外：「好好說話，不許殺人……錯了，是不許殺仙。」

埋河水神廟內，憑空出現矮小女子的身影，挎刀背劍，沒帶上那把鐵槍。

身處金身祠廟地界，她一步就來到了那兩個罪魁禍首身前，責問道：「你們兩個，怎麼回事？為何要在此生事？那個刺史強行丟進來的廟祝老婆娘說話從來只能信三、四分，我信不過她那套添油加醋好幾斤的措辭，可此地動盪，我一清二楚，你們說說看，我聽著便是。」

與陳平安和鍾魁對峙的她一邊說話，一邊悄悄後退。不是忌憚什麼，而是仰著脖子與人說話，她覺得太沒面子了。等到無須如何抬頭，她停下身形，記起一事，自我介紹道：「對了，我就是本地的埋河水神。」

鍾魁便將過程說了一遍，簡明扼要，事情真相便很清爽了。

她聽完之後，輕輕點頭道：「差不多是這樣了，那麼你們隨意逛，我會讓那廟祝老婆娘本分些，不對你們使絆子。」

鍾魁見她要走，趕緊挽留道：「我還真有正經事找妳。」

她臉色凝重，作為統轄埋河水運的正統水神，先前此地動靜詭譎，有人遮蔽了天機，好似方圓十數里都被山霧籠罩，使得她無法探查其中古怪，但是對方大致深淺，她心中有數，比起那頭棘手的水妖，只強不弱。雖然身處祠廟之中，她的戰力比水底更勝一籌，但是打架這種事情，她一個姑娘家家的，能不打就不打，既然那個讀書人把話說清楚了，那就當作萍水相逢好了，你走你的陽關道，我回去吃我的那碗鱔魚麵嘛。

不承想眼前的書生還有正經事要說，難道還是那碧游府由府升宮一事？

她直截了當問道：「你是大伏書院的人？」

鍾魁笑道：「水神娘娘一猜就中，果然……」

「別『果然』了，打住打住！」她舉起一隻手打斷了鍾魁後邊的客套話，沒好氣道，「你們讀書人喜歡溜鬚拍馬，果然不假。」

陳平安覺得有趣。

鍾魁撓撓頭，問道：「真不能換一本聖人典籍？妳知不知道，妳這樣鑽牛角尖，大泉劉氏皇帝會很為難，蜃景城那位書院君子，說不定也會惱火於妳的不知好歹。並非是我們大伏書院不近人情，架子大，而是水神娘娘妳這要求，過於不合常理了。」

她點頭道：「我曉得是我要求過分了，所以你們就別答應此事了，我又不稀罕什麼碧游宮。對了，希望你們書院千萬別遷怒大泉朝廷，真有什麼事，就衝著我來，一人做事一人當，碧游府這點擔當，還是有的。」

鍾魁無奈道：「我就想不通了，水神娘娘妳怎麼就非得討要那位聖人的典籍？難不成妳還與那位聖人認識？」

那位埋河水神娘娘使勁搖頭，道：「我一個小小水神，哪能認識那位學問比天大的文聖老爺，就是看過他老人家的書，覺得他的文章字字珠璣，寫得比道理很大但措辭沉悶的禮聖，還有學問更差勁一些的亞聖，都要好很多。嗯……至聖先師跟文聖老爺相比的話，勉強算是不相上下吧……」

鍾魁眨了眨眼睛，道：「水神娘娘，妳當著一位書院君子的面說這話，不怕被雷劈死嗎？嗯？」

鍾魁終究出身於最正統的亞聖一脈，何況他的授業恩師——大伏書院的山主，更是從中土神洲那座亞聖府邸走出來的。鍾魁氣歸氣，倒還不至於對眼前這位水神娘娘做什麼，但是不嚇唬她一下，又良心難安。

其實真正的原因，是鍾魁擔心此地異象引起了坐鎮桐葉洲中部的先生注意，以神通觀望此地山水，那麼他這會兒要是還不仗義執言，為自己所在的這支文脈挽回點顏面，回去之後還不得被先生罵死？

大概是醒悟了自己的口不擇言，已經屬於大不敬了，水神娘娘眨了眨眼睛，告辭道：「我家裡還有碗麵條沒吃完，得回去了，涼了不好吃。」

陳平安一言不發站在旁邊，心中已是翻江倒海。

埋河水神廟的廟祝老嫗，是當地刺史府邸的親信，除了刺史大人的引薦，她自己又花了許多家底銀子，跟蜃景城禮部衙門打點關係，才得以占據這麼個油水十足的位置，不知有多少鍊氣士眼紅。老嫗先前以焚香告神的手段，跟碧游府告狀，這會兒不用水神娘娘提點什麼，自己就消停了，澈底沒了報復的心思——不敢，萬萬不敢。

大伏書院的年輕君子，放個屁都能崩死她。

大泉王朝為何數十年來蒸蒸日上，在桐葉洲中部隱約有諸國盟主之勢？除了皇帝英明神武，文臣武將群英薈萃之外，其實所有人都心知肚明，是因為蜃景城有一位君子坐鎮，而北晉、南齊這些傳統強國，如今連書院賢人都沒有一個。

眼前這位書院君子，如此年輕，本身就是一種莫大的威懾。

而立或是不惑之年才艱辛考取狀元郎，這與少年神童一舉奪魁，是天壤之別。

廟祝老嫗和那個返回岸上的老修士，像是兩個等待夫子板子拍下的犯錯蒙童。這兩位老神仙與碧游府關係很一般，曉得水神娘娘打心底瞧不上他們，礙於刺史府和朝廷顏面，娘娘才睜一隻眼、閉一隻眼。撈錢一事，只要不過分，就不會與他們水神廟計較。

只是今晚有些難熬了，因為水神娘娘和祠廟不再是他們的護身符。

鍾魁厲聲呵斥道：「一個是負責祠廟香火的廟祝，一個是大泉朝廷的駐州修士，半點惻隱之心都沒有，不問青紅皂白，就要仗勢行凶，難怪這埋河底下水鬼如此之多，除了大妖禍害之外，你們兩個同樣難辭其咎！」

老嫗和老修士嚇得臉色雪白，書院夫子「正衣冠」後的金口玉言，每一個字都重達萬斤，可不是什麼虛言。

水神娘娘沉聲道：「埋河水鬼氾濫一事，主要還是我的過錯。」

鍾魁一揮袖子，絲毫不賣水神娘娘的面子，斥道：「兩回事！這兩人職責如此重要，卻想著事事省心省力，不肯多問半句，不願多想半點，何等瀆職！他們又不是那躺著享福的富家翁，在其位、謀其政，在這裡，他們的一舉一動，都涉及朝廷的山水氣運！」

兩位老神仙肝膽欲裂，看這架勢，已經扯到了朝廷大義，若是年輕君子再往書院宗旨上邊靠，他們兩個豈不是要萬劫不復？

老嫗率先跪地求饒，無非是些以後絕不再犯的言辭；老修士也彎腰作揖，說自己愧對朝廷信任，日後必然鞠躬盡瘁。

鍾魁冷哼道：「念在你們初犯，就由水神娘娘處置。」

兩人趕忙起身致謝，再向水神娘娘請罪。

鍾魁嫌兩人實在礙眼，揮袖訓斥道：「還不速速返回祠廟閉門思過，少在這邊丟人現眼！」

兩人狼狽離去。

鍾魁轉頭，對著水神娘娘正色道：「身為埋河水神，受萬民供奉，妳好歹管一管下邊的人，別總盯著那頭水妖。神道香火一事，可不只是打打殺殺。燒香百姓若是心誠，哪怕一年只有一炷，香火都不算斷，可若是轄境內人人利慾薰心，來此燒香，只為索取，對妳並無太多誠心，又能如何？數百年香火，香霧漫天，連大晚上還有數百人在外邊等著進廟燒香，聲勢比蜃景城的文廟和城隍閣都要大了，真正的香火每天到底有幾斤重，凡夫俗子不清楚，廟祝不清楚，妳身為埋河水神，能不知道？若非靈感娘娘殿的存在，幫妳拉攏了一大批誠心婦人的香火供奉，妳的水神廟、碧游府早就被那天賦異稟的水妖給鏟平了！」

水神娘娘破天荒有些心虛和羞赧。

鍾魁不再言語。

陳平安心湖已平靜，兩次遊歷浩然天下，外人提起齊先生和文聖老秀才，只有三次。

東寶瓶洲彩衣國的城隍爺沈溫，藕花福地的老道人提到了順序之說，再就是眼前這位水神娘娘，竟是讀過了書，便成為文聖老秀才的……崇拜者，而且還不是一般的仰慕，是近乎癡迷，連陳平安都不敢說老秀才的學問連至聖先師也不過堪堪持平。崔東山當年也只說自己的先生文聖學問通天，在世間讀書人眼中如日中天，卻並沒有與任何一位文廟神像聖人比較。何況向大伏書院請出一本儒家典籍，供奉於祠廟之中，涉及一位神靈的金身根本，更兼牽扯到山水神祇夢寐以求的府邸升宮。

陳平安對於這位水神娘娘的決定，既震驚不解又由衷高興，就好像世間人海茫茫，終於遇到了一個同道中人。

鍾魁對陳平安說道：「知道為何道理講得通嗎？不只是兩巴掌的事情，甚至都不是因為我的君子身分。」

陳平安確實好奇，誠心詢問道：「怎麼說？」

鍾魁神色慷慨道：「是我們儒家書院用一部部聖賢典籍，千年復千年的教化，和七十二座書院在九大洲立得住，使得山上、山下人人心生敬畏。若書院夫子們處處只靠武力，山上、山下自然口服心不服，只會積弊叢生。我鍾魁不過是前人栽樹、後人乘涼罷了。」

陳平安覺得有些古怪，鍾魁當下的言行舉止，跟平時可謂天差地別。

當然，鍾魁所說之理，挑不出毛病。

鍾魁眼珠子轉悠幾下，擺出豎耳聆聽的姿勢，笑出聲，低聲道：「先生總算走了，想必今夜風波，已經被我應付過去。因禍得福，哈哈，說不定下次返回書院，先生還會口頭嘉獎我幾句。」

陳平安無言以對，這才是他所認識的那個鍾魁。

埋河水神娘娘大開眼界，差點要懷疑此人的君子身分，是不是偽造。

鍾魁拍了拍肚子，問道：「給妳說的那碗麵條勾起了食欲，我們去妳碧游府上，吃頓夜宵？」

陳平安皺眉道：「不遠處就有夜宵攤子。」

如今陳平安早已不是不諳世事之人，當初文聖老秀才神像被搬出文廟，還被人砸了，所著典籍，在浩然天下一律禁毀，九大洲的七十二書院，要麼是山主親自出面，至少也是一位君子來負責督促各地朝廷奉行此事，不得有誤。現在一旦他摻和到埋河水神廟、大泉朝廷與大伏書院之中，只要被有心人利用，到時候很有可能害人害己。

已經蓋棺定論的文脈之爭，後世最不用講理，為何？因為聖人們早已說盡了道理。

那位身形玲瓏的水神娘娘，好像改變了主意，主動邀請兩人去往碧游府，笑道：「祠廟外邊的攤子，哪裡比得上我碧游府的夜宵？來來來，我正好拿出一罈百年陳釀美酒，款待兩位貴客。」

她是想用這位書院君子的身分狐假虎威，來壓下碧游府外兩位劉氏供奉的軟磨硬泡。

她沾沾自喜，覺得自己的計謀不比那水妖遜色。她越想越開心，傻乎乎樂呵呵笑著。

陳平安有些無奈，這水神娘娘也過於實誠了些，好歹等到將人騙進了府邸，妳再偷著樂不遲啊。

鍾魁裝眼瞎，視而不見，拉著陳平安，只說想要看看那罈窖藏百年的美酒，比不比得上客棧的五年釀青梅酒。

今夜現身水神廟，已經無法掩人耳目，又有鍾魁當場訓斥廟祝、老嫗，水神娘娘便乾脆放開了手腳，朝埋河伸手一抓，河水頓時激盪不已，湧出一條水柱，在掠向岸上後，變化為一條栩栩如生的黃色蛟龍，長達百丈。蛟龍來到山上廟外，溫馴俯首，埋河水神躍上龍首，鍾魁拉著陳平安飄掠而上，站在蛟龍脖頸之間。

蛟龍擰轉身軀，從岸上返回埋河，往下游的碧游府迅猛游弋而去。

岸上等待開門燒香的百姓們，親眼見到水神娘娘的英姿和神通，一個個跪地磕頭。起身後人人滿臉歡喜，深感此行不虛，得見水神娘娘顯靈，那是多大的福氣！

三人騎乘著蛟龍，很快就來到那座位於幽寂山林間的碧游府——看似離河頗遠，實則府邸底下，與水脈相連。府邸位於一座陣法中樞，能夠彙聚埋河水精，汲取整個埋河水域的香火氣運，這便是埋河水神的立身之本，祠廟那尊金身神像，只是外在顯化而已。

門口那對出身金頂觀的道門師徒，葆真道人尹妙峰和弟子邵淵然，除了水神娘娘的閉門羹，還吃上了一頓夜宵，老管家讓廚子做了些色香味俱全的拿手菜，加上兩壺美酒，款待兩位揚言不見著水神娘娘便不離去的大泉供奉。老管家心中有些愧疚，兩位遠道而來的客人脾氣極好，既不闖入府邸，也沒有放狠話，那位葆真老道，只是跟他們笑著討要了這頓夜宵，讓生怕被打殺於門口的老管家很是感動。

蛟龍化作一條溪澗，迅速消失在府外地上。

鍾魁心中了然，瞥了眼身邊的水神娘娘，她乾笑著，裝傻扮癡。

道門師徒二人見到了鍾魁，立即起身相迎，走下臺階後打了稽首，自報名號。他們雖未親眼見到鍾魁以陰神、陽神離開客棧去教訓兩位皇子殿下，但是對於鍾魁這個名字，尹妙峰早有耳聞，如雷貫耳。

最早是他們二人發現，每當姚家鐵騎在邊境上展開廝殺大戰，戰場遠處，就會出現一位落拓邋遢的青衫書生，遙遙觀戰，從不插手，大戰落幕便悄然離去。

尹妙峰便利用自己的供奉身分，向蜃景城詢問此事，竟無人能夠查出此人根腳，後來借助師門金頂觀，才得知鍾魁是大伏書院歷史上最年輕的君子，他十二歲成為賢人，十八歲成為君子，二十歲又獲得了君子頭銜——「正人」。獲得「正人」二字，這可不是一位書院山主能夠決定的，需要君子所在文脈的學宮聖人親自考證，再獲得數位在文廟塑有神像的聖人一起點頭認可，才算過關。

因為每一位正人君子，又被譽為准聖人。

大伏書院的名聲，不如位於桐葉洲南北兩端的另外兩座書院，但是在一洲儒家內部，以及宗字頭仙家洞府的視野中，鍾魁作為桐葉洲土生土長的讀書人，很受各方勢力和地仙們的親近。為了爭取讓這位正人君子坐鎮本國，桐葉洲最強大的幾座王朝，都在竭力與大伏書院交好。

哪怕金頂觀觀主，下山遇見君子鍾魁，恐怕都要以平輩之禮相待，所以尹妙峰和邵淵然不敢有絲毫不敬，邵淵然感受到師父葆真道人甚至對鍾魁有些刻意的恭敬和討好，他心中有些不適，但是沒有流露出來。

尹妙峰不得不擺出這麼低的姿態，是因為碧游府升宮一事已到了緊要關頭，鍾魁作為大伏書院山主的得意弟子，說不定可以起一錘定音的作用，到時候既完成了蜃景城的祕密任務，又能幫助大泉拉攏一位板上釘釘的未來儒家聖人，那麼自己最器重的弟子邵淵然，未來就有了金頂觀之外的靠山。

鍾魁自然早就見過這對入世道人，而且不止一次，印象不壞，也不算太好，不然早就與他們打招呼了。

尹妙峰說明此次夜訪碧游府的目的後，鍾魁發現埋河水神一副置身事外的模樣，既好氣又好笑，只是今夜他來這埋河，本就是為了此事，加上水妖賄賂蜃景城一事並不簡單，本就犯了他的忌諱，所以就乾脆對尹妙峰說道：「碧游府供奉典籍一事，就由我來勸說水神娘娘，你們儘管放心稟報蜃景城那邊，當然措辭可以靈活一些。事成了，你們有功勞；事不成，你們不用吃掛落。為何我幫你們這一次，其中自有緣由，你們不用瞎琢磨。」

尹妙峰感激致謝，與弟子邵淵然告辭離去。

老管家領路，帶著自家水神娘娘和那位好像來頭更大的年輕客人，一起去往府邸待客大堂。

陳平安走在鍾魁身邊，打量著碧游府的風景，影壁上繪有一幅水神廟和埋河水流的生動畫面，香火嫋嫋，煙霧升騰，河水翻湧，還會發出流水聲響。

只有水神娘娘看得見陳平安的陰神，道門師徒無法看破，這是因為陳平安身處祠廟和碧游府，都屬於埋河地界。至於水妖，在這條它選擇走江的埋河，其實已經獲得接近水神娘娘的神通，所以也能看到；而那些道行淺薄的水鬼，其實更多是酒鬼「聞到了香味」一般，天生被吸引。

到了一間燭粗如臂的明亮大廳，桌上還放著那碗爆炒鱔魚麵。

陳平安看著那只「大碗」，愕然不能語。

鍾魁臉色如常，一屁股坐在桌旁，跟水神娘娘笑道：「也給我來一份，不用這麼大的碗，小碗就行了。」

她點點頭，然後望向陳平安，問道：「這位公子要不要吃夜宵？」

陰神不似修士身外身的陽神，吃不得人間美食，只以天地靈氣作為進補之物。

陳平安笑著搖頭說不用了。

一水神、一君子，同一張桌子，各自吃著盆裡和碗裡的鱔魚麵。

陳平安心湖中有鍾魁的聲音響起：『這位水神娘娘擅長煉化兵器，不知是什麼機緣，獲得了上古傳承，以石碑上那篇祈雨詩歌，作為煉器法訣。據說這口訣的品秩很高，屬於那位上五境仙人的證道根本，故而某些人很在意，只是礙於名聲，只能徐徐圖之。』

如鍾魁所說，埋河女神總計煉化了九件兵器，兵器數量實在多了點，其中兩件躋身法寶之列，在與水妖廝殺的過程中，打壞了三件。這些兵器都是她能夠在兩百多年內，穩穩壓下水妖的制勝法寶。

世間女子出門郊遊，是換脂粉、換衣裙，這位埋河水神娘娘，巡視轄境，是看心情選擇兵器傍身。

吃過了夜宵，水神娘娘跟鍾魁打開天窗說亮話，道：「勞煩君子給我一個准話，我要是執意討要文聖老爺的那本典籍，大伏書院是不是會找個由頭，要我碧游府灰飛煙滅？不然就是故意刁難大泉劉氏，遲早有一天大泉會被北晉、南齊夾擊而滅國？」

陳平安對她刮目相看。

鍾魁搖頭笑道：「大伏書院還不至於這麼蠻橫，最多就是碧游府自毀前程，以後無論妳給大泉王朝做出多大貢獻，再無希望晉升為宮了，這點妳要心裡有數。今天不管是因為妳心底覺得碧游宮得之不正，還是真的仰慕那位文聖老爺的道德文章，總之妳就是拒絕了大伏書院的好意，書院會把今日事記錄在書院檔案，將來即使妳立下造福蒼生、有功社稷的壯舉，仍是只能掛著碧游府的匾額。到時候妳若覺得書院處事不公，不妨想一想今天的選擇。」

她點頭道：「我記下了，到時候肯定不怨你們大伏書院，其實說起來，還是我冒犯了大伏書院的威嚴才對，一報還一報。」

鍾魁冷笑道：「妳還知道啊？」

小小水神碧游府，膽敢拒絕大伏書院的敕封，落在桐葉洲其餘幾座書院眼中，可不就是天大的笑話？

鍾魁這些看似輕描淡寫的「定論」，是擔了很大壓力和風險的。

讀書人最講面子，吃了大悶虧都不礙事，可要是給當眾打臉，多半就要筆刀殺人了，所以鍾魁今晚這些話，就是碧游府和埋河水神廟的最大護身符。畢竟鍾魁是毫無懸念的下一任大伏書院山主，甚至有人傳言，鍾魁此生有望成為某座學宮的大祭酒。

水神娘娘笑容尷尬，問道：「要不要再來一碗麵條？」

鍾魁嘖嘖道：「一碗麵，保全碧游府；一碗麵，保下大泉王朝。水神娘娘，妳倒是打得一手好算盤。」

鍾魁嘴上不饒人，卻還是再要了一碗麵條，因為是真的好吃。水神娘娘還讓人端上了兩罈好酒，香味撲鼻，比陳平安喝過的酒水好得多了去了，除了倒懸山的黃粱忘憂酒，大概唯有桂花釀能夠媲美。只不過喝酒吃麵，都沒有陳平安的份。

喝酒之前，水神娘娘口口聲聲說，這百年陳釀，萬萬不可多飲，一人至多三大碗，喝多了，神仙也要醉倒，然後陳平安就看到了鍾魁跟她各自喝了四大碗，一只酒罈見底，滴酒不剩。

水神娘娘又讓府上奴婢拎了一罈上桌，於是陳平安見到了兩個酒品奇差的醉鬼。

鍾魁哀號著：「九娘啊！」

水神娘娘大著嗓門說醉話，還時不時一巴掌拍在桌上，幫著自己助長氣勢。這會兒她一腳踩在椅子上，一手蹺著大拇指指向自己，對剛剛認作兄弟的鍾魁問道：「混江湖，靠什麼？」

鍾魁還在念叨著他的九娘。

水神娘娘便自問自答：「骨氣！脊梁要直，拳頭要硬，做人和說話，都要敞亮！鍾魁兄弟，我覺得你這人還不錯，有擔當，是個大老爺們！我便認了你這個兄弟，以後刀裡來火裡去，你一句話的事情！」

陳平安百無聊賴地坐在一旁，心想，若是身為御江水蛇的青衣小童在場，肯定會擔下那朋友義氣，胸脯拍得震天響。

鍾魁伸手指向桌對面的水神娘娘，醉眼朦朧道：「混江湖不是武夫的事情嗎？妳一個水神……不對，好像水神自稱混江湖，才是最名正言順的。好嘛，算妳說得對，只是骨氣可不能當飯吃……」

水神娘娘一挑眉頭，灌了一大口酒，大著舌頭含糊道：「平時有飯吃，飽得很！燉蛇肉，爆炒鱔魚麵……我家廚子，據說以前是給皇帝老爺燒飯做菜的，手藝那是一絕，所以骨氣還是要有的！」

鍾魁搖晃腦袋，嘟囔道：「妳有妳的骨氣，關我屁事，我只要九娘……」

陳平安站起身，就要去大廳門口賞景，近在咫尺的好酒喝不得，終歸是看著心煩。

就在此時，鍾魁悚然坐正身體，一襲青衫猛然一震，渾身酒氣蕩然無存。

那位水神娘娘則「砰」的一聲，腦袋磕在桌上，接著腦袋一歪，沉沉睡去。

陳平安轉過頭望去，只見一個中等身高的背影，身穿糯衫。

鍾魁作揖行禮，恭敬道：「弟子鍾魁，拜見先生。」

那人嗓音渾厚，緩緩道：「扶乩宗一位外門雜役弟子，前段時間，無意間撞破一樁天大禍事，那是一頭上五境大妖，把扶乩宗山門毀去小半，扶乩宗兩位玉璞境，一死一傷。大妖也身受重傷，試圖往西海逃遁，好在被最早趕去的太平山宗主攔下。但是太平山鎮壓在井底數千年的那些妖魔，竟然剛好在這個時候，逃逸出大半，如今整個桐葉洲中部，動盪不已。」

鍾魁臉色凝重，問道：「先生，弟子該如何做？」

那人冷笑道：「反正不是大半夜喝酒澆愁。」

鍾魁低下頭，道：「弟子知錯。」

那人嘆息一聲，呵斥道：「天亮之前，動身去往太平山。到時候你與所有書院弟子，都要聽從太平山道士的調遣，不可倚仗書院身分各行其是。聽清楚了沒有？」

鍾魁點頭道：「知道了。」

鍾魁欲言又止。

正是大伏書院山主的男子搖頭道：「圍剿那頭大妖，只有上五境修士才有資格。」

鍾魁默然。

書院山主最後說道：「鍾魁，你要小心行事，這場禍事，誰都有身死道消的可能，便是我也不例外。」

鍾魁點了點頭，突然意識到一件事，問道：「狐兒鎮？」

書院山主猶豫了一下，道：「可以暫且放下。」

鍾魁眼神複雜。

儒家聖人駕臨碧游府的法相，已經剎那間消散。

陳平安站在門口那邊，目瞪口呆。

扶乩宗、太平山，都是陳平安恰好相對熟悉的桐葉洲宗門，尤其是藕花福地那位鏡心齋仙子——真實身分是名叫黃庭的太平山女冠。最讓人匪夷所思的是那頭大妖，竟然使得扶乩宗那對神仙眷侶，一死一傷？

鍾魁站起身，望向陳平安。

陳平安疑惑不解，問道：「怎麼了？」

鍾魁苦笑道：「我可能會有一個強人所難的請求。」

陳平安立即明白鍾魁的意思，問道：「是那支小雪錐？」

陳平安搖搖頭。

鍾魁臉色黯然，只是也覺得是在情理之中。

陳平安笑道：「不能送你，但是可以借你。」

鍾魁大喜，問道：「當真？你可想好了。此次廝殺，凶險萬分，莫說是我鍾魁，便是我家先生都有可能喪命，你就不怕，說不定哪天小雪錐就會毀在戰陣中？不怕我鍾魁就算沒死，事後也就這麼賴帳不還了？」

陳平安眨眨眼，伸出四根手指。

鍾魁哈哈笑道：「懂了，捫心自問。」

陳平安突然想起一個問題，問道：「讓我真身來這碧游府？三百里水路，需要耗費不少光陰。不如你直接去驛館河邊取小雪錐？」

鍾魁想了想，道：「可以讓水神娘娘去將你的真身帶來，很快的。因為有些事情我需要在這座碧游府做，不適合給外人瞧見。」

鍾魁邊說邊走到桌前，手指敲擊桌面，嚷道：「水神娘娘，還裝睡呢？」

娘娘笑著直起身，離開酒桌，道：「這就去接回這位公子的真身。只是勞煩公子真身在我數十聲後，躍入埋河水中。」

這位水神娘娘一邊朗聲數數，一邊身形長掠去往碧游府附近的埋河河段「撈人」，這即是一方神祇的獨有神通。

數到十後，陳平安一拍腦袋，想起些什麼，有些無奈。

片刻之後，水神娘娘除了帶回陳平安的真身，還帶來一個渾身濕淋淋的小跟屁蟲——裴錢。

鍾魁爽朗大笑。

陳平安問道：「陰神如何返回？」

鍾魁一揮衣袖，搖動一陣清風，將陳平安的陰神輕輕拂入真身，提醒道：「在能夠以陽神護駕之前，以後可別輕易陰神夜遊了。」

陳平安長呼出一口氣，從方寸物中取出小雪錐，交給鍾魁。

鍾魁接過小雪錐後，問道：「以後怎麼還給你？」

陳平安笑道：「你可以將小雪錐寄往東寶瓶洲的大驪王朝，龍泉郡落魄山陳平安。」

鍾魁點頭之後，臉色古怪，越來越古怪。

實在忍不住，鍾魁問道：「該不會你真的認識山崖書院的齊先生吧？我可知道驪珠洞天的好些事情。」

陳平安既不點頭也不搖頭。

那位水神娘娘喝了一口酒壓壓驚，這才小心翼翼地問道：「那麼你認識齊先生的先生嗎？」

陳平安撓撓頭，摘下養劍葫蘆喝起了酒。

好像喝酒一事，還是老先生教的？當時老秀才被某個少年背在身後，老人使勁拍打著少年的腦袋，嚷嚷著「少年郎要喝酒哇」。

裴錢說要去大門口那邊看那堵影壁，影壁上面廟裡頭的香火會飄，還有香味，水流會動，還有聲響，太有意思了。

水神娘娘大手一揮，招來一名妙齡婢女，讓其帶著裴錢去賞景。

想起剛剛離開的那位其他文脈的儒家聖人，陳平安便放下酒葫蘆，說道：「齊先生當初在我家鄉龍泉郡——其實最早就是那座驪珠洞天擔任學塾教書先生。雖然我小時候窮，沒上過學塾，但是齊先生自然是見過的，畢竟小鎮就那麼大。我家隔壁鄰居是齊先生的學生，他經常提起齊先生。」

鍾魁坐回酒桌，笑咪咪倒了杯酒。陳平安這些說辭，他當然信，且不全信，一個年紀輕輕的純粹武夫，就擁有養劍葫蘆和兩把本命飛劍，還能陰神夜遊，雖然驪珠洞天藏龍臥虎，陳平安可能另有福緣，可要說陳平安跟齊靜春只是「見過」，鍾魁打死不信。

陳平安有所保留，鍾魁就不去刨根問底。

雖說文聖學問，已被各大書院禁絕，但其實民間書樓私藏幾部文聖著作，看過讀過也不是什麼大事。甚至別說是認識齊靜春，就算是上過那座學塾都沒有關係，只要你陳平安不是繼承齊靜春學統文脈的嫡傳弟子，就絕對不會有任何麻煩。退一萬步說，在桐葉洲的大伏書院轄境內，即便真是，也無妨，有他鍾魁，更有他先生。可要是在南北兩端的那兩座書院，就說不準了。

水神娘娘兩眼放光，雙手撐在酒桌上，急匆匆問道：「那你見過文聖老爺嗎？是不是特別儒雅的一位老人，高冠博帶，袖有清風，嚴肅中又帶著點溫柔，而且一眼就看得出是位學問通天的世外高人，氣質就跟畫上的那些山林高士差不多？」

陳平安只得違心說道：「不曾見過。」

水神娘娘的眼神中既有惋惜，又有憐憫，前者為自己，後者為陳平安。

她頹然坐回位置，豪飲一大碗酒，抹完了嘴，唏噓道：「那真是人生憾事了，你竟然沒有見過這樣的老先生，以後爭取見一見，不然你的人生不圓滿。」

陳平安無奈笑道：「好的，我爭取。」

她記起一事，又問：「那你見過一個叫崔瀺的傢伙嗎？一個身為大弟子卻欺師滅祖的王八蛋。還有那個劍術通神的劍仙，名字特別霸氣，叫左右，據說他的劍術，舉世無敵。還有茅小冬之流……文聖這麼多弟子，你總見過一個吧？」

陳平安提了提酒壺，道：「憾事、憾事，喝酒、喝酒。」

水神娘娘一拍桌子，滿臉的怒其不爭，斥道：「喝個屁酒，你這人怎麼回事？我要是在驪珠洞天土生土長，離開家鄉後第一等大事就是去尋訪文聖老爺。若是闖不進那學宮功德林，那就退而求其次，好歹要去罵過崔瀺，見識過左右的劍術，與茅小冬下過棋……」

陳平安附和道：「有道理、有道理、有道理。」

鍾魁忍著笑：「罵崔瀺？水神娘娘，不是我瞧不起妳，那位大驪國師即便按傳聞所說境界大跌，還是可以用兩根手指捏碎妳金身的。」

水神娘娘理直氣壯道：「我在大驪京城門外罵上幾句，他也聽得到？」

鍾魁翻白眼道：「那他還真聽不到。」

三人各自喝著酒，氣氛逐漸凝重起來。

潛伏在扶乩宗附近的那頭大妖，被揭穿身分後暴起行凶，竟然讓那對擅長合擊之術的玉璞境道侶，一死一傷，戰場還是在那扶乩宗山頭。那頭大妖哪怕占著先天體魄強韌的優勢，恐怕境界也得是十二境才行。

一頭本該早已揚名立萬的仙人境大妖，竟然無聲無息地隱匿在桐葉洲中部無數年，扶乩宗和書院都沒有絲毫察覺？而且好巧不巧，太平山宗主去攔截它入海的時候，太平山鎮壓妖魔的牢獄就突然打開了，眾妖成功逃逸四方？

水神娘娘小心翼翼地問道：「斗膽問一句，你家那位山主先生，離開了書院，身先士卒搏殺大妖，真不怕隕落嗎？」

鍾魁氣笑道：「念我家先生一點好，行不行？再說了，天底下誰都可以問這個，唯獨水神娘娘妳就算了。這兩百多年，妳主動離開碧游府，跟那頭埋河大妖打了多少場架？」

水神娘娘喝了口酒：「那不一樣，我就是一個小小水神，你家先生可是出身文廟某位聖人府邸……」

鍾魁斜眼道：「這就是妳從文聖老爺那些聖賢典籍中看出來的道理？」

水神娘娘惱羞成怒，當面罵她見識短淺都沒關係，可牽扯到文聖老爺，萬萬不行，於是一拍桌子站起身，罵道：「鍾魁，你再這麼陰陽怪氣說話，就把麵條和酒水吐出來！」

鍾魁喝了一口酒，道：「我就喝妳家的酒。」他又喝了一口，又道：「我又喝了，真好喝。」

水神娘娘氣得臉色鐵青，渾身顫抖。

陳平安輕聲道：「家鄉有個牌坊，四塊匾額中有一塊，寫著『當仁不讓』，大概就是鍾魁先生為何如此選擇的原因了。之前鍾魁說為何浩然天下願意遵守儒家訂立的規矩，鍾魁先生今日此舉，無論最後生死，我和水神娘娘妳，會覺得大伏書院之學風，足可令人高山仰止。我以後若是有了子女，他們出門遊歷天下，我就一定會讓他們來一趟桐葉洲，去一次大伏書院。」

鍾魁點頭，舉起酒碗敬了陳平安一次。

水神娘娘「嗯」了一聲，認可此說，便也敬了陳平安一碗酒。

天下無不散的筵席。

鍾魁放下酒碗，準備做完最後一件事情，就要離開這埋河碧游府。

裴錢一路小跑到大廳門檻外，雙手作掬水狀，滿臉雀躍對陳平安獻寶似的大聲喊道：

「我從影壁上撈出的一捧水，要不要瞅瞅？」

她放低胳膊，十指合攏雙手之間，還真裝有一汪碧水。

陳平安看過一眼，吩咐道：「還回去。」

裴錢「哦」了一聲，又屁顛屁顛原路返回，身後跟著那位掩嘴嬌笑的婢女。

水神娘娘覺得小閨女挺好玩，笑道：「一捧埋河水精而已，值不了幾個神仙錢，公子其實不用叫她放回去。」

陳平安搖搖頭，並沒有解釋什麼。

鍾魁亦有隨身攜帶方寸物，是一枚小巧玲瓏的青銅鎮紙神獸，名為獬豸。

鍾魁重新取出了那支篆刻有「下筆有神」四字的小雪錐以及三張金黃色材質的符紙，網底是淺淡的篆書。

陳平安不識貨，只覺得這三張符紙與自己那些金色符紙略有不同。

水神娘娘卻是行家，驚訝道：「風雷紙？分別是龍爪篆、玉筯篆、靈芝篆，這可就值錢了，我碧游府當初開闢府邸的時候，符紙之類，大泉朝廷不過只賞下一張龍爪篆紋的風雷紙而已。」

見陳平安神色自若，好似不曉得這種符紙的珍稀之處，水神娘娘解釋道：「這種符紙寫成的符籙最能劾鬼，便是金丹、元嬰這些高高在上的地仙，都視此物為心頭所好。此物極其昂貴，金丹之下的修士想要買上三張這種品秩的風雷紙，估摸著已經傾家蕩產了。」

陳平安不是不知道金色材質符紙的好，當初在梳水國戰陣上，跟隨老劍聖宋雨燒一起鑿陣，一位皇室供奉就曾祭出一張金符，敕召出一尊金甲神人，以此攔阻陳平安的突襲。陳平安親眼看到那老者丟出符籙後，是一副心肝顫的可憐模樣。

「如今連太平山都不太平，這桐葉洲中部有多亂就可想而知了。行走江湖，沒幾張護身符，還真不行。」水神娘娘一副頗為老到的樣子。

鍾魁將三張符紙放在酒桌上，手持小雪錐，畫符之前，輕聲道：「陳平安，朋友歸朋友，錢財往來還是清爽一點。我幫你寫三張符，是一套我自創的厭勝符，可以單獨使用，就當是與你借這小雪錐的利息了。這天地人三才兵符，殺氣頗重，足以嚇退金丹境鬼魅，便是元嬰境的鬼王，三符齊出，只要把握好時機，說不定都可將其重傷。」

陳平安拍了拍他肩膀，笑道：「既然如此貴重，那麼小雪錐可以多借你幾天。」

鍾魁一抖肩膀，震掉陳平安的手，翻白眼道：「跟你不熟。」

水神娘娘咋舌不已，實在猜不出兩人是什麼交情，一個肯借出上品法寶，一個肯送出三張風雷紙。

鍾魁就像當初在客棧寫春聯一樣又開始裝模作樣，一手持筆，懸停空中，準備落筆畫符，一手抖了抖袖口，高高抬起，吩咐道：「聖人有云，讀書破萬卷，下筆如有神。水神娘娘，拿酒來！」

水神娘娘拿了一碗酒給他。

陳平安提醒道：「別得意忘形，好好畫符，畫岔了不靈驗，你就給我再變出一張風雷紙來。你自己說的，朋友歸朋友，錢財要清爽。」

鍾魁悻悻然放下那碗助興酒，陳平安又說道：「跟你開玩笑的。」

鍾魁一臉幽怨。

水神娘娘有些佩服這位陰神夜遊的年輕公子了——你真不把書院君子當回事啊？

鍾魁灌了一大口酒，然後打了個酒嗝，之後出現了玄奇的一幕：鍾魁吐露出絲絲縷縷的雪白靈氣，好似那讀書人讀出來的一肚子浩然正氣，纏繞在小雪錐筆尖之上。接著，鍾魁念了一句詩詞：「牙璋辭鳳闕，鐵騎繞龍城。」之後輕輕一抖手腕，筆尖上「摔落」了一大串米粒大小的小人，細看之下，竟然是一位位身披銀色甲冑的騎馬武將，百餘騎在風雷符紙上飛快排兵布陣，各自策馬而停。

右手持筆的鍾魁，左手雙指併攏，朝符紙上一指，沉聲道：「定！」

那些銀甲騎將瞬間消融，化入金色符紙當中，剎那之間，就變成了一張符籙。

之後兩張，也是差不多的畫符手筆，當得起「腕下有鬼神」之美譽。

水神娘娘大為嘆服，不愧是大伏書院准聖人，且不談道德文章，僅是這份符籙造詣，恐怕即使是一位玉璞境符士都要拍案叫絕。

鍾魁將三張符籙交給陳平安，道：「三才兵符，大功告成。」

陳平安小心接過符籙，笑問道：「畫了三張符籙，累不累？」

鍾魁一拍自己肚子，嗤笑道：「小事一樁！我這滿腹韜略，藏著十萬甲兵，三張符籙而已……而已？」

鍾魁目瞪口呆，因為他看到陳平安才收起三張符籙，又拿出了三張符籙，最上邊那張亦是金色材質，卻不是網底古篆的風雷紙，似乎歲月更加悠久。

陳平安將它們輕輕放在桌上，笑咪咪道：「既然不累，那就再幫我畫三張。最好是一張雷法符籙；一張引路符，能夠破開一些山水地界的迷障；一張可以禁錮劍修本命飛劍的符籙，例如那水井符。」

水神娘娘滿腹疑惑，這位外鄉公子哥，可真不是一般的有錢。

鍾魁抹了抹額頭汗水，哀嘆道：「罷了罷了，好人做到底，再寫三張就三張。」略作思量，打定主意，鍾魁沉聲道：「我給你寫一張龍虎山天師擅長的『主法』五雷符籙，本就位居萬法之首，傳承駁雜，又以龍虎山為正宗、主法。我家先生曾經數次遊歷龍虎山，見過大天師一回，剛好學了一道五雷符籙，五龍銜珠，蘊含雷霆，氣沖太虛……」

發現陳平安的眼神怪異，鍾魁「哎喲」一聲，苦兮兮道：「就不能讓我緩一緩再落筆啊？一鼓作氣寫了三張上品符籙，累慘了。我哪裡想到你能拿出三張這麼好的符紙來，早知道我就裝孫子了。」

陳平安笑著落座，道：「喝過了酒，氣定神閒了再畫符也不遲，我不催你便是。」

鍾魁這才鬆了口氣，喝了一大口酒，將最上邊的那張金色符紙單獨摘出，端正放好。

只見那懸停在符紙上方一尺有餘的小雪錐，筆尖有紫電閃白雷鳴，咫尺之間，便有浩蕩天威，讓水神娘娘心驚膽戰。

寫完了氣勢驚人的五龍銜珠雷法符之後，鍾魁又寫了一張破障符，然後就一屁股坐在椅子上，呆呆望著最後那張青色材質的符紙。

陳平安心中了然，伸手拿起那張符紙，笑道：「算了，不嚇唬你了，先前兩張符籙足矣。」

鍾魁臉色肅穆，抓住陳平安雙指拈住青色符紙的手：「此符，我一定要畫，只是我需要好好醞釀一番，小心落筆，若是畫岔了，就算你陳平安不打我，我自己都要罵自己。」

陳平安問道：「能畫成？」

鍾魁反問道：「這有什麼成不成的？當然能畫成，我只是覺得畫一張尋常的水井符，若是只能禁錮、關押元嬰之下的劍修飛劍，太過暴殄天物而已。」

陳平安讚嘆道：「鍾魁，你畫符天賦比我強太多了。」

鍾魁無奈道：「你一個純粹武夫，說自己畫符不如我，你覺得我會高興嗎？」

陳平安啞口無言，沉默片刻，不再打擾鍾魁休息、溫養心胸之間的浩然氣。

他心中有了個決定。

鍾魁深呼吸一口氣，對水神娘娘說道：「將府上所有鬼魅送出碧游府之外，等我畫符成功，再讓它們返回。」

水神娘娘雖然不知為何，仍是使用埋河水神和碧游府君獨有的術法神通，將府上所有管事、婢女、雜役瞬間「驅逐」出去。

鍾魁站定，一手負於身後，一手持小雪錐，兩袖內清風呼呼作響。

一瞬間，碧游府就開始震盪不已，地下水脈洶湧澎湃。水神娘娘一時間呼吸困難，向後退去，盡量遠離那位大伏書院的君子，但仍是覺得難受至極，直到飄掠離開了大廳，才略微好受一些。

她咬著嘴唇，眼神恍惚，這個名叫鍾魁的讀書人，絕非書院君子那麼簡單！

鍾魁落筆之時，口中輕輕念誦道：「投袂劍起，澄淨江河，四方嶽崩，九洲海沸。」

符成之後，只會隱匿在符籙之中的符膽竟然當場顯化，是一位一指高度的白衣劍仙，飄浮在符紙上方，靈動出劍，劍氣流轉，風馳電掣。

鍾魁臉色微白，收起小雪錐，並灌了一大口酒，雖然筋疲力盡，可是滿臉笑意，道：「這符也是自創而成，是我最得意的一道符籙，取名為鎮劍符，以一位上古劍仙的磅礴劍意厭勝所有上五境之下的本命飛劍。符紙太好，我這符籙畫得也好，不似那什麼水井符，不過是困住飛劍片刻，這張鎮劍符一出，可就是直接剝奪一位金丹境劍修的本命飛劍了，但對於元嬰劍修的飛劍，還是關押不住太久的，遲早會破符而出。切記一點，這張符籙千萬別輕易拿出來，給外人瞧見，因為我家先生叮囑過，這鎮劍符，不合規矩，太過針對劍修，很容易惹禍上身。」

陳平安有些愧疚，忙揖謝道：「辛苦了。」

鍾魁笑著擺擺手，以心聲與陳平安言語道：『這張符紙，是聖人書寫自家根本學問的手稿紙張，你知道有多難得嗎？便是我家先生，離開中土神洲的時候，也才隨身珍藏了三張而已，渡海之時用去一張，到了桐葉洲又用去一張，如今只剩下一張了，是先生的心肝寶貝，連我都只能看，不能摸。所以說，如果只是金色材質的符紙，我這鎮劍符，威勢就要下降一大截，只能困住金丹劍修的本命飛劍至多一炷香工夫。』

鍾魁口呼痛快痛快，又開始喝酒。

陳平安手腕翻轉，悄悄遞給鍾魁一張符紙。

鍾魁呆若木雞，瞪眼道：「你瘋了不成？不知道價值也就罷了，與你說了它的珍稀程度還如此兒戲？趕緊拿回去！」

陳平安不由分說，直接鬆開手指，任由那青色材質的符紙飄落，鍾魁只得趕緊接住，迅速收入袖中。

陳平安摘下養劍葫蘆，高高舉起，輕聲笑道：「祝你太平山之行，斬妖除魔，馬到成功。」

鍾魁欲言又止，終於還是沒有說什麼，只是默然舉起酒碗，跟陳平安手中養劍葫蘆輕輕碰了一下，各自喝了一大口。

鍾魁喝完碗中醇酒，站起身，告辭道：「走了。」

陳平安抱拳相送。

鍾魁正要離去，陳平安提醒道：「不跟水神娘娘討要一罈美酒？」

鍾魁眼睛一亮，朝陳平安豎起大拇指。

水神娘娘本就是豪傑性情，自然不會吝嗇，拎了兩罈過來，卻被鍾魁將其中一罈轉贈陳平安。陳平安也不客氣，剛好客棧青梅酒已經喝完了，就將這碧游府百年陳釀緩緩倒入養劍葫蘆中。

鍾魁拎著酒罈，身形一閃而逝，當空掠去，來到了埋河岸邊，正要渡河而過，驟然停下，原來是看到了自己先生的陰神，彷彿在岸邊等待自己。

鍾魁趕緊將酒罈藏在身後。

大伏書院山主是一個神色木訥的中年男子，緩緩行走在埋河之畔，鍾魁跟在他身後。

浩然天下的七十二座書院，七十二位山主，境界高低不一，最高者，可以是那高聳入雲的仙人境，可只有元嬰境的山主，也不乏其人，就像大隋新山崖書院的茅小冬，就只有元嬰境。不過山主坐鎮書院，元嬰境就能夠媲美玉璞境，仍是誰都不敢小覷的修為。

這位來自某座聖人府邸的讀書人，在書院山主當中，境界不高不低，是玉璞境，在大伏書院，那可就是仙人境修為。只是此次去往扶乩宗更西邊的海濱，追殺那頭大妖，離開了書院，那麼他就只是玉璞境了。

山主輕聲道：「對方極有可能還有後手，所以不是要你畏縮不前，而是希望你凡事皆謀定而後動。哪怕是在太平山周邊收服妖魔，還是不可掉以輕心。」

鍾魁點頭道：「弟子明白。」

山主停下了腳步，伸出一掌，手上輕飄著一張青色符紙，示意道：「收起來，用以護身。」

鍾魁沒伸手去接，問道：「先生方才在河邊，沒有運用神通查看碧游府？」

山主輕聲斥道：「先前在埋河畔，你擅自招來冥府鬼差，作為大伏書院山主，職責所在，我豈能不一探究竟？你在碧游府，只是與朋友相處，我自然非禮勿視！我若不是當著外人，不好交給你這張符紙，陰神早就離開了。」

鍾魁笑道：「先生言芳行潔，山高水長。弟子受教了！」

山主不以為意，問道：「為何不收？」

鍾魁只得坦誠答道：「除了那支與我投緣的毛筆，那朋友還送了我一張青色符紙，與先生這張材質一般無二。」

山主皺了皺眉頭，便收起了手心符紙，似有不悅，問道：「如此貴重之物，你為何坦然收下？」

鍾魁啞然，用心想了想，答道：「不知為何，好像收下才是對的，請先生責罰。」

山主沉默片刻，叮囑道：「那碧游府美酒，你不用藏藏掖掖了，既然交了個不錯的朋友，還不值得為此喝酒嗎？記得喝酒可以，不許耽誤太平山行程，以及……下不為例。」

鍾魁撓撓頭，先生該不會是鬼上身了吧？先生之古板那是出了名的，處處循規蹈矩，事事恪禮守儀，與北俱蘆洲那不動手則已、一動手就山崩地裂的書院山主，是至交好友。

山主這尊夜遊陰神在彈指間，就回到了已極遠處的真身之中。山主有些傷感，看著弟子鍾魁與那年輕人的往來，他不由得會想起自己年少時，與許多出身差不多、歲數差不多的聖人府邸子孫，以及豪閥和宗門子弟一樣，或多或少都會嫉妒某個姓齊的。

因為那個自稱阿良的人——他們這幫人最佩服的那個傢伙——最喜歡與人說：「小齊是我朋友，誰敢欺負他，我就打得他家老祖宗的棺材板都壓不住。」

碧游府，水神娘娘在鍾魁離去後，第一句話就石破天驚，對陳平安道：「我知道你見過文聖老爺，而且絕不是那種擦肩而過，萍水相逢！」

陳平安不為所動，反問道：「我怎麼自己都不知道？」

水神娘娘嗤笑道：「你還裝？鍾魁認不得你身分，看不出你的學問脈絡，那是因為他不屬於文聖老爺、齊靜春這一文脈。我是誰？文聖老爺所有著作，我一字不差地翻閱了無數遍。文聖老爺當年參加的兩次三教爭辯，是何等蒼天在上，我更是一清二楚！腹有詩書氣自華，讀什麼書，浩然之氣便有不同。我是誰？好歹是一位埋河水神，望氣之術，是我專長！」

看著言之鑿鑿的水神娘娘，陳平安笑問道：「所以呢？」

她瞬間洩氣，氣勢全無，失望道：「你真沒見過文聖老爺啊？」

陳平安點點頭，坦然道：「見過。」

水神娘娘趴在桌上，眼神哀怨不已，一聽此話猛然蹦跳起來，嚷道：「見過？」

陳平安伸出一根手指，示意她小聲一些說話。

水神娘娘癡癡望著這個果真認識文聖老爺的年輕人。

哎喲娘咧，世上咋有這麼英俊的小哥兒？要不將他灌醉了之後……拜把子當兄弟吧？如此一來，自己豈不是就算跟文聖老爺攀扯上丁點關係了？

她抹了一把嘴，傻乎乎樂呵起來，心想自己果然計謀無雙，不愧是讀過那麼多文聖典籍的，書真沒白讀，絕對不會給文聖老爺丟人現眼。

陳平安有些後悔說認識文聖老秀才了。

第三章　真先生也

一更人、二更火、三更鬼遊蕩，四更賊、五更雞鳴天下白。

今夜三更時分，埋河水中陰氣森森。驛館這邊，興許是因為有姚家鐵騎坐鎮其中，兵戈肅殺，無形中擋住了那份瘆人氣息。

姚近之在屋內練習金錢課，俗稱火珠林，是山上祕法之一。說是祕法，其實不算真正入流，姚近之是年幼時在書樓偶然所得，這些年只當作消遣之舉。金錢課以三枚銅錢擲地問卜，或是六錢問課法，以六枚銅錢置於竹筒內，丟出銅錢後看正反，問前程，斷吉凶。這方法時靈時不靈，姚近之其實自己都不太信這個。

今天她以三錢問自己此行入京的前程，大吉，又以六錢問課法，測驗大泉劉氏的國祚長短。事後一枚枚收起銅錢，姚近之滿臉疑惑，百思不得其解，只得自嘲一句不問蒼生問鬼神本就不對。她不再煩惱這兩次結果，起身來到窗邊，看到姚嶺之正在練刀，再遠些，一間屋子還亮著燈火，不用猜，也知道是姚仙之在挑燈夜讀兵書。

她坐回桌旁，想著接下來可以經常去找那位盧先生下棋，可以給那個叫裴錢的小姑娘送幾樣精巧小物件，還要找個機會，送給那位年輕供奉一樣合乎分寸的東西。身為女子，她看得出那個邵淵然眼神深處隱藏著的話語，只是她明明看穿了，卻假裝不懂罷了。

此次北行，一直以來，她就只與那位年輕道士說了兩、三句話而已，以及一次故意地望向那人背影。而那位年輕供奉，說來好笑，自以為在她面前神色淡漠，便能掩藏一切。她可以肯定，那次自己「無意」中的凝望足以讓一位志向高遠的修道之人，心生漣漪了。

姚近之一直堅信，這比千言萬語還要來得有分量。何況人之言語，本身就從不在多，入不入耳是一回事，落不落在他人心頭，又是一回事。女子容貌佳者，男子權勢重者，先天便有優勢。

姚近之一想到這裡，便有些小小的抑鬱。

為何某人能夠真正心平氣和地與自己相處？

從深夜直到天將大亮，朱斂一直待在埋河畔，徘徊不去。

昨夜怪事連連，先是小丫頭裴錢信口雌黃，說是看到河上有一座金橋；陳平安停了劍爐立樁，說是要他和裴錢先回驛站，說完轉身就躍入埋河水中，裴錢二話不說就跟著跳了進去；埋河中莫名其妙出現了一個漩渦，河面上靈氣盎然，讓朱斂有些不適，那漩渦將陳平安和裴錢裹挾其中，驟然出現，驟然消失，只留給朱斂一個矮小女子的模糊身影。

聽說桐葉洲只是這座浩然天下的九大洲之一。

天地廣袤，何其大也；修道之人，何其高也。

早先朱斂心情有些鬱鬱，他就像個富甲一方的縣城豪紳，突然進入京城，發現自己兜裡那點銀子什麼都買不起，到底還是有些失落的。只不過這點小心思，朱斂收拾得很快、很乾淨，反而生出滿腔豪氣和鬥志。別看朱斂成天笑咪咪跟在陳平安屁股後頭鞍前馬後，可這些天武道修為上的勇猛精進，一刻都沒有耽擱。

其餘三人，也不比朱斂遜色。魏羨在仔細審視著這座天下，於細微處見天地；隋右邊在車廂內閉關悟劍；盧白象更是天縱奇才，琴棋書畫，無所不精。

這就是朱魏隋盧四人，最無形的優勢所在。無一例外，他們都曾無敵於人間，作為純粹武夫，心境近乎無瑕，最當得起「純粹」二字。

四人之間，又暗自較勁，七境瓶頸，就看誰最早打破了。只要躋身了武夫金身境，第八遠遊境和第九山巔境，對他們而言再無大門檻，就只是時間長短而已。

朱斂抬頭看了眼天色，開始沿著原路返回，手心掂量著一塊鵝卵石，輕輕摩娑，不斷有碎屑被河邊清風吹拂而散。

四人除了武道瓶頸之外，自然誰都對自身枷鎖心懷不滿，別忘了魏羨是南苑國的開國皇帝，盧白像是魔教的開山鼻祖，隋右邊更是連福地規矩都想要一劍打破的女子劍仙。要說這四人對那個手持四幅畫卷的年輕人心悅誠服，心甘情願當牛做馬，別說陳平安，恐怕那個名叫裴錢的孩子都不相信。

只是客棧一役，這四人對陳平安印象深刻。

朱斂攥緊手心石子，喃喃自語：「看那陳平安如今自然流露出來的態度，盧白象應該是最早吐露真相之人，所以兩人才會如此親近輕鬆？」

鍾魁畫完那張符膽驚豔的鎮劍符，與他先生一前一後離開埋河，碧游府的山水氣運逐漸趨於穩定，那名妙齡女婢帶著裴錢返回大廳。

裴錢先前在影壁那邊，剛將那捧埋河水精丟回影壁，結果就看到上面香火紊亂、河水翻滾的畫面，好像下一刻河水就要湧出石壁，水淹府邸。裴錢嚇了一大跳，嚷嚷著要回陳平安身邊待著，可那名早年冤死埋河的水鬼婢女，當時被水神娘娘運用神通趕出了府邸，因此裴錢只能孤零零站在影壁那邊，號啕大哭，哭得嗓子都啞了。

這會兒返回大廳，裴錢臉上還帶著淚痕，怯生生站在門檻那邊，沒敢進門。她這點眼力見兒還是有的，知道陳平安在跟人談正事，若是這次又是她闖禍，惹惱了陳平安，上次有鍾魁幫忙說情，這次可沒誰為她仗義執言了。

陳平安轉頭問道：「怎麼了？」

裴錢一溜煙跑進大廳，在陳平安旁邊的椅子上端正坐好，有些委屈和心虛，道：「我剛把那捧水還給影壁，不曉得緣由，就地動山搖的。陳平安，我真不是有意的啊，你可不許生氣。」

陳平安一彈指打在裴錢額頭上，笑道：「妳還知道怕啊？」

裴錢一看，心中大定，那嚇人異象，多半跟她沒關係，底氣一足，腰杆立即就硬了。此時見酒桌上香味撲鼻，實在嘴饞，記起以前在藕花福地聽天橋底下的說書先生說那些志怪故事，總講什麼水底龍宮和神仙府邸裡的一杯酒、一顆桃子，吃了後就能增長壽命，便試探性問道：「我能喝一小口酒嗎？」

陳平安一瞪眼，裴錢立即故作恍然道：「我年紀還小哩，喝什麼酒，還是陳平安你多喝一些吧。」

生性豪爽的水神娘娘，被這鬼靈精怪的小閨女逗得樂不可支，對裴錢道：「府上還有不少百年陳釀的水花酒，回頭我送妳一罈。至於陳平安是搶走了自己喝還是給妳剩下點，我可就管不著了。」

裴錢待在陳平安身邊，可就天不怕、地不怕了，老氣橫秋道：「真要送我酒的話，我是要謝妳的，但是我如今年紀還小，喝不得酒，否則會耽誤讀書識字。到了能夠喝酒的時候，我們再來妳家中做客，到時候妳可莫要小氣，否則就對不住妳的神仙身分了。」

水神娘娘嘖嘖稱奇，仔細打量起裴錢的眉眼，越看越心動，對著陳平安半真半假道：「好有靈氣的小姑娘，不然讓她留在碧游府吧，我幫你照顧她，以後我這碧游府的埋河水神娘娘位置，就給她了。我保證傾囊相授，再給她煉化兩件法寶，最多兩百年，她就可以成為大泉王朝最有實力的水神。」

裴錢慌慌張張站起身，大怒道：「不許胡說八道，我還要去東寶瓶洲龍泉郡，幫忙給我家老宅子貼春聯呢！」

陳平安婉言謝絕了水神娘娘的提議，不把裴錢帶在身邊，實在是不放心。

水神娘娘也未強求，不過方才那些言語，還真不是開玩笑。若是被自己一眼相中資質的裴錢留在了碧游府，她還真會竭盡全力讓小姑娘繼承埋河水神神位，幫小姑娘盡力鑄造煉化兩件法寶品秩的兵器，再違背點心性，與大泉王朝和大伏書院虛與委蛇，為碧游府贏得一個「宮」字，那麼她就可以放開手腳，去宰了那頭作祟埋河兩百多年的大妖，哪怕玉石俱焚，到底是一樁造福兩岸九十萬百姓的功德，對得起從文聖老爺書上讀出來的聖賢道理了。

至於她這位水神娘娘，為何對裴錢如此有「眼緣」，裡面更有學問。作為長久坐鎮一方水土的神祇，埋河水神本身福緣極大，否則也無法從一塊無人問津的祈雨石碑上，悟出了一門作為上五境修士大道之本的仙術口訣。

方才她運用神靈的望氣之法仔細察看，不看不知道，一看嚇一跳，她自己算是世上僥倖擁有金形之姿中的佼佼者，而眼前這個黝黑瘦小的小姑娘竟然比她還要出類拔萃，是頭等的神靈之身，通俗說來，就是不當個享受香火的山水神祇，那就是暴殄天物聖所哀了。

所謂的金形之姿，有點類似劍修的先天劍胚、佛家的佛子，得天獨厚，若在某條正確大道上修行，則一日千里。世上相術中有一門稱斤論兩，專看一人骨氣有幾斤幾兩重，金形之姿，就是世間最重的一種。金形之人，多先天體態瘦小，卻骨頭極硬，性情強悍，易急躁，殺伐果決，尤其是五行之中金主肅殺，自有威嚴，故而天生官將之材。

其實這位水神娘娘的眼力雖好，卻仍是不夠好。

裴錢資質之出眾，早已高出五行範疇之外，所以朱斂觀裴錢，也會覺得小丫頭是個習武天才。甚至連先前購買銅錢的姚近之，心中思量，都覺得小丫頭興許會是個術算人才，只要跟隨自己研習占卜算卦，定能夠事半功倍。

唯獨君子鍾魁，看得更加全面和深遠。

只可惜，裴錢遇上了陳平安，道理也不跟她說，至於習武或是修道，裴錢更是想也別想。這個丫頭片子，如今跟隨陳平安一起跋山涉水，只要額頭上能夠貼著一張價值一棟大宅子的符籙，就已經歡天喜地，走路不覺得累了，這大概就是一物降一物。

裴錢跟隨朱斂練武也好，留在碧游府當下一任埋河水神也罷，不管成就有多高，都不用奢望她會對朱斂、水神娘娘感恩，說不定哪天起了衝突，一巴掌就把他們拍死了，事後她還覺得理所當然——你們惹惱了我，我本事又比你大，不打殺了你們，難不成還留在身邊礙眼？

只是到了陳平安這邊，裴錢的心思念頭，則大不相同，可謂獨一份了。不過兩人只緣身在此山中，皆渾然不自知罷了。

水神娘娘揮揮手，婢女默默退去，她這才問道：「陳平安，我是爽快人，你更是，不然鍾魁不會與你如此人情往來，那我就有話直說了？」

陳平安點點頭：「水神娘娘只管直說。」

水神娘娘神色凝重，似乎在醞釀措辭，有大事相商。

陳平安不知何故，照理說府升宮一事，鍾魁已經幫忙敲定，碧游府不該有什麼難事才對，可既然她如此嚴肅，陳平安就靜等下文。

她緩緩問道：「陳平安，你見過了文聖老爺，那麼文聖老爺是不是出口成章，一字一句，都會讓人佩服得五體投地，令人高山仰止？聽了那些深入淺出的大道至理，就會心生『我輩晚生只管砰砰磕頭』的想法？」

桌對面的水神娘娘，神采飛揚。

陳平安虧得沒喝酒，不然真要將一口酒水當場噴出。

裴錢不知道水神娘娘所說的文聖老爺是誰，但是聽口氣好像陳平安認識那個挺厲害的老頭兒，她便覺得與有榮焉，雙臂抱胸，很是驕傲。

陳平安喝了口養劍葫蘆裡的碧游府百年水花酒，猶豫了一下，不忍心破壞水神娘娘心目中文聖老秀才的偉岸形象，挑選著詞說道：「老先生自然學問極大，脾氣絕好，待人和善，從不拿捏架子，出門在外，很……平易近人。」

能不平易近人嗎？平易近人換成貌不驚人更合適，比在客棧中的鍾魁還不如，個子小小的，遊歷天下，就是那副窮酸老書生的模樣。喜歡拐人喝酒，喝酒喜歡裝醉賴帳，酒品也不太好。

可這些實話，陳平安不忍心說與水神娘娘，怕她一個不小心，真就道心崩碎了。

水神娘娘這次乾脆不用大白碗喝酒了，直接拎起那酒罈仰頭灌了一大口，嘆道：「文聖老爺果真是如我所想這般……蒼天在上！學問通天，卻又悲天憫人，行走人間，和和氣氣，善待世人。文聖老爺當年竟然只在中土神洲那座文廟排在第四，不得陪祀在至聖先師左右，豈有此理！」

水神娘娘喋喋不休，不停為自己敬仰萬分的文聖老爺打抱不平。

陳平安並未搭話，卻想起了很多真正的讀書人以及嚮往讀書人的人：齊先生的先生、齊先生、藕花福地很像齊先生的種秋、他陳平安，以及很像自己的那個孩子曹晴朗。

世間萬般講理與不講理，終歸會落在一處，此心安處是吾鄉。

陳平安不說話，只是喝酒。如此好喝的酒、那般美好的人和事、文聖老秀才的順序之說、齊先生的不失望、種秋的問心無愧、曹晴朗懷揣著的希望……他陳平安今天肯定喝不成爛酒鬼，說不定像阿良所說，真能喝成了酒仙呢。

一個自顧自說話，一個自顧自遐想，都肆意喝著酒，不用人勸。

碧游府的水花酒，所謂窖藏，那可是藏在埋河水精之中，一放百年，自然陳釀甘醇，入口容易，可後勁不小。

水神娘娘是真喝酒醉了，盤腿坐在椅子上，腦袋搖搖晃晃，說自己羨慕死了陳平安，見過文聖老爺，還跟文聖老爺那麼熟悉，這輩子得了大圓滿，她就沒這份幸運，每天只能端坐在神臺上。水神廟看似香火彌漫，比蜃景城還要香火旺盛，可是香火之中，夾雜著那麼多的私心私欲，求財求富貴，求子求權勢，她都不喜歡。

她就想跟文聖老爺當面問上一問，聖人們的道理說了那麼多，文廟已經樹立了那麼多尊神像，飽讀聖賢書的讀書人多如牛毛，為何世道還是這麼不堪，總是讓人越來越失望，讓她對人間越來越喜歡不起來。

水神娘娘掰著手指頭說著一句句文聖老爺的書中經典，埋怨這麼好的道理，世人都不願意學，是不是文聖老爺的學問太高了，世人根本摸不著？最後她雙手撓頭，茫然不已。

裴錢翻著白眼，暗想：『得嘞，以後自個兒還是不要喝酒了，若是像這位娘娘這般瘋瘋癲癲的，實在太可笑了。』

陳平安喝酒有一點最好，在醉死拉倒那一刻之前，總是越喝眼神越明亮，整個人煥然一新，眉眼飛揚，如拳法不再是收而是放，好似一身少年老成的暮氣都讓酒氣壓下了。可這不意味著陳平安就真是越喝越清醒，而是喝醉了就會壓不住本性本心。打個比方說，喝酒之前，謹小慎微，如雙手始終摀住銅鏡鏡面，或是雙手護住一盞陋室燈火，不願讓外人瞧見，喝酒之後，便鬆開雙手，大放光明，照徹四方又何妨？

陳平安重重將養劍葫蘆擱在酒桌上，朗聲道：「文聖老先生的學問怎麼就太高了不管用？管用得很！我就要與妳說一說。此學說，放之四海而皆準，善人能學，惡人也能學；帝王將相能學，販夫走卒能學；山上神仙也能學，妖魔鬼祟可學，山水神祇亦可學！至於是否願意學以致用，那是學了之後的事情，先學了這門學問，便是裨益！」

陳平安下意識學那君子鍾魁，更學那學塾授業的齊先生，正襟危坐，接著道：「學了世間真學問，便可心田有那源頭活水來！我覺得老先生這門學問，闡述那『順序』二字，就是大學問，真學問，人人可學！妳學不學？」

水神娘娘眼神恍惚，昏昏沉沉，一拍桌子道：「你說了我便學學看！」

陳平安身體微微前傾，以手指在桌上寫下「順序」二字，道：「這門學問宗旨，是這

『順序』二字！在禮儀規矩的秩序之外，別開生面，又有一條大江大河，恩澤蒼生！我陳平安所學不深也不多，只說我知道之事，曉得之理，無錯之話！我現在便用老先生那晚與我所說內容，先與你說這順序之說的開宗明義！」

一五一十，陳平安將那晚老夫子坐而論道、提綱挈領的開篇內容仔仔細細說了一遍。幸虧陳平安記憶好，哪怕喝醉了酒，依然沒差。

第一篇，分先後。世間事皆有來龍去脈，不可跳過任何一個環節，只揀選自己想要的來講道理，不然世間萬事，永遠說不清對錯，那還怎麼真正講理？難不成各說各話，道理說不通之後，仍是只能靠拳頭說話？大謬矣！

第二篇，審大小。對錯有大小之分，便需要將法家之善法和術家之術算這兩把尺子借來一用。

第三篇，定善惡。以禮儀規矩作為根本準繩，結合各地鄉土風俗人情以及人心道德，定人是非和功過，捫心自問善與惡。

第四篇，知行合一！錯則改之，無則加勉。

僅是這四篇內容，詳細鋪陳開來，陳平安就說了一個時辰之久。

「這門順序學問是頂好的學問，可想要起而行之，處處合乎學問宗旨，何其難也！之前不知道為何文聖老先生要勸我喝酒；不知為何左右一劍劈掉雨師神像，講也不講道理就又一劍鏟平了蛟龍溝；更不知道為何鍾魁身為君子卻如此不像一個書院君子；為何心相寺老和尚會說這個世界虧欠著好人；為何老道人帶著我看遍藕花福地，總是好人難得好報，惡人難獲惡報。」

在說道理的過程中，陳平安常想要將學問與處事並舉，做到言行合一，可是說著說著就會開始自我否定，告訴桌對面那位聚精會神豎耳聆聽的水神娘娘，他覺得自己琢磨出的道理仍是太小，尤其大是大非之外的複雜善惡、細微人心，遠遠沒有資格去蓋棺定論。

陳平安坐在那裡，很多時候都在自言自語。

又是一個多時辰，光陰如碧游府外的江水緩緩流逝。

水神娘娘早已站起身，恭敬肅立，微微躬著身子，如學生聆聽夫子教誨，銘記在心，不敢錯過一字一句。

裴錢趴在桌上，臉頰貼著桌面，望著一口氣跟別人說了那麼多大道理的陳平安，好像聽進去了，又好像心不在焉。

陳平安說他之前不明白很多事情，其實小女孩裴錢也不明白，更不明白。

為何天大地大，對誰都講理、和氣的陳平安獨獨對她那麼不好，對她脾氣最惡劣？可她還是會覺得待在他身邊好，比起當年她一個人在南苑國京城像個小小的孤魂野鬼，年復一年飄來蕩去，總覺得哪天凍死了、餓死了就拉倒，要好太多了，所以她哪怕挨罵挨打，也覺得……沒什麼委屈。

陳平安會看到世間種種別人的好，裴錢只願意看到世間種種他人的惡。

碧游府邸那塊匾額上的三個金字，光彩奪目，金光流溢。府內一眾人鬼或驚駭或驚喜地發現，整座府邸處處是淡金色的光在如水流淌。

碧游府外的埋河之水，在月輝照耀之下，波光粼粼，尤為皎潔。許多戾氣難消的冤死水鬼，不由自主地從陰沉河底遊上河面，沐浴在月色下，然後又紛紛消散，如獲解脫。

埋河畔的水神祠廟內，在外等待天明開門燒頭香的善男信女們喧嘩大起，原來祠廟內那尊水神娘娘的金身神像脫離其泥塑金身，驀然拔地而起，高達十數丈，俯瞰人間，而那尊泥塑金身上的「金身」二字，變得越發名副其實，威嚴之外，神氣凜然。

埋河深處，那頭距離金丹境只差絲毫的大妖，隱匿在河底一處老巢，本該最為舒適愜意，這一刻竟是彷彿置身於油鍋之中，煎熬萬分。不得已，它迅猛衝出老巢，大聲咆哮，掀起滔天大浪，沿著埋河水流瘋狂往上游逃匿而去。

天微微亮，碧游府大廳內，水神娘娘衣袖飄搖，渾身金色光彩流轉不定，尤其是心胸之間，有一枚金色丹丸滴溜溜旋轉，映照得整座大廳金光遠勝燭光。

書上有云，朝聞道，夕死可矣。她不承想自己還有這份齊天洪福，竟能夜聞大道，朝結金丹！

水神娘娘對眼前這位年輕男子感恩戴德，鞠躬到底，喜極而泣道：「既然小夫子是文聖老爺的嫡傳弟子，為何騙我？」

水神娘娘說完之後，久久沒有得到答案，抬起頭一看，哭笑不得，原來那位小夫子竟然已經坐著熟睡過去，唯有微微鼾聲。

她會心一笑，小夫子這份自在和寬心，瞧著不太講究，可在她眼中，比那「十步一殺人，千里不留行」的人間豪傑，毫不遜色。

這位埋河水神想了想，就要去背起陳平安，送他往府邸雅舍休息，不承想裴錢如臨大敵，趕忙護在陳平安身邊，問道：「妳要幹嘛？」

水神娘娘翻白眼道：「難不成要他在這兒睡到日上三竿？總得有張舒服的大床讓他躺著吧，不然我碧游府還談什麼待客之道。」

裴錢「哦」了一聲，叮囑道：「那妳小心些，別吵醒了我爹。」同時裴錢還小心翼翼將那只養劍葫蘆，重新懸掛在了陳平安腰邊。

要是弄丟了這只養劍葫蘆，估計自己不被陳平安打死，也會被罵死。

沒辦法，在陳平安心中，就數她最不值錢了。

水神娘娘沒跟小閨女計較稱呼，她自然一眼看出，陳小夫子跟小姑娘沒血緣關係，至於為何一大一小會一起結伴遊歷江湖，估計就是緣分吧。緣聚緣散，緣來緣去，最是妙不可言，就像今夜到今晨，誰能想像，初次蒞臨碧游府的陳平安，就給她帶來如此之大的機緣？須知山水神靈進階，除了朝廷敕封、皇帝下旨，以一國氣運換取某位神祇的神位登高之外，就只能一點一滴收取祠廟內善男信女、心誠香客們一錢、一兩、一斤的香火精華，比起錬氣士和純粹武夫，更難精進。

水神娘娘動作輕柔，背起了這個天底下酒品第一好的年輕人。他並不重，她也沒有運用神通，縮地成寸，直接去往小院，而是背著陳平安，一步步走去，這對於急性子的埋河水神來說，是破天荒的耐心了。

她很好奇，這麼個年輕人，肚子裡怎麼就裝有那麼大的學問？怎麼就能夠被文聖老爺和齊靜春視為文脈繼承人？那會兒，他應該還是個少年吧？若真是少年聞道的話，那得是多好的出身，多好的天賦才行？難道是那傳說中神靈轉世、生而知之的天之驕子？可轉念一想，她又覺得不對。文聖老爺什麼天才沒見過，應該不會如她這麼俗氣。

裴錢走在水神娘娘身邊，一直仰頭打量著她的臉色，看這位府邸主人笑得有些古怪，小女孩終於忍不住問道：「妳該不會是喜歡上我爹了吧？」

水神娘娘搖頭柔聲道：「不會，我既不喜歡，也覺得配不上。如果一定要選一個世上讀書人，作為相濡以沫的夫君，我啊，大概還是更喜歡那個邋遢君子，嫁給這般男子為人婦才能過日子。陳公子這樣的，難。」

如果水神娘娘喜歡上了陳平安，裴錢會生氣，可當她聽說水神娘娘不喜歡陳平安，她就更生氣了，脫口而出道：「妳眼瞎啊！」

水神娘娘轉頭看了眼氣鼓鼓的小丫頭，笑道：「哎喲，難道天底下的女子，都要喜歡陳平安，才算不眼瞎？」

裴錢冷哼一聲，一副「妳這娘們頭髮長見識短，我才不與妳廢話」的驕橫表情。

水神娘娘本就心情舒暢，見著了裴錢這副模樣，更是笑出聲來。

覺得自己被小瞧了的裴錢便越發氣憤，恨恨道：「笑什麼笑，我爹是妳恩人，我是他女兒，我就是妳的小恩人，妳放尊重些！」

水神娘娘腳步輕緩，輕聲問道：「不然我送妳一份謝禮？」

裴錢眼睛一亮，只是很快黯然，有氣無力道：「算了吧，妳自己送陳平安，我可不敢胡亂收禮。不然他醒了後，肯定又得嫌棄我沒家教，不懂禮數了。好心當成驢肝肺，我何苦來哉？妳說是不是？」

水神娘娘忍俊不禁，好不容易才憋住笑意，一本正經道：「沒事，我自有貴重之物贈送陳平安，妳呢，既然是『陳平安女兒』，我作為半個長輩，初次見面，送些東西給妳，哪怕妳偷偷藏著，不給陳平安發現，也並不過分，又不算大是大非。再說了，妳又不會拿去為非作歹，要是事後陳平安曉得了，最多罵妳幾句，不痛不癢的，怕什麼？」

裴錢略微心動，只是很快就嗤笑道：「妳怎麼知道我不做壞事？我壞得很哩，我要是得了什麼厲害至極的仙家寶貝，或是學了了不得的神仙術法，我見誰不順眼，一照面就唏嚓了他們，比那個姓朱的大壞蛋、老東西，還有那個名字叫『右邊』、整天板著一張臭臉的醜娘們殺人更利索，就跟我平時餓了吃飯一樣，眨眼工夫，就要再盛一大碗白米飯了！陳平安都攔不住！不過呢，到時候陳平安打不過我的話，我會照顧一下他的面子。」

小女孩越說越開心，說得水神娘娘心驚膽戰。直到這一刻，她才意識到陳平安帶了怎麼個小怪胎，竟然把殺人一事，說得跟吃飯一樣，而且不是懵懂稚童喜歡故作駭人言論那種。

水神娘娘變了眼神，再次仔細觀察裴錢。

裴錢突然怒道：「妳這水神娘娘，真是壞心眼，恩將仇報！妳是不是故意坑害我，一門心思想要陳平安瞅見我犯了大錯，把我趕出家門，妳好趁機當好人收留我，要我在這碧游府給妳當個端茶送水的小丫鬟？」

水神娘娘默不作聲，一邊背著酣睡的陳平安，一邊低頭打量著黝黑嬌小的小女孩。她故意讓自己眼神冰冷，既刻意掩飾，又有些洩露，笑問道：「妳就這麼看我？」

果然，裴錢立即就退後一步，故作輕鬆，笑道：「水神娘娘，我跟妳開玩笑呢。」

水神娘娘心中了然，這個擁有金形天姿的小姑娘，來頭絕對不小，而且幾乎不用奢望自己能夠駕馭此人的心性。

水神娘娘沒來由想起了當初裴錢捧水而至，陳平安只是輕輕一句，小姑娘立即就原路返回，放回那捧水精，而且好像全然順乎本心，沒有半點違逆的意思。水神娘娘終於咀嚼出一些苗頭，然後在心中對背上的年輕人讚嘆一聲。

裴錢樂了，道：「妳方才嚇唬我呢。」

水神娘娘有些無奈了，小丫頭果真有洞悉人心起伏的敏銳直覺？這要是有人跟她朝夕相處，得多累？

水神娘娘將陳平安送到碧游府一棟最雅致的獨棟小院，院門房門皆自行打開，把他放在被褥華貴的床榻上，裴錢嚷著讓開讓開，幫著陳平安脫了靴子，再蓋好被子，這才一屁股坐在床邊，瞪著水神娘娘，後者笑道：「妳有妳睡覺的地兒，我這就帶妳去。」

裴錢使勁搖頭道：「我得替我爹守夜，防著壞人。」

水神娘娘道：「行了，別想著拍馬屁了，陳平安真的睡著了。」

裴錢將信將疑，回頭看了眼陳平安，這才起身，笑嘻嘻道：「那帶我去瞇一會兒，睏死我了。不過千萬記得我爹醒了，就立即叫醒我，我們還急著趕路呢，說好了天亮之後跟上大隊伍的，我爹向來說話算數。」

水神娘娘算是澈底服了這個人小鬼大的傢伙了，帶著裴錢離開屋子之後，好奇問道：「大隊伍？怎麼回事？」

裴錢猶豫了一下，大致說了一下姚家隊伍的情況。

水神娘娘點點頭，道：「沒問題，你們安心睡兩個時辰，到時候我像昨夜那樣，一下子就將你們送到埋河上游。」

裴錢這才放心，跟著這位極其有錢的「矮冬瓜」女子一起去往附近的一間院子。她嘴上挑三揀四，滿臉嫌棄，可心裡頭早已羨慕得一塌糊塗，心想著以後自己有了大把銀子，一定要有這麼大的宅子，這麼富貴氣派的屋子，還要用金子、銀子鋪地，再在屋子裡貼滿那些黃紙符籙！

安置好陳平安和鬼精鬼精的小姑娘，水神娘娘一步就來到了碧游府大門外，抬頭看著那匾額，怔怔出神。又一步倒退跨出，瞬間來到了供奉有她金身的水神祠廟內，距離開門迎接香客還有約莫一刻鐘，她大步走入主殿內。

先前她結成金丹，天生異象，使得門外數百香客們納頭便拜，心誠至極，她在遠處碧游府內，亦是心生感應，對於神道香火，略有所悟。

大殿內神臺上的那尊泥塑金身，已經恢復原樣，不再神光外露，照耀埋河。神像其實與她本人相貌只有四、五分相似，而且神像女子身材婀娜，衣袖飄舉，線條靈動，如神人身披天衣。她一直覺得神像過於美化自己的形容姿色了，完全就不是自己，只不過這就是山水神祇祠廟塑像的規矩。

此水神廟最早的一位廟祝婦人，是溺水被水神娘娘所救，之後便死心塌地，捨了俗世的富貴身分，在水神廟擔任了廟祝，一做就是五十年，從一個年輕婦人慢慢變成了白髮老嫗，因為沒有修行資質，活到八十高齡便去世了。

正是這位廟祝，勤勤勉勉，行走四方，幫著水神娘娘收攏信徒，年復一年開設粥鋪救濟百姓。彌留之際，老嫗握住了水神娘娘如羊脂美玉的纖手，沙啞笑道「娘娘還是這般好看，金身神像還是匠人手藝不精，不及娘娘容顏萬一，是她這個廟祝當得差了」。

最後老嫗淚眼婆娑，詢問水神娘娘一句話，四個字而已：「可曾消了？」

不等水神娘娘給出答案，老嫗就去世了。

那位至死也虔誠的廟祝，其實不是一開始便是世人眼中的好人。她年輕的時候，男人行商，經常出門在外，她耐不住寂寞，便勾搭了別的男人。事情敗露後，更是勾結野漢子害死了丈夫，之後成功改嫁，還霸占了前夫所有家產，快活了幾年後，因惡緣而聚，由惡報而散，一次踏春郊遊，被見異思遷的男人打得半死，丟入埋河水中，剛好被那會兒才是埋河一座淫祠小小水神的娘娘救起。

凡此種種，這位水神娘娘始終不得解惑，直到讀到了文聖老爺的道德文章，說那人性本惡，教化向善，埋河水神才幡然醒悟。

身為埋河水神，可以憑藉香火照見人心，原本她對人心醜陋深惡痛絕，甚至還會排斥那些嫋嫋香火，總覺得每次讓人許願靈驗，自己就多一絲惡業纏身。在那之後，她的心境才開始有所轉變，統轄埋河水域，鎮之以威，震懾惡念，同時聯手埋河兩岸數個城池的城隍爺數次顯靈，對朝廷祈雨一事，不遺餘力施展神通，哪怕拚著道行衰減，金身黯淡，都要爭取有求必應，不管香火是善念還是貪念，至少先做到讓自己問心無愧。

可數百年光陰，歲月悠悠，總有耐心耗盡的時候，她開始越來越少走入水神祠廟，越來越喜歡待在那座閉門謝客的碧游府，憑藉那道仙人口訣，潛心煉化一件又一件兵器，以此打發枯燥乏味的神祇生涯。還有一個更重要的內幕，是因為那門上古傳承的法訣，不但可以煉器，還可煉埋河之水，更可煉人間香火，真正是一法通萬法通的仙家大神通。

原本以為那個名叫裴錢的小姑娘，既然有緣來此，資質又如此之好，說不定就是冥冥之中自有天意，可以繼承自己的神位與這份無上道訣，只可惜事實好像並非如此，那就只能再等了。神位傳承與鍊氣士收徒如出一轍，從來不是小事，一著不慎，不但弟子遭災，師父也會被牽連得身死道消，要麼就是教出一個養不熟的白眼狼，離經叛道，欺師滅祖。比如她最仰慕欽佩的文聖老爺，學問多高多大不也一樣教出個崔瀺？

晨曦從窗戶灑入主殿內的地面，水神娘娘收回視線，輕輕發出一聲嘆息。廟祝老嫗站在門口，布滿皺褶的蒼老臉龐上掛著一大把激動欣喜的老淚，委實是知道了天大的喜訊的樣子。

水神娘娘一人得道、神位登高，埋河水神祠廟眾人自然是跟著雞犬升天。從今往後，不但那頭水妖要夾著尾巴，再不敢興風作浪，而且從刺史府邸、郡守府邸再到各地縣衙，恐怕人人都要換上一副更加恭敬的嘴臉了，便是那個自恃恩人身分的倨傲刺史老爺，說不定以後都要客氣許多。

廟祝老嫗忐忑問道：「娘娘，咱們埋河附近的城隍爺、土地公以及一些小河河伯幾乎都趕來給娘娘道賀了。他們曉得娘娘的脾氣，不敢叨擾碧游府，都備好了重禮，在這廟外邊候著呢，見還是不見？若是娘娘乏了，我可以幫著推託一二，他們是不敢說什麼的。」

水神娘娘淡然道：「我還有點時間，見見他們吧。庇護一方山水氣運，教化轄境九十萬百姓，不是我們一座水神廟可以做到的，需要同心協力。」

老嫗心中驚訝萬分，不知為何這位憊懶的水神娘娘突然轉了性子，到底是好事一樁，立即領命轉身去傳諭。

只要娘娘願意花些心思，招徠各方山水神祇，埋河水神廟，定然可以一呼百應，成為名副其實的大泉水神廟第一！

自那位初代廟祝女子死後，埋河水神廟祝已經換了一位又一位，可水神娘娘始終都沒有什麼感情，來來往往，生生死死，就只是那樣了。

此時此刻，獨自一人的水神娘娘，好似在與一位故人對話，笑道：「聽說蜃景城有兩戶人家最擅長塑造神像，張家樣號稱面短而豔，更添風采，曹家樣被譽為衣服飄舉，飄然欲仙。妳覺得哪個更適合我一些？妳會更喜歡哪一家的匠人？」她嘴角翹起，眯眼而笑，大手一揮，「妳不用想了，哪家口氣大，開價高，就挑哪家，如今咱們可不用愁錢了！」

拂曉時分，河畔驛館，老將軍姚鎮發現陳平安沒有出來吃早飯，便有些奇怪。朱斂笑呵呵解釋說少爺遊歷未歸，昨夜臨時起意，要去瞻仰埋河水神廟，老將軍不妨先行趕路，少爺一定會跟上。

姚鎮大笑著說這傢伙真是不仗義，早知如此，昨晚就該一起去的，耽擱一、兩天行程算什麼。

朱斂沒有多說什麼，笑著退下，與盧白象三人坐在了一張桌子上。

盧白象望向他，朱斂搖頭笑道：「莫要問我，少爺當時並未要我跟隨，只說會儘早返回，讓我與驛館這邊打聲招呼。」

魏羨只是埋頭喝粥，下筷如飛。

隋右邊無論坐姿還是飲食，是四位「扈從」當中最有獨到氣韻的一個。便是姚家隨從鐵騎當中最沒心沒肺的，都覺得這位姿容絕美的背劍女子絕非俗人，不是任何一位大泉世家公子能夠擁有的扈從。

盧白象皺了皺眉頭。

朱斂微笑道：「怎麼，不放心我？我就算有那份心思，可有那本事嗎？」

見盧白象不願與自己說話，朱斂笑意更濃。

坐在最角落的道門師徒尹妙峰和邵淵然對視一眼，並未就此言談半句，但是兩人心湖之間，各有聲音響起。

邵淵然喝著一碗小米粥，以心聲詢問道：『埋河水神廟後半夜的異象，會不會跟此人有關？』

尹妙峰答道：『說不定。照理來說，不太可能，畢竟那位水神娘娘引來的天地感應，是結成金丹的大氣象，君子鍾魁都未必有此能耐可以幫助她一二。只是這位來歷不明的陳公子，實在不可以常理揣度，我們無須理會，只要不是橫生枝節，我們就已經可以向大泉劉氏交差了。碧游府升不升宮，都有一位書院君子兜著，已是萬幸，如今埋河水神靠自己的本事進階，我們昨夜登門拜訪那一趟，其實也可以拿出來說道說道，沾沾光，說不定為師可以幫你要到一份好處。』

邵淵然點了點頭。他眼角餘光瞥了眼重新戴上帷帽的姚氏女子，不再說什麼。

姚仙之和姚嶺之雖然是姚家嫡系子孫，而且備受器重，可是一樣沒有資格跟爺爺姚鎮同桌，三個位置坐著的，都是跟隨姚鎮征戰大半輩子的老卒，無關品秩高低。姚鎮視為理所當然，三位百戰老卒也不覺得有何不妥。

姚仙之朝姚嶺之眨眨眼，努了努嘴。

姚嶺之問道：「做什麼？」

姚仙之壓低嗓音，問道：「妳說陳公子是不是遇上了不開眼的傢伙，斬妖除魔大殺四方去了？妳想啊，陳公子憑藉一己之力，打得埋河幾百里妖魔，一個個鬼哭狼嚎，這幅畫面，是不是特有英雄氣概？」

姚嶺之沒好氣道：「你還沒睡醒吧，喜歡白天做夢？」

姚仙之挑眉道：「妳覺得陳公子做不到？」

姚嶺之說道：「我是覺得埋河沒那麼多鬼魅，畢竟有座水神廟壓著呢。」

姚仙之哈哈笑道：「我就說嘛，妳其實心裡頭也相信陳公子是有這份能耐的。」

姚嶺之橫眉豎眼，斥道：「喝你的粥！」

姚仙之開心笑道：「今兒粥特別好喝！」

哪家少年郎，不仰慕那真豪傑。

陳平安猛然驚醒，從床上坐起身後，大汗淋漓，仔細思量一番，才稍稍心安幾分。

記憶中只說了文聖老先生的順序，並沒有過多涉及三、四之爭，也沒有多說齊先生。

不過即便如此，他決定等會兒見著了埋河水神娘娘，還是要提醒幾句，關起門來閒聊，可以言行無忌，開了門就不要再談論此事了，不然他陳平安可以一走了之，返回寶瓶洲，妳水神娘娘的碧游府跟祠廟金身都是不可以挪窩的。

陳平安瞥了眼床底下的那雙靴子，愣了一下，竟是靴尖朝裡擺放的，讓他搖搖頭。

好嘛，生怕我不知道是妳幫忙脫的靴子？真是一身的機靈勁兒，為何就不願意多花在讀書上？

離開屋子後，陳平安站在院中，約莫是辰時的尾巴上了，姚家隊伍應該早已起程，他和裴錢需要加緊趕路，不提去往驛館的三百里埋河水路，就已經耽擱了一個多時辰。

不過昨夜喝過那頓百年陳釀水花酒之後，此時神清氣爽，既是客棧大戰後身子骨痊癒得差不多了，更有心境上的輕鬆自如，就像一間老屋子，積攢了太多雜七雜八的物件，哪怕主人都視為寶貝，可若是哪天收拾齊整了，再一眼望去，肯定會更加順眼。

院門口那邊站著一個妙齡婢女，正是昨晚領著裴錢去看影壁的府邸水鬼，她對著陳平安嫣然一笑，道：「陳公子，娘娘要我在這邊候著，只等公子醒了，就領著去往昨夜喝酒的大廳。」

陳平安笑著快步走去，問道：「我帶來的那個小丫頭呢？」

婢女抿嘴而笑，小心解釋道：「那位小姐起得要早一些，只睡了不到一個時辰，就醒了，然後我帶著她逛了一趟碧游府。小姐活潑開朗，府中下人都很喜歡。」

陳平安猶豫了一下，還是直白問道：「她沒跟你們碧游府索要什麼吧？」

婢女趕緊搖頭道：「沒有沒有，真的沒有。」也是個不會撒謊的。

陳平安無奈道：「她討要了什麼，若是太過貴重，我們不會帶走，若是尋常之物，我可以付錢。」

婢女忐忑道：「她只要了些碧游府購自市井坊間的紙筆，說她從今天起要學習畫符，還說這筆錢，她遲早會還給碧游府的。陳公子，只是些尋常紙筆，真不值錢，懇請公子別責怪小姐，不如公子就當是我送給小姐的禮物？公子不知道，我已經好些年沒有與人打交道了，小姐願意與我說話聊天，我很開心，就跟我還是活人時過年似的。」

陳平安笑道：「那我就當是妳送給她的，不過到時候我讓她與妳道聲謝。」

婢女笑顏逐開，側身施了個萬福，道：「公子善解人意，希望以後能夠常來咱們碧游府做客。」

陳平安見到了裴錢，她笑臉燦爛。

陳平安問道：「就沒什麼想要說的？」

裴錢瞪了一眼陳平安身後的女鬼，悻悻然從袖子裡拿出一支兔毫小楷毛筆，然後掀起外衣，原來將一大摞宣紙貼身藏著了。

她趕緊說道：「我與萱花姐姐說過了，這筆和紙是我跟碧游府借的，以後肯定還錢！只是怕你不答應，我便藏了起來。」

陳平安問道：「就算妳將來掙了錢，知道寶瓶洲離著桐葉洲有多遠嗎？以後怎麼還？若是讓仙家渡口幫忙寄送，那些錢，妳都可以在南苑國京城買棟宅子了。妳保證能掙到這麼多銀子？」

裴錢一臉茫然。

陳平安冷笑道：「說不定就是知道這點，所以才說願意還錢吧？」

裴錢笑容尷尬，視線遊移不定，就是不敢正視陳平安。

陳平安伸手過去。

裴錢哭喪著臉道：「不許打腦袋，不許扯耳朵，其他地方隨便打！」

陳平安氣笑道：「把筆紙交給我收起來，這位姐姐方才說了，是她當作離別禮物送給妳的。」

裴錢將紙筆交給陳平安，望向那位捣嘴而笑的嬌俏女鬼，一副感激涕零的表情，道：「萱花姐姐，妳人這麼好，不對，是當鬼當得這麼好，應該讓妳當水神娘娘的。」

陳平安將物件收入養劍葫蘆內的方寸物中，瞥了眼裴錢，裴錢立即醒悟，對著婢女鞠躬致謝。

兩人一女鬼到了大廳，水神娘娘等候已久。

比起之前那個大大咧咧、有著江湖豪氣的埋河水神，今天她總算有點水神娘娘的架勢了，換上了一身類似朝廷誥命夫人的錦衣華服。

婢女萱花退去後，水神娘娘開門見山，沉聲道：「陳平安，滴水之恩當湧泉相報，更何況是比天大的恩德，我得拿出點什麼給你，不然愧疚難安。我想了一下，碧游府並無能夠讓你瞧得上眼的物件，我自己煉化的那些兵器，品秩是還湊合，只是兩件法寶，都是我的本命物，給不了你，其餘兵器，品秩又不夠。話說回來，便是一股腦都給了你，還是不足以報恩，所以我想要將祠廟外那塊祈雨碑上的仙家煉化口訣贈予你。」水神娘娘掏出一枚玉簡，道：「希望你記下這門道訣後，最好立即銷毀，並非是我小氣，碑文所載涉及一位上古仙人的證道根本，機緣大，因果也大，輕易外傳，不一定是好事，一旦承載不住，反而惹禍。」

陳平安二話不說，點了點頭，便笑著伸手接過，乾脆俐落地收入飛劍十五當中。

水神娘娘訝異道：「不推脫一二，與我客氣幾句？你來我往，就更顯真情了啊。」

陳平安忍住笑，道：「實不相瞞，我還真需要一門上乘煉器口訣。當初莫名其妙就陰神夜遊了，念頭一起，就直奔你們水神廟，鍾魁說的機緣所在，應該就是這個。天予不取反受其咎。」

水神娘娘撓撓頭，道：「理是這個理，可總覺得缺了點什麼。你要是大義凜然地拒絕了，來一句君子行事不圖回報什麼的，我再一哭二鬧三上吊死活要送你，你不得不收下，最後賓主盡歡而散，多有意思。」

陳平安笑著不說話。

之後水神娘娘便要帶兩人去往埋河，依舊是運用先前的神通，將二人送往埋河上游的驛館附近。山河千里輾轉一念間，這是山水神靈最讓鍊氣士羨慕的神道術法之一，另外一個應該就是神祇只要身處自家香火祠廟，便擁有類似儒家聖人坐鎮書院和真人身處道觀的額外威勢。

水神娘娘大概是不願太快分別，帶著他們步行走向碧游府大門。

臨近大門，她突然問道：「陳平安，你有沒有文聖老爺的著作？最好是文聖老爺親自送你的那種。你放心，我不會堂而皇之供奉在水神廟，那也太不知死活了，我就是偷偷藏在碧游府中，與我私自刻下的那塊牌位放在一起，這既是我的最大心願，更是我的功利心使然。如今我神道跨出了一大步，修為暴漲，但是從今往後，更需要真正將文聖老爺的道德學問給讀活了，直覺告訴我，一旦成功，我還能百尺竿頭、更進一步，說不定到時候連大泉王朝的五嶽正神祠，都會不如我這座埋河水神廟。」

見陳平安默不作聲，水神娘娘停下腳步，破天荒露出哀求神色，懇求道：「陳平安，求妳了。」

陳平安思考很久，答道：「老先生是送過我一本儒家入門典籍，卻不是他的著作。」

水神娘娘滿臉驚喜，忙道：「只要是過了文聖老爺手的書本，就成！我可不傻，書中必有大道真意！」

陳平安腦海中，浮現出那個初次見到的矮小女子，挎刀背劍，手持一杆差不多有她兩人高的鐵槍，在埋河水底大戰水妖、慷慨奮發的英姿，更想起了她在水神廟外對他和鍾魁說的言語，從頭到尾，並無半點驕橫，中正平和得不像神祇，而像一位真正的讀書人。

陳平安嘆了口氣，轉頭對小女孩說道：「裴錢，我讓妳反復讀的那本書，妳應該已經背熟了，不然就送給水神娘娘吧？」

水神娘娘愣了愣。竟是詢問的口氣？

更讓水神娘娘一頭霧水的一幕出現了，裴錢咬緊嘴唇，死活不開口，更不願意點頭。

陳平安摘下養劍葫蘆，喝了一口酒。

水神娘娘一咬牙，說道：「我碧游府其實還有一件鎮宅之寶，極其珍稀，絕不比那仙人口訣差，只要願意贈書，我就投桃報李！」隨後她笑望向裴錢道：「除了報答陳平安，我同樣再送妳一件好東西，不敢說價值連城，卻也是一等一的罕見寶貝。」

可是裴錢只是站在原地，不說話、不點頭，兩隻小手死死攥緊衣角，心裡既怕陳平安生她的氣，從此更加討厭她，又怕陳平安點頭答應了水神娘娘。

陳平安別好養劍葫蘆，彎下腰，竟然對裴錢笑了，揉了揉她的小腦袋，道：「不願意就算了。」

裴錢抱住陳平安，一下子哭了起來。

陳平安都不知道這傢伙怎麼想的，為何哭，只好對水神娘娘無奈一笑，道：「不好意思，我回到寶瓶洲後，爭取幫妳找一本，到時候寄給妳，至於報答不報答的，用不著。」

水神娘娘哀嘆一聲，看了眼陳平安，又看了眼裴錢，扼腕痛惜道：「只好如此了。」

他們來到埋河水畔，陳平安背著裴錢往水中一跳。

水神娘娘大袖一捲，埋河水中再次出現先前朱斂所見的古怪漩渦，下一刻，她與陳平安和裴錢已經站在了三百裡外的埋河水中，一人飄掠，一人踩水上岸。

水神娘娘站在岸邊。陳平安告別離去，走出一段距離後，大概是跟裴錢說了些什麼，哭花了臉的小女孩轉過頭，與水神娘娘揮手告別。

水神娘娘笑著揮手。

漸行漸遠，背後的裴錢始終嗚嗚咽咽。

陳平安笑道：「又沒做錯什麼，哭什麼？」

小女孩腦袋抵住陳平安，哭道：「對不起。」

陳平安：「嗯？」

小女孩傷心欲絕，又道：「你說得對，我就是個賠錢貨。」

陳平安氣笑道：「瞎說什麼。以後記得好好讀書，要用心。」

裴錢抽了抽鼻子，使勁點頭。

陳平安沒好氣道：「別把鼻涕擦我身上。」

裴錢後仰一些，擦了擦陳平安背後的眼淚和鼻涕，笑了一聲：「嘿！」

一大一小身影消失在遠方。

水神娘娘開懷大笑起來，果然這才是文聖老爺的嫡傳弟子！

若是一聽說有那重寶可以換取，世間有幾人，會真正在乎一個身邊小女孩的意願？

她收起笑意後，臉色肅穆，向著陳平安離去的方向，作揖到底。

果然聞道有先後，昨夜坐而論道，今天起而行之，是謂知行合一。

陳平安真乃夫子也，真先生也！

姚家行事老到，驛館那邊有人等候陳平安，朱斂也在其中，少年斥候姚仙之更是死皮賴臉留下了。

陳平安與那兩個姚家老卒道了歉，老卒們哈哈大笑，其中一人連忙擺手說陳公子這般客氣，太把自己當外人了，使不得、使不得。

姚仙之看待陳平安的眼神，就像看待一位從沙場凱旋的功勳武將，讓陳平安有些摸不著頭腦。

一行人騎馬追趕大隊伍，裴錢與陳平安同乘一馬，小女孩高興得很。老將軍姚鎮早就讓車馬緩行，於是很快陳平安就看到了那支隊伍的身影。

姚鎮經過這段時間的休養，又有一位皇子殿下的靈丹妙藥輔助，被刺客重傷的傷勢幾乎已經痊癒，今天北行又放緩馬蹄，在征得姚近之的同意後，離開了車廂開始騎馬。到底是大半輩子在馬背上廝殺的老人，年輕時候早早習慣了長途奔襲的急行軍，便是在馬背上睡覺都不會跌落，加之今天沿途風景怡人，又有小恩公陳平安與他並駕齊驅著聊天，說了些埋河水神廟的景象，姚鎮精神頭極好，笑聲爽朗。

陳平安想要讓老將軍幫著跟官府討要一幅埋河流域的堪輿圖，姚鎮問也不問就答應了下來。

裴錢已經被陳平安趕去車廂了，再度與隋右邊共處一室，後者盤腿而坐，閉目養神，橫劍在膝，氣度森嚴。

裴錢一直就不喜歡這個冷冰冰的娘們——見了誰都跟欠了她好幾十兩銀子似的，整天臭著一張臉，小心明年就變成一個老太婆。

裴錢在進車廂前，跟陳平安要回了那小楷毛筆和宣紙，這會兒坐在角落，自顧自打開棉布包裹，將新家當小心翼翼放入其中，又從最底下抽出一本褶皺嚴重的書，突然瞥見包裹裡頭有一雙靴子，瞧著是新買不久，卻沾滿了泥土，她吐了吐舌頭，趕緊收起包裹，不敢讓人瞧見。

後仰躺下，裴錢雙手高高拿著那本破損老舊的書，翻來覆去瞅半天，最後放在臉上，沉沉睡去。

睡著之前，小女孩想起那個傢伙要她以後真正用心讀書，不要光用力氣背書，她心裡嘀咕，今兒太累啦，明天再說，明天一定做到。只是一想到有句話，叫作「明日復明日，明日何其多」，她便開心得快要笑出聲了。

小女孩今天睡得格外香甜。

隋右邊睜開那雙狹長的桃花眸子，輕輕吐出一口氣，隨即她抬起手掌，輕輕一拂，將那股氣機瞬間拍碎。

畫卷四人，除了最早走出畫卷牢籠的悶葫蘆魏羨，其餘三人都是同一天來到這座浩然天下。

朱斂走了條外家拳極致的路數，走到武學巔峰後，才由外轉內，不然這個被丁嬰親手斬殺的武瘋子，也不會想要一人打殺其餘九位大宗師。那場慘絕人寰的大亂戰，朱斂最可怕的地方，在於受傷越重，出手殺力越強，雖然丁嬰僥倖活到了最後，還得到了朱斂頭上的那頂蓮花冠，可這位被譽為千古第一人的丁嬰，一輩子都不曾與人提及那場南苑國京師之戰，說不定這其中大有玄機。

盧白象才情極高，學什麼都快且精，所以武學一途，海納百川，這點與藕花福地後世第一人丁嬰大致相同。只是盧白象的野心，或者說志向，不如丁嬰那麼瘋魔純粹，故而當年開創魔教之後，依舊是孤家寡人一個，喜歡雲遊四方，所以才會身陷重圍。不過那一場大戰，便是參與血腥圍剿、落得個境界大跌的正道宗師，其內心深處，對於盧白象確也有一絲佩服。而那場大戰中，最死戰不休的兩人，皆是愛慕盧白象的名門仙子，大概就是抱著殉情求死的心境了。

魏羨的武道最為罕見，天生的沙場萬人敵，擅長應對圍殺之局，一人鑿陣，雖千萬人吾往矣。歷史上，關於這位南苑國開國皇帝的稗官野史和江湖趣聞，其中幾乎沒有任何捉對廝殺的記錄。

而隋右邊，無論是資質，還是心性，其實更像是一位浩然天下的修道之人，而不是憧憬什麼「止境」的純粹武夫。隋右邊雖然最近始終身處方丈之地，但是她真正視線所及，依舊不是人間，而是那天上。

她如今在嘗試一門劍走偏鋒的劍術，這在靈氣稀薄的藕花福地只能是一座空中樓閣，而在浩然天下，卻大有可為。

當下步驟有些類似武人的「填海」，只是她又有差異，是在腰肋之間煽風點火，自鑄劍爐，溫養一口劍氣，模仿純粹武夫一口真氣，遊若火龍，巡狩四方。

隋右邊一旦成功，不僅僅是煉就了體魄，煉就了精神，還會煉就一縷劍氣成劍胚，幾乎是那劍修本命飛劍的雛形了。

而關於劍修的一切，如今的隋右邊根本沒有機會接觸到，全靠自己的摸索領悟。隋右邊的練劍天賦之高，可想而知。

她這些天只是聽說了一些個姚家邊軍的私下議論，說的是姚家恩人陳平安擋下刺客的壯舉，其中就提及劍修殺力之凌厲巨大，飛劍之神出鬼沒，讓她心嚮往之。

如此才好，藕花福地太小，容不下她的劍，這座天下夠大，她有朝一日，定要去那最高處出劍！

隋右邊繼續閉上眼睛，她的對手，從來不是魏羨三人，修行一事，她絕不會輸給任何人。

大泉王朝正值繁榮鼎盛。

車廂外邊馬蹄陣陣，沿途許多鄉野稚童都會駐足觀望，村夫村婦們也不畏懼，眼光中只有好奇。

陳平安騎馬而行，看著那些大泉百姓。當年身邊帶著青衣小童和粉裙女童，在大雪紛飛時節過關入境，曾碰到了大驪一隊精銳邊軍斥候，訓練有素，極其精悍，看了他的通關文牒後，就笑著建議他們可以去往烽燧借住，躲避風雪。

對於大驪皇帝、藩王宋長鏡以及鄰居宋集薪，陳平安的印象可算不上好，但正是因為那次偶遇，陳平安對於大驪王朝，沒有了成見。

當天隊伍在黃昏時分下榻於一座臨近州城的大驛館，驛館極其雅致，還有個小園林，綠竹叢叢。

當晚姚鎮就親自給陳平安送來一幅堪輿圖。陳平安當時在屋內端詳那塊玉簡，裴錢在桌對面打哈欠，腦門上貼著一張寶塔鎮妖符，理由是她聽說竹林容易出現女鬼，風一吹，嘩啦啦地響，總覺得就會有女鬼在竹林間飄來蕩去。

姚鎮敲門後，裴錢立即跑去開門，老將軍見著了額頭貼符籙的小丫頭，一問緣由，哈哈大笑，說就算真有鬼祟隱匿竹林也不用怕，軍伍出身的姚家兒郎，一個個陽煞十足，是鬼魅害怕他們才對。

裴錢「哦」了一聲，摘下符籙放在桌上，就去自己的屋子睡覺了。

姚鎮用手往下壓了壓，示意陳平安坐下說話。兩人落座，陳平安自然要道謝，官府堪輿圖，一直是朝廷嚴禁流入民間的物品，比起弓弩之類的兵器管制得更加嚴格。

姚鎮笑道：「不是多大的事情，本地刺史答應得很爽快，當官當到了封疆大吏分上，就不用太理會這種事情了。你也別覺得欠了我多大人情。話說回來，那劉刺史一開始見著了我，十分侷促，沒辦法，他有個親家，在兵部衙門當差，這不就落到我手上了，一聽說我要一幅堪輿圖，你是不知道當時他的臉色，那叫一個如釋重負啊。」

陳平安笑道：「那我可就真不客氣了？」

姚鎮伸手指了指陳平安，笑道：「你啊你，我就不明白了，兩場廝殺，生死可謂頭等大事了，恩公是何等的爽利人，怎麼到了日常相處，卻如此規矩，不痛快，不豪氣。」

陳平安無言以對。

姚鎮輕聲道：「我那孫子，姚仙之，臉皮薄，不敢開口，就求我來跟你說一聲，想要你指點一下他的武藝。你覺得咋樣？」

陳平安仔細想了一下，答道：「如果只是客客氣氣切磋一下，我自無不可。但是如果他想要真正有所收穫，我推薦他去找魏羨，我幫他跟魏羨打聲招呼。」

姚鎮一本正經道：「那小子就是想要客氣一下。」

陳平安無奈道：「那我明天跟他搭個手。」

姚鎮撫鬚笑道：「那麼客氣之後，我再讓他去找那魏羨。」

陳平安點頭道：「回頭我就去和魏羨說一聲。如此一來，這幅堪輿圖，我收得心安理得了。畢竟有我們這樣的高手指點，千金難買。」

姚鎮一拍桌子，大笑道：「對嘛，你現在這種不要臉的蔫兒壞，像我年輕時候，難怪咱們投緣！」

陳平安苦笑搖頭，姚鎮乘興而來乘興而歸。

陳平安攤開那幅堪輿圖，從方寸物中取出那方水字印，輕輕呵了口氣，往埋河水神廟和碧游府兩地，重重蓋了兩下，這才收起了水字印和堪輿圖。

他繼續流覽玉簡上密密麻麻的蠅頭小字，巴掌大小的玉簡，正反兩面篆刻了足足五千多字。正面為那仙家煉器訣的正文，反面是水神娘娘的注釋和心得。

雖然表面上只是一門煉化器物的口訣，其實是說那五行大道，文字內容潔淨精微，宗旨高遠。因為水神娘娘是從一塊祈雨碑文中悟得，她便以五行之水作為開端，來清晰地闡述大致脈絡，水，五臟中腎主水，五官為耳，五覺為聲，五指為尾指，五液為唾，五音為羽，五志為恐，五祀為井，主神為北方玄武。

涉及的氣府竅穴，具體應該如何煉化，在玉簡背面，水神娘娘皆有詳細解釋。她可以說是知無不言、言無不盡，就連這門仙家道訣能夠煉化金身和香火一事，都明說了。

陳平安看得驚心動魄，這才知道碑文上篆刻的「一滴天上金瓶水」大有深意，是說口訣修行大成之後，簡直就等於是將整顆金丹融化為水精的功效，潤澤五臟六腑。「滿空飛線若機杼」則是將人體內經脈的「驛路」，牽連呼應；而「化作四天涼，掃卻天下暑」中的四天，又涉及道家青冥天下，那座白玉京高樓中的四層，能夠以四種道法幫助修士降服心魔，這可就不是旁門左道了，而是道家最正宗之法。

這簡直是所有元嬰地仙夢寐以求的通天坦途，行走其中，等於「山登絕頂」的地仙，往天上架起四座天橋，白白多出了四次保證不會誤入歧途的機會，甚至可以原路返回，而且修行期間，同樣可以裨益體魄神魂，這等好處，誰不豔羨？

難怪水神娘娘直言此訣「萬物可煉」，推斷就算是宗字頭的仙家洞府，這道法訣都會是宗主獨有的山門重寶。

陳平安閉上眼睛，在心中默默背誦那五千字，打定主意以後不可輕易拿出玉簡。

不知為何，陳平安手握玉簡，只覺得遍身清涼，通體舒泰，客棧一役的殘餘傷勢，以極快速度恢復。陳平安睜開眼睛，意識到有些奇妙。只是這枚玉簡到底是何種美玉，陳平安認不得，想著以後到了落魄山，可以問問魏檗。

後半夜，一陣水氣驟然彌漫，籠罩驛館。

白霧茫茫，尹妙峰和邵淵然硬生生打斷了坐忘吐納，同時走出屋子，去往園林那邊。

陳平安也停下了劍爐立樁，打開窗戶，一躍而出。

很快，在幾位隨軍修士火急火燎的提醒下，驛館姚家人紛紛披衣起床，老卒們披掛甲冑，手持兵器，嚴陣以待。

朱斂屋內漆黑一片，但是佝僂老人其實一直圍繞著桌子，默默打轉，步伐極有講究。

隋右邊盤腿坐在床上，睜開眼後又閉上了眼。

魏羨直挺挺躺在床上，雙手握拳疊放在腹部，紋絲不動。

盧白象來到窗口後停步。

竹林那邊，見著了那位不速之客，尹妙峰和邵淵然都鬆了口氣。

尹妙峰笑著抱拳道賀道：「水神娘娘金身大成，可喜可賀！」

眼前所站之人，身材矮小，身穿一身華美異常的誥命服飾，正是從碧游府匆忙趕來的埋河水神。

從今往後，便是金頂觀觀主親臨此地，見到了這位修為暴漲的埋河水神，都已經不能居高臨下看她了。須知若是在那埋河水域，尤其是碧游府和水神廟附近，這位矮小女子就等同於一位元嬰地仙的實力。

水神娘娘笑道：「上次是我碧游府招待不周，萬分失禮，我這次前來，除了一樁私事之外，也想要邀請尹真人近期去我府上做客，我給尹真人還有小邵真人，都賠個罪。」

葆真道人還真有些受寵若驚：一來是對方修為今時不同往日，就算身在此地，亦可算是半個元嬰大佬了；二來碧游府已經與那淮聖人鍾魁搭上了關係，哪怕撇下大泉劉氏不理不睬，朝廷也只能捏著鼻子認了；三來大泉上層都曉得這位埋河水神的臭脾氣，她願意如此表態，尹妙峰不過是一個龍門境的劉氏供奉之一，如何能夠不驚喜？

即便心高氣傲的邵淵然，臉上都有了真誠笑意。

陳平安來到師徒二人身邊，先與他們問好一聲，這才望向那位水神娘娘。

尹妙峰和邵淵然識趣離開，離開之前尹妙峰順勢點破了埋河水神的身分，讓姚家老卒和隨軍修士都不用如此戒備。

姚鎮笑著向水神娘娘遙遙一抱拳，埋河水神的種種傳聞，便是在邊境上都有不少，很對這位老將軍的脾氣。

水神娘娘對姚鎮抱拳還禮，說了一句讓人哭笑不得的直爽話：「哪天將軍告老還鄉，重回邊關，一定要去我碧游府喝酒，管夠！」

姚仙之和姚嶺之，幾乎同時翻了個白眼。

姚近之頭戴帷帽，站在姚鎮身邊，亭亭玉立。

最後水神娘娘手腕一翻，變出一罈酒來，拋給了陳平安，以心聲相告道：『小心收好那枚玉簡，玉簡本身，就是好東西，不然早就讓那些大道文字給炸得粉碎了。』

接下來水神娘娘的言語，可就不藏藏掖掖了，誰都聽得到，只見她大大咧咧地對陳平安豪爽笑道：「這一路上思來想去，差點就想要以身相許報答大恩了，虧得我忍住了。這罈水花酒，我來的時候喝了小半，原本是想著給自己壯膽的，不承想入了驛館，我還是膽子小了，實在說不出那臊人話。陳平安，少了一位如花似玉的美眷，是不是有些遺憾？哈哈，剛好剩下大半罈美酒，拿去借酒澆愁！」

這位水神娘娘，來也匆匆，去也匆匆。

陳平安站在原地，拎著酒罈，總覺得這酒喝也不是，不喝也不是。

姚鎮笑得幸災樂禍。

姚仙之呆若木雞之後，伸出雙手，朝陳平安豎起兩根大拇指。

裴錢迷迷糊糊站在遠處，陳平安板著臉，帶著裴錢返回住處。

兩人分開的時候，陳平安嚴肅道：「以後妳如果見著了一個姓寧的姑娘，今晚的事情不許說出去！」

裴錢眨了眨眼睛，問道：「萬一，我是說萬一，我不小心說漏了嘴呢？」

陳平安沉聲道：「我被打個半死之後，我再把妳打個半死，聽明白了沒有？」

裴錢立即朗聲道：「懂了！我讀過了書，如今鐵骨錚錚著哩，打死也不說！」

各自返回屋子。

陳平安抹了一把額頭上的汗水，笑了起來。

他不再練習劍爐立樁，而是趴在桌上，拿出那塊小小的磨刀石，上面篆刻著漂亮的「天真」二字，可愛的「寧姚」二字。

寧姑娘，我很好。這一路，又走了很遠，遇上了很多人和事。
有些想妳，不對，是很想妳了。

第四章　白猿背劍

一位身穿誥命華服的矮小女子，憑空出現在埋河水岸，緩緩而行。

隨著境界修為的急劇攀升，埋河水神娘娘對於兩岸水運的掌控，越發嫻熟，這就像是武將在開疆拓土，馬蹄所至，即是國土。

埋河本就是一條幾乎東西向橫貫大半個大泉王朝的大河，之前她是憑藉一身煉化兵器勉強維持埋河威勢，面對一頭尚未躋身金丹境的作祟水妖，就已經頗為吃力，若是貿貿然升碧游府為碧游宮，大泉朝廷又不願拿出一部分國運，讓欽天監修士帶來放入水神廟中，一旦府邸匾額換成了碧游宮，四面八方皆是眼紅和垂涎，說不定宮府兩塊匾額，哪天就給人當柴燒了，這也是這位水神娘娘不願答應的原因之一。

她天生豪爽、性情暴躁，這不假，可能夠坐鎮埋河數百年，將一樁樁機緣都牢牢抓在手中，自然絕非癡傻之輩。

她蹲下身，從埋河中掬起一捧水，月色下，手心的河水漣漪微微蕩漾，相較以往，靈氣盎然了太多。

趕來驛館之前，先是有許多水神廟承受不住的香火精華，倒退流轉，悉數湧入祠廟，原本銀白色的香火精華，竟然變成了淡金色，絲絲縷縷，飄向主殿內那尊泥塑金身。金身金身，可不是什麼造像匠人的鎦金鍍金手藝，而是一位山水神祇的神道根本所在，是一種大道顯化。

那些淡金色的濃鬱香火緩緩薰染神臺上的金身神像，在神道之中，被譽為「描金」，只有兩種情況，才會出現這等異象：一種是帶著皇帝旨意的欽天監修士，奉旨行事，以一支御製毛筆蘸金描繪某位神祇金身，多是「數次點化」而已；還有一種是儒家聖人，對著金身「指點江山」，而且這些儒聖，至少是七十二書院山主之輩。

除了埋河水神廟莫名其妙獲此大福緣之外，碧游府更是水運升騰，祥雲彙聚如一頂華蓋，幾乎能算是一座修行的洞天福地了。

此舉被視為封正！真真正正被浩然天地正統所認可！

河神娘娘心再大，也知道這份令她措手不及的大恩，絲毫不比第一次陳小夫子授業解惑遜色。

在驛館開玩笑說想以身相許，實在是她不知如何報答了。

那枚玉簡，其實就是她碧游府的鎮宅之寶。上古時代，埋河曾經是桐葉洲三條入海大瀆之一的主幹，此後滄海桑田，因江河改道、積淤、阻塞種種變故，那條大瀆的規模越來越小，最終只剩下了一截，便是埋河。

碧游府的前身，是一座河瀆龍宮的廢墟，而那枚玉簡就是她從破敗龍宮中找到的至寶，萬年不改顏色，是那江河水精凝為實質，更是一方天地水運的具象，再由老龍王煉化為玉簡。想必龍宮猶在的遙遠歲月裡，這枚玉簡就是龍王愛不釋手的珍惜之物。

她要陳平安記下仙家道訣後就立即銷毀玉簡，其實是起了一些戲弄之心。除非陳平安是上五境神仙，才有本事毀去玉簡，不過既然擁有了那門「一步登仙」的道訣，要將玉簡煉化為本命物，她相信只要陳平安用心，希望不小。

她一步跨入埋河，走在水面上，如志怪小說裡的神女。唯一的美中不足，就是那頭水妖肯定勾結了附近某位山神，登岸隱匿於某地山運之中，沒了蹤跡。

水神娘娘一個後仰直直倒去，就那麼躺在埋河水面上，隨著水流往下游漂蕩而去。河中溺死的水鬼，浩浩蕩蕩在河底跟隨這位水神娘娘，往水神廟那邊漂去。

她突然捂住臉，一副沒臉見人的嬌憨模樣，自語道：「那些羞臊話，哪裡是一個黃花大閨女可以說的。」好在很快就恢復了鬥志，她坐起身，雀躍道：「趕緊讓人去蜃景城請匠人，重塑神像！人靠衣裝、神靠金裝！神像胸脯那邊的曲線，誇張就誇張一些嘛，腿也可以長一些！」

一些開了靈智的河底遊蕩水鬼，真是長了見識，世間還有如此……有趣的水神娘娘。

姚家隊伍的北行之路，遇上了很多啼笑皆非的事情。

一位小有名氣的江湖豪傑，帶了一杆精鐵打造的八寶玲瓏槍，慕名而來，說要領教威震邊關的姚家槍。

此人呼朋喚友，十數騎呼嘯而至，齊齊停在官道上，他高坐馬背之上，抖了一個花俏槍花。倒不能說是三腳貓功夫，身為二、三流武夫，十數年水磨功夫還是有的，只是這類武林中人的切磋技擊，比起姚家鐵槍當然不在一個境界上，後者轉瞬之間，可分生死。

姚鎮當時坐在車廂內翻閱兵書，只覺得好笑，沒有跟這幫想出名想瘋了的江湖好漢一般見識。姚近之一聲令下，姚家騎卒默然摘下輕弩，嚇得那撥人立即躥出官道，等到姚家隊伍遠去，才喋喋不休，埋怨這姚家鐵騎是繡花枕頭，徒有虛名，連下場比較槍法高低的底氣都沒有。結果當天，這夥人就被州城官府緝拿歸案，難兄難弟們一起吃了頓結結實實的牢飯。

後來還有一個下五境的野修，年紀不大，二十歲出頭，想成為姚家的隨軍供奉，卻也不敢造次，說清楚大致身世背景以及適當吹捧了一下自己的神仙術法後，就在下楊驛館外邊蹲著，啃著乾餅、就著劣酒等候發落。姚鎮讓人送了一百兩銀子給他，野修漲紅了臉，仍是收了銀子才離開。

隨著距離蜃景城越來越近，姚鎮即將赴任兵部尚書的消息不脛而走，傳遍朝野。又有一位落魄不得志的兵家修士，正值壯年，身材魁梧，堵住了去路，揚言姚家只要有人勝得了他，他立即滾蛋，然後邵淵然露了一手，他便滾蛋了。

真正引起姚家隊伍好奇心的，是山神涉水、水神上山這接連兩樁奇事。

只不過這兩位山水神祇，遠遠比不得埋河水神這等品秩，是最末流的地方神靈。那山神管轄方圓百里地界，水神則是負責一條兩百里河水的河伯，雙方山水相鄰，關係並不和睦，時有摩擦，不過以往都是小打小鬧，在山水邊界隔空對罵而已，但近期一位大香客更換了燒香門庭，從山神廟去了水神祠，那可關係著每年小十萬兩白銀進誰口袋的問題，小山神就讓麾下一名土地公，暗地裡去勸說香客回心轉意，不料給河伯撞了個正著，打得土地公灰頭土臉。山神一氣之下，直接越界涉水，兩把大板斧，打得十數里河水掀起滔天大浪，百姓驚駭，水神哪裡丟得起這個臉，裹挾江水，倒流上山，直撲山神廟。

姚家隊伍當時剛好在岸邊趕路，見此情景兩位供奉和姚家隨軍修士就護著姚鎮和那三姚去看熱鬧。陳平安也在一行人當中，只有裴錢和朱斂跟隨左右，於是就看到了河伯逞凶山神廟的景象。雙方好一通廝殺，山神占著地利，將河伯打回水中，河伯就再次駕馭渾濁河水直撲山神廟，越戰越勇。雙方你來我往，各展神通，好好一座秀麗山峰，給大水淹得一塌糊塗，參天樹木斷折無數。

戰場之外，山上的土地公和山魈精魅，河邊的蝦兵蟹將和水鬼僕役，搖旗吶喊，一個個聲嘶力竭，看上去比上陣廝殺還要累。雙方相互較勁，河裡的在河邊架起了紅皮大鼓，為自家河伯老爺擂鼓助威，鼓聲如雷；山上的就趕緊搬出一面高達數丈的旗幟，使勁揮舞，獵獵作響。

邵淵然站在姚近之身邊，為她解釋山水神祇的內幕，言談風趣。一旁少女姚嶺之聽得有滋有味，只是不知道帷帽下的姐姐姚近之，是什麼心思。

裴錢忙著在岸邊撿取那些活蹦亂跳的河魚，這可比她自己釣魚輕鬆太多了。

這場鬧劇，被一位臉色鐵青的州城城隍爺打斷，他御風而來，懸停空中，把兩位神祇罵得狗血淋頭。

這位城隍爺身穿大泉禮部特製的官服，前後官補子與陽間官服相同，只是城隍爺的官服一律為黑色，意味著為人間君主行走陰間，約束夜間出沒的眾多鬼魅陰魂。相比散落天下各處又屢禁不絕的淫祠，城隍爺更需要朝廷敕封，而且幾乎不存在「名不正」的情況。必須扎根城池之中的城隍爺，自然最容易受到朝廷控制，而且城隍爺對朝廷天然忠心。

陳平安看著這方山水的鬧騰，心境平和。比起自己在龍泉小鎮的經歷和兩次遊歷時的所見所聞，眼前這些畫面終究是小打小鬧，談不上可笑，只是很難再有在家鄉披雲山第一次見到壯闊江河的感覺了。

朱斂就站在陳平安身邊，四名扈從當中，姚家人對此人印象深刻。相比其餘三人，這個佝僂老人真的太像一名隨從了，加上都聽說了客棧廝殺中四人的表現，依稀知道背劍的絕色女子是一位劍師，器宇軒昂的盧先生是用刀的宗師，悶聲不吭的魏羨一夫當關，擋住了皇室鍊氣士的圍攻，而這個神色慈祥的小老頭，出手最凶殘，大戰落幕之際，老人所站位置四周，地上都是殘肢斷骸。

朱斂沒有去看陳平安，許多時候，人心無須用眼看。

朱斂越發好奇那個龍泉郡，以及龍泉郡前身驪珠洞天，到底是如何的藏龍臥虎，才能夠讓如此年輕的陳平安，好似早早見過了人間的大風大浪，再難有心境上的波瀾起伏。

年紀輕輕，古井無波，難免有暮氣、城府之嫌，但是朱斂卻不做如此想，處處與人為善的陳平安帶給他一種模糊的感覺，就像那心境的古井深處隱約有一條惡蛟在水底游弋，影影綽綽。只是這條不為人知的蛟龍，大概是被禮儀規矩、善惡之分等給死死束縛在井底，哪怕是想要浮出水面、探出頭顱都做不到。

朱斂不敢揣測其他，只確定一件事情：陳平安內心深處，必有一、兩個放不下的極大執念。

這次騰雲駕霧數百里趕來勸架，讓城隍爺勞心勞力，心情大惡，他恨不得將那河伯廟與山神廟一腳一個踩平了。

山水神祇擅自越界一事，極其敏感，一旦給人往京城禮部衙門捅上去，他這麼個人在家中坐、禍從天上來的城隍爺，下場比那兩個不知輕重的蠢貨好不到哪裡去。

城隍爺打發了那兩個戰戰兢兢的王八蛋，發現了河邊的姚家一行人。

他運用望氣之術，只是一瞧，就覺得這些人有些刺眼，心中震撼，立即想要落下身形去一探深淺，只是那些人跋扈得無法無天，有兩位修士直接拔刀相向放話說「不得靠近，不然視為行刺」。城隍爺氣得差點要喊回那兩個轄境下屬神祇，所幸吃了幾百年的香火，養氣功夫到底還是有一些，最終只是牢牢記住了那些陌生面孔，臉色陰沉地返回州城。

返回大隊伍的途中，姚鎮來到姚近之身邊，輕聲問道：「為何如此不近人情？」

姚近之無奈道：「一路上的官場應酬，觥籌交錯，在所難免，可若是涉及城隍和神靈可就說不清楚了。爺爺總不希望還沒進入蜃景城，就被六科言官以密折彈劾吧？哪怕皇帝陛下不理，可是京城從官場到市井，註定要掀起一陣妖風妖雨，天底下有誰不愛看熱鬧？

我們自己這趟不就是來看熱鬧的嗎？會在乎那山神、河伯的對錯是非嗎？」

姚鎮讓她一點就透，深以為然。老將軍心中惋惜不已，若是姚近之是男兒身，留在邊關才叫放心。

裴錢撿了一大堆河魚，結果陳平安不願意收，她只得拎著魚尾巴，一條條使勁甩回河中，累得她汗流浹背。

到了既是州城又是郡城的騎鶴城，大泉京師近在咫尺了。

這座郡城歷史悠久，相傳有一位修道高人在此騎鶴飛升，令其名聲大噪。郡內有一座小山，風景平淡無奇，只因為是那仙人騎鶴飛升之地，每年都有無數文人騷客來此遊歷，小山四周，皆是京師權貴購置打造的宅院，寸土寸金。

先前那位城隍爺應該就在這座城中，而姚鎮還不至於忌憚一個州城城隍。掌握一國城隍升遷、貶謫的禮部尚書，品秩俸祿與他沒差，何況大泉尚武，兵部尚書不是什麼虛職，不然也不會成為所有武將養老的第一把交椅。

依舊是下榻驛館，這是朝廷規矩。城內驛館占地極廣，竟是不輸王侯宅院，為了迎接姚鎮，刺史和郡守派人幾乎清空了整個驛館。

事已至此，姚鎮只能領情，假裝什麼都不知道。水至清則無魚，官場尤為如此。

一般而言，廟堂上容得下忠臣奸臣、能吏昏官和眾多牆頭草，唯獨容不下一位好似道德聖人的存在。那就像朝堂上高懸著一面照妖鏡，一眾國之棟梁們的種種瑕疵纖毫畢現。

老將軍心中感慨萬分，這些為人處世的道理是孫女姚近之在十四、五歲時候說的話。

有些時候，姚鎮會自嘲，自己這一大把年紀攢下的人生閱歷，難不成都當成馬草給餵了戰馬？好在隊伍之中還有個陳平安，姚鎮這次北行，就喜歡找這個年輕人閒聊。

陳平安先前按照約定，跟姚仙之切磋過，指點了一二。姚仙之將陳平安的話語奉為圭臬，回去找爺爺談心的時候，很是憂傷，說自己這一輩子練武都練到了狗身上。

姚鎮就問他：「你這個所謂的『一輩子』是幾十年啊？」

姚仙之啞口無言，把一旁煮茶的姚近之給逗樂了。

姚近之雖然下棋就沒有贏過盧白象，可這鬥茶，她堪稱國手。

風沙粗糲的邊關之地，世代男女皆英武的姚家怎麼就養出這麼一個鍾靈毓秀的女子？

姚仙之沒來由冒出一句：「近之姐，我不喜歡那個邵淵然，我喜歡陳平安。」

姚近之微笑道：「你喜歡和不喜歡，關我什麼事？」

姚仙之還要說話，被姚近之瞪了一眼，就嚇得把到了嘴邊的話語咽回了肚子裡。

姚鎮笑得很沒有家主風範。

姚近之輕描淡寫地說：「爺爺，如果不出意外，朝廷馬上就有密使來到騎鶴城，到時候爺爺再笑不遲。」

姚鎮笑不出來了，跟這些在官場染缸裡浸泡過幾十年，一個個在公門修行成老狐狸精的傢伙，玩那花花腸子，實在是讓老人頭痛。

陳平安在自己屋子裡練習六步走樁，以虛握劍式，閉目觀想一位位劍修各具風采的出劍。

桌上擺放著一節竹筒，竹子是普通綠竹，從沿途一座青山上的竹林中隨手劈砍而來。陳平安想要雕刻出一只筆筒，作為臨別贈禮，送給姚老將軍。

裴錢跑過來說想要去外邊逛逛，陳平安就讓她去問盧白象願不願意帶她出門，如果不行，那就老實待在屋子裡讀書。

之前陳平安給了她第二本儒家典籍，有一天她一臉雀躍地來到陳平安房間，說自己能夠倒背如流了。

陳平安拿起書，讓她試試看，竟然還真一字不差，背誦了千餘字，然後就被陳平安扯住了耳朵，讓她回屋子閉門思過，只說了一句：「告訴妳讀書用心，妳當作了耳旁風？」

裴錢氣鼓鼓回到自己屋子，站在椅子上俯瞰著桌上那本破書，捏著下巴，眉頭緊鎖。用心？啥個意思？自己這還不夠用心？為了能夠做到把一本書倒背如流，花了她一炷香工夫呢。她蹲下身，看了看撰寫這本狗屁典籍的聖賢名字，記住了，等到自己練成了劍術和拳法，以後一定要打得這個老王八蛋哭爹喊娘。

她重新站起身，瞎琢磨了半天，就是沒能想出答案，便跳下椅子，拎著那根相依為命已久的行山杖，練習了一通瘋魔棍法。耍完之後，丟了行山杖，她頓時覺得自己距離天下第一高手又近了些，這才心情好轉地撲倒床上，呼呼大睡去也。

今兒得了陳平安的指令，裴錢便屁顛屁顛地去找那個私底下被她取了個「小白」綽號的盧白象，但是盧白象竟然在跟隋右邊下棋，說等他半個時辰。裴錢轉頭望向枯坐一旁、看不懂棋，就只為了等待分出勝負的魏羨，剛要說話，正死死盯著棋局的魏羨突然說了個「走」字，就站起身來，裴錢恍然大悟，兩人一起離開驛館去逛街。

裴錢笑問道：「老魏，你身上帶錢了沒？」

四人當中，裴錢對魏羨最不害怕，口口聲聲喊他老魏。魏羨也從不惡臉相向，事實上是他根本不在乎。

魏羨默不作聲。

裴錢埋怨道：「那上個屁的街，瞧見了漂亮玩意兒和好吃的，咱們都買不起。」

魏羨突然說道：「我有些銀子。」

裴錢皺眉道：「哪來的？偷的？搶的？你分我一半，我就不告訴陳平安。」

魏羨說道：「教了客棧小瘸子一套拳法，得了幾錢銀子，最近傳授姚仙之拳樁，又得了十幾兩。」

裴錢滿臉豔羨道：「老魏你可以啊，走哪兒都能掙著大錢，這一點我服你。」裴錢雙手負後，挺起胸膛走路，很快又嘖嘖道：「不過老魏你還騙小瘸子的錢，就不厚道了，騙他還不如騙那九娘呢，她兜裡才真的有錢。可惜嘍，老魏你長得不討喜，遠遠不如我爹年輕俊俏。老魏，生了這副砢磣模樣，怨不怨你爹娘？」

堂堂一位開國帝王，給一個小閨女這麼說道，虧得魏羨還能無動於衷。

身材矮小的漢子一板一眼道：「當年宮廷畫師給我畫像，都稱讚我相貌英偉，我覺得他們說的是真心話。」

裴錢震驚道：「老魏，是你豬油蒙了心，還是他們眼珠子長在屁股上頭了？」

魏羨繼續修起了閉口禪。

騎鶴城無夜禁，城內富豪不計其數，很願意一擲千金。

出了驛館，拐出一條街後，一大一小走在熙熙攘攘的人流中。裴錢兜裡沒有一文錢，但是氣勢上像是個腰纏萬貫的富二代。

這也不奇怪，她都能在人生地不熟的狐兒鎮，騙得一大幫同齡人都以為她真是一位流落民間的公主殿下，最後還能把一夥精明油滑的捕快騙得團團轉，畢恭畢敬地把她護送回客棧。

裴錢突然問道：「老魏，我總覺得那個每天不敢見人的娘們看我爹的眼神不太對。」

魏羨淡然道：「帝王心術也。」

裴錢一頭霧水，問：「你說啥？」

魏羨不再言語。

裴錢也沒刨根問底，咽了咽口水，有些嘴饞了，笑咪咪道：「老魏，能不能給我買個糖人吃？」

魏羨搖頭。

裴錢氣憤道：「老魏，你怎麼如此小氣家家的？」

魏羨破天荒露出笑意，道：「我可沒陳平安那本事和耐心，養不熟妳。」

裴錢懵懵懂懂，可憐兮兮道：「那我跟你借錢買糖人？」

魏羨點頭，道：「按照三分利算。」

裴錢愁眉苦臉，道：「雖然我知道三分利是個啥規矩，但我覺得還是算了吧，不吃就不吃，餓不死人的。」說是這麼說，她腳底生風地跑到了一個吹糖人的攤子前邊，雙腳生根，死活不願意挪窩了。

魏羨總不能撇下裴錢一個人，弄丟了裴錢，陳平安這種人，肯定會對他拳腳相向。

攤子那邊，帶架子的長方櫃，下邊有個木圓籠，裝著小炭爐，吹糖老翁手法嫻熟，以大勺子澆下黏稠的金黃色糖稀，兜兜轉轉，瞬間就能變出各色糖人。周圍稚童扎堆，一個個瞪大眼睛流著口水，有長輩在身邊的，都如願拿到了造型各異的糖人。

魏羨掏錢買了兩串，裴錢眼巴巴盯著一手一串的魏羨。

魏羨遞給裴錢一串，慷慨道：「賞妳了。」

這口氣，就像是帝王賞賜了一塊多大藩地似的。

裴錢眉開眼笑，道：「回去我在爹面前，天天說你的好話。我如今是半個讀書人了，一口唾沫一顆釘！」

一大一小，啃著糖人，人海之中，並不起眼。

驛館內，棋盤上已經分出了勝負，仍是隋右邊輸。

隋右邊對於手談一事，並無勝負心，盧白象在屋內獨自複盤，凝視著棋局，雙指拈著一枚棋子，按在桌面上，輕輕滑動。

不遠處那間屋子裡，陳平安正在雕刻那只竹筒，他要嘗試著在筆筒外邊篆刻一整篇聖賢文章。

所幸這些年一直在竹簡上刻字，唯手熟耳，又有少年歲月燒瓷拉坏的底子在，字刻得不敢說氣韻飛揚，但字裡行間，蘊含著端正之意，即使沒有咄咄逼人、入木三分的雄健氣勢，卻也如溪水綿長，終歸還是有那麼點意思在的。

有人說，下五境修士修了個長壽，中五境修士在求長生不朽，上五境修士在更高處更遠處大道獨行，幾乎一刻不得停歇。陳平安覺得沒什麼不對，忙碌充實，不辜負光陰，只是偶爾還是需要停下腳步，或者是放緩腳步，靜下心來，欣賞修行路上的風景。

在竹簡上刻下美好的文字，是如此；親手做個不甚值錢、唯有心意的筆筒也是如此。

一夜無事。

陳平安熬夜刻了大半筆筒，睡了兩個時辰就起床，繼續走拳樁的同時又虛握練劍。

即將入冬了，不知道有沒有那份運氣，到了蜃景城外那座渡口，就遇上今年第一場大雪？大雪之中的蜃景城，據說宛如仙境。

吃早飯的時候，陳平安得知姚家隊伍要在騎鶴城休整兩天，也未上心。姚仙之跑來找陳平安，說大夥兒約好了，一起去遊覽那座仙人騎鶴飛升的小山，而且刺史府邸那邊早早通知驛館，無論姚老將軍去不去那邊，小山附近今天都會戒嚴，不許任何人登山。

碰頭後，陳平安發現人還不少，有同輩的三姚，身穿青衫的道士邵淵然，竟然還有極少拋頭露面的隋右邊。

魏羨和盧白象選擇留在驛館，一路遊山玩水的老將軍此次沒有露面，有些不同尋常。今天出門，陳平安換上了那件品秩提高一籌的法袍金醴，所以是以白衣現身，若是有心，就會發現他的髮髻上還別著一支白玉簪子。

寶瓶洲最北端的大驪王朝，其青壯男子本就身材高大，普遍要比南方老龍城那邊高出至少半個腦袋。而且十五、六歲的男子，成家娶妻，在寶瓶洲市井鄉野，是常有的事，唯有豪閥世族和書香門第，才會講究二十及冠。

陳平安練拳後，個子一直在往上躥，不知不覺中，已經是正兒八經的年輕人相貌了。陳平安屁股後頭跟著那個黝黑精瘦的裴錢，只要是在陳平安身邊，裴錢就沒那麼害怕朱斂。

一行人去往城中央那座小山，經過州城武廟門外時，看到了一個怪人，發生了一件怪事。那是一個身上帶著血汙的高壯少年，闖入了武廟，結果很快被武廟廟祝帶人架著丟出了大門。

州城的文武兩廟，可不是閒雜人等可以鬧事的地方。

那少年被丟出門外後，朝著武廟使勁磕頭，砰砰作響。

廟祝是一位瘦高老者，站在臺階頂上，對少年厲色道：「武廟聖人手持之刀，豈可被凡夫俗子染指？我念你年少無知，闖廟一事，不與你計較，速速離去，莫要癡心妄想！」

原來是一個闖入武廟、想要與聖人借刀的少年郎。

少年磕頭磕得額頭紅腫，已有了血絲，他抬起頭，滿臉絕望的淚水，沙啞著嗓子道：「師父為了本郡百姓，一心殺妖除害，如今被困山林迷瘴之中，危在旦夕！師父將我送出山霧瘴氣後，說只有跟武廟老爺借了那把長刀，才有機會斬殺那頭禍害一方的凶狠大妖！廟祝老爺，我求你了，這是積德行善之事，武聖老爺不會生氣的……」

廟祝冷笑道：「武聖老爺生不生氣，你說了算？私自動用一位武廟聖人的兵器，按照大泉律法，你知道是什麼罪責嗎？縣令就地免職！太守降一品！刺史罰俸三年！」

少年傷心欲絕，喃喃道：「地方上有了害人的妖魔，當官的不管也就罷了，如今連武聖老爺也不願意管嗎？」

廟祝看似疾言厲色，眼神冷漠，實則心中嘆息一聲：「你這少年郎，世間事哪有如此簡單啊。」

朱斂抬了抬眼皮子，瞥了眼站在他身前的陳平安。

陳平安剛要抬腳，邵淵然已經大步走出，陳平安便悄然收住了腳步。

邵淵然來到那少年身邊，蹲下身問道：「你師父被困在何處，可知妖魔修為大致高低？」

少年一一稟明。

邵淵然伸手扶起少年，一把抓住他的肩頭，微笑道：「我去救你師父，助他除妖。」

邵淵然轉過頭，望向頭戴帷帽的姚近之致歉道：「姚姑娘，我恐怕去不了小山了。」

姚嶺之輕輕點頭，看不清面容。

邵淵然抓起少年，一掠而走，躍上遠處屋脊，幾次蜻蜓點水，便不見了蹤跡。

姚仙之心生佩服，對邵淵然這位大泉年輕供奉的印象好了幾分。

裴錢先前一直眯著眼看那個姓邵的，此時她歪著腦袋，怔怔無言。

有了這場風波，隨後那趟登山之旅，眾人就沒了太多興致，而且小山確實太小，並無任何出彩的地方。

只有背劍的隋右邊站在山頂，仰頭看著天幕，眼神炙熱。

陳平安除了有些遺憾於此處風景的平平無奇，沒有流露出太多情緒。

大泉山神、水神互鬥也罷，騎鶴城的少年武廟借刀也好，終究是些不起眼的小水花。

大伏書院山主去與太平山宗主會合，聯手阻截十二境大妖的入海遠遁，才是大事，而君子鍾魁去往太平山山門，也不算小事。

除了大伏書院另外兩位君子、三位賢人和二十多位書院弟子，更南邊一些的那座文淵書院，來到太平山的讀書人數量更多，足足五十多人，可惜只由一位老邁君子領銜，其餘書院弟子，修為遠遠不如大伏書院。

這就是文淵書院的尷尬之處，書院名聲不顯，是桐葉洲四大書院中最不出人才的，山上經常有傳言，這文淵書院恐怕要被摘掉七十二書院之一的頭銜。因為這座書院已經將近百年沒有出現一位新君子，書院正、副三位山主，也沒有太多拿得出手的聖賢文章。世人遊歷文淵書院，不是衝著聖賢去的，而是衝著那座藏書無數的文淵閣。

鍾魁到了太平山山門，果真依循先生的訓誡，告訴所有大伏書院弟子，聽從太平山道人的安排，不可擅自行動。

雖然四方禍事不斷，可是太平山道士無論何種輩分，都沒有任何手忙腳亂，依然井然有序。一撥撥錬氣士按計劃下山去往各地圍剿妖魔，有折損有傷亡，戰死之人，多是太平山道士，這讓兩大書院和許多仙家洞府的錬氣士，都心生敬意，越發精誠合作。

一場場廝殺間隙，來自各地、同仇敵愾的眾人，所談最多之人，是扶乩宗那個一舉成名的外門雜役少年，據說他已經被扶乩宗宗主收為關門弟子，宗主賜給少年一把曾由宗主的道侶煉化百年的半仙兵。

如果不是這位少年撞破了那頭十二境大妖的陰謀，果斷地提前發難，太平山那口井獄鎮壓的妖魔，恐怕就不是逃逸大半，而是全部重見天日，尤其是最底層的幾頭妖魔，道行高深，最低都是元嬰修為。

最近一旬內，不斷有潛伏各地的妖魔浮出水面，大肆禍亂一方，而且這撥妖魔，多是龍門境和金丹境，極難圍剿。

太平山不敢掉以輕心，無論是本門道士還是馳援太平山的同道中人，幾乎傾巢出動，唯有君子鍾魁，選擇留在了太平山。

所有人對此都沒有異議，因為此次行走四方斬妖除魔，就以鍾魁殺敵最多，而且他並非一味護著自家書院弟子，數次下山廝殺，他都主動進入其他山頭門派的鍊氣士隊伍，所以太平山原本負責主持大局的元嬰地仙，在親自下山之前，對鍾魁笑言：「山門就暫時託付給鍾先生了。」

那位元嬰地仙私底下向鍾魁透露，他們太平山的那位祖師爺，很快就可以返回，說不定還會從藕花福地帶回那位女冠黃庭。

鍾魁便大笑說，趕緊回來才好，不用他每天盯著那口井獄了。

在那之後，鍾魁每天都會獨自巡查井獄底層。

這天深夜，他剛剛走出井獄，就看到了一頭聽說過大名卻素未謀面的……大妖。

事實上別說是他鍾魁一個外人，就算是太平山許多輩分很高的道士，都沒見過就在太平山上修行的這頭大妖。

那是一頭境界極高的背劍白猿，身穿黑衣，身材與成人男子等高，只是沒有幻化成人形，始終保持著白猿原貌。

老猿雖是名動桐葉洲的大妖，卻也是太平山的鎮山供奉，不提老猿之前的修行歲月，僅是為太平山看護門戶一事，就已經三千年之久了。

這頭老猿的歲數，比太平山那位下山在外、碩果僅存的祖師爺還要大。井獄的打造，是太平山開山鼻祖的通天大手筆，可在那之後的漫長歲月裡，看守井獄一事，都交給了這位喜好背劍、極少現世的白猿。歷史上寥寥幾次大妖魔頭的逃離，無一例外，都是白猿親手解決，而且處理得乾乾淨淨，甚至連太平山許多地仙都不曾聽說。

此次大亂之時，正值玉璞境的劍修老猿閉關，試圖打破那仙人境瓶頸。算起來不過才閉關三、五年，老猿就出關了，難道是知曉了外邊的動靜，不得不提前現身？

秋風肅殺，山林寂靜，老猿哪怕只是站在那邊，便如一座巍峨山嶽。

鍾魁仍是大泉邊陲客棧的那一襲青衫，問道：「是你，對吧？」

背劍白猿沒有說話，只以背後升起的如虹劍氣作答。

人生路上，總會有那麼幾場疾風驟雨，就像是老天爺在提醒世人，你們是寄人籬下，要乖乖低頭，比如陳平安在泥瓶巷自家門口遇上了個蔡金簡，在蛟龍溝遇上法袍金醴的原先主人，誤入藕花深處，就迎來了一場宗師聯手的圍剿。

就看熬不熬得過去了。熬過去，雨後天晴；熬不過去，最多也就只能像武夫那般，嚷著十八年後還是一條好漢。

師父領進門，修行在個人，鍾魁今天就是如此。

今天之前，大伏書院鍾魁的修行，太好、太快，太讓人驚豔，在大道上一騎絕塵，讓桐葉洲所有儒生難以望其項背。

可是今天，白猿現世，生死大敵。

這場面比起鍾魁的先生——大伏書院山主去攔截那頭隱匿扶乩宗附近的大妖，其實更加凶險。

這是有違山主初衷的。

鍾魁當下處境，堪稱必死之地。

白猿眼神漠然，看著這個被視為有望成為某座學宮大祭酒的年輕書生。

鍾魁深呼吸一口氣，眼前這頭背著一把古劍的白猿，即便不曾破開仙人境瓶頸，即便不是先天以體魄強韌著稱於世的妖族，也還是一位實打實的玉璞境劍修。

如果說鍊氣士是天底下最叛逆的竊賊，膽敢叫板那天道循環的生死定數，那麼劍修，無疑又是鍊氣士中最不講理的存在。

君子無故，玉不去身，白猿出鞘第一劍，就將鍾魁那塊大伏書院贈予每位君子的護身玉佩，給打得化作齏粉。

一君子、一大妖之間，蘊含儒家聖賢文章真意的玉佩粉碎後，數以百計的金色文字緩緩消逝於人間，像是落了一場金色的小雨。

鍾魁剎那之間就退至數十丈外的一處井獄邊沿，雙袖鼓蕩，秋風肅殺，小小兩只青衫袖口內，充斥著沙場秋點兵的雄渾氣勢。

太平山的這口井獄，是一口巨大水井模樣的建築，井壁開鑿有一條不斷向下的棧道，旋轉向下，陰氣森寒，就像一個直達幽冥的無底洞。

下五境修士甚至只要靠近井獄，就會被井獄積攢無數年的煞氣擾亂氣機，侵蝕體魄。

太平山入門道士專門有一場苦修，就是在井獄附近坐忘吐納，打熬體魄，苦不堪言。女冠黃庭之所以被視為驚才絕豔的修道美玉，就在於她初次跟隨同門師兄師姐靠近井獄，當所有人都在苦苦支撐，不被煞氣倒灌氣府之際，她渾然不覺異樣，偷偷摸摸走到了井獄邊緣的入口處。如果不是當時那位負責盯著晚輩修行的太平山老道士趕緊過去拎著小女孩的後領，說不定黃庭在九歲的時候，就已經步入井獄裡了。

之後，黃庭跟太平山長輩鬥智鬥勇，總算在十一歲的時候，成功摸進了井獄，結果差點死在井獄深處，下不去，出不來，昏厥過去。

最後，她是被一位黑衣白猿丟出井獄的。

此時，老猿閒庭信步，緩緩來到了與鍾魁隔著一口井獄的邊沿。

那把出鞘古劍，劍氣太重，已經完全看不清劍身真容。一劍擊碎那塊等同於上品法寶的玉佩後，飛劍甚至此刻已經不在太平山上，依稀可見遠方有白虹飛掠，風馳電掣，就像一條纖細白蛇游弋在一大塊黑幕上。

如此一來，原本即將被牽動的太平山護山大陣，瞬間停止了運轉，而且出現了不同尋常的紊亂。

鍾魁竟是無法成功驅使大陣鎮壓此妖。

祖師爺在去藕花福地接回黃庭的路上，宗主去了扶乩宗堵截那頭十二境大妖，主持太平山事務的元嬰地仙在下山之前，就將護山大陣的控制中樞，毫無保留地交給了鍾魁這個外人，不為大伏書院君子身分，只是信得過鍾魁而已。其實這種行為，大有僭越嫌疑，而且極有可能洩露太平山的內幕天機，可是太平山上上下下，毫無異議。

曾有聖人言，太平山道士，素有古風俠氣，太平山道士確實當得起這份讚譽。只是道高一尺、魔高一丈，這頭白猿，不愧是當了三千年的太平山鎮山供奉，竟然能夠讓大陣暫時停歇。

鍾魁神色凝重，在心中默念一篇聖賢文章，他雙袖中的秋風，品秩比那求而不得的翻書風，還要高。

當初鍾魁尚未及冠，早早躋身書院賢人之後，由於一年到頭放浪不羈，在大伏書院很是「聲名狼藉」，不被許多性情古板的老夫子所喜歡，如果不是山主近乎寵溺的庇護，早就給摘掉了賢人頭銜。

成為書院的賢人和君子，可不是一勞永逸的事情，每過幾年都有一場大考，鍾魁當初酩酊大醉，昏睡了三天三夜，竟是直接缺考。大伏書院上了歲數的那撥教書匠，或是看不慣鍾魁的隨心所欲，或是憤怒他的揮霍才華，或是懷有天降大任必苦其心志的初衷，眾人聯名上書，要求山主剝奪鍾魁的賢人身分。

那天正值冬日大雪，鍾魁光腳行走於雪中，朗聲口誦某位聖人的一篇道德文章，且以仰頭問天之狂徒姿態向那位聖人詢問文章中的疑惑，之後鍾魁自問自答，神色頗為自得。

在鍾魁停步之時，寒冬時節，竟有一陣秋風送來了那位聖人親口讚譽的一聲「善」，響徹大伏書院。

秋風攜帶「善」字入袖，鍾魁當天就躋身君子，無人膽敢質疑。

相傳聖人造字，鬼哭神泣。

文字確實是有其力量的，對於書院弟子而言，尤為如此。

最巔峰的顯化，即是那些「斯文正宗」文廟中聖人擁有的本命字。這些大聖人多是高立神臺無數年，受世人頂禮膜拜，文脈不斷，香火永存。

即便是那座「正宗」文廟的聖人，不提居中的至聖先師與陪祀左右的那五位——當然如今就只剩下四位了，其餘聖人，只擁有一個本命字，天下唯有一人例外——山崖書院齊靜春。

春、靜皆是這位讀書人的本命字，而且兩個字，極大，然後才是一般儒家書院山主、君子的口含天憲，一肚子浩然正氣，引來天地共鳴。

之後是賢人之流口誦詩篇，引來罡風，能夠讓人形銷骨立，讓那鬼魅陰物魂飛魄散。

只背著一把劍鞘的白猿遙遙站在井口對面，沒有說話，它只是伸出三根手指，大概是說殺你鍾魁，只需三劍而已？

鍾魁不言不語，不做任何口舌之爭。

那枚象徵君子身分的玉佩，早已將此地情形傳回書院。

鍾魁的四面八方，像是出現了一條條雪白瀑布，那些白色的水流，由一個個光芒璀璨的蠅頭小字組成，彷彿太平山井獄旁，豎起了一張張巨大的典籍書頁。以至於從井獄散發出來的煞氣，被強行壓往下方，那些被鎮壓其中的妖魔鬼魅一個個凶性大發，嘶吼起來；井獄底下無數條鐵鍊震盪的劇烈聲響，如雷鳴般炸開。

太平山其實有兩座護山大陣，分裡外、明暗兩種，先前那座是桐葉洲人人皆知的護山陣，一旦啟動，會有一把鏡子如明月升空，光線照耀太平山，讓任何妖魅無處遁形。身處那份光明之中，不但境界修為會被壓制，尤其是妖物和鬼物，更是被天生厭勝，道行淺薄一些的，諸如那地仙之下，一照面就會瞬間消亡。

已經足夠震懾半洲之地的明月鏡，它的真正用處，外人打破腦袋都想不出來——它的存在，只是方便太平山找出對手，僅此而已！

桐葉洲誰才是桐葉宗、玉圭宗之後的第三大宗門？

千年以來，桐葉洲修士都說是宗主道侶皆是上五境的扶乩宗，可是關於這個爭論，不管外人如何示好吹捧、誠心認可，扶乩宗從不自認如是。扶乩宗宗主只有一次笑言，若是扶乩宗搬到了北邊那個小地方——寶瓶洲，就算是爭第一又有何難？

白猿真正忌諱的，不在這座已經被動了手腳的陣法，而是太平山真正的撒手鐧。

此時在太平山外遊蕩不定的那抹白虹，再度破開一層無形的山水氣運，激盪而至，從天而降，直直落向鍾魁的頭頂。一張張瀑布似的書頁，傾斜著倒流而上，在鍾魁四周和頭頂形成一座半圓形雪白大陣。

那長劍劍尖，與瀑布撞擊後，迸發出無數電光火花。長劍下墜速度被阻滯了幾分，而瀑布蘊含的天地正氣不斷急劇消散。

哪怕只是星星點點的火花濺射出去，就讓太平山井獄附近的參天古樹、觀景涼亭和仙師修行洞府，被毀壞得滿目瘡痍，無數飛禽走獸，哀號逃竄。

鍾魁不理會遲早要破開瀑布水流的那把古劍，反而死死盯住那個巋然不動的大妖。

白猿神色自若，嘴角帶著一絲玩味，分明是在拭目以待，想要看一看這位屬於必殺之人的書院君子，還有什麼壓箱底的本事。

鍾魁頭頂上方那一劍，只是它的第二劍。

妖族修行，先天不易，想要成為劍修，更是難度極大，所以躋身上五境的劍修大妖，無一例外，都會是蠻荒天下當之無愧的一方雄主。中五境的妖族劍修，在蠻荒天地，擁有種種殊榮待遇，幾乎等同於浩然天下的書院弟子，哪怕是名正言順的復仇或是攻伐，中五境妖族劍修都可以免死一次。不守規矩肆意斬殺劍修之人，無論身分有多高，一經發現，就會遭到重責。

浩然天下的鍊氣士，可能還不太清楚一名劍修大妖的可怕，雖然妖魅精怪數目眾多，但是真正的大妖極為稀少，不過劍氣長城那邊，已經用無數人族劍修的慷慨赴死，證明過它們的恐怖殺力和血腥手段。

阿良為何強大，為何在劍氣長城擁有無數的仰慕者、擁護者，就在於阿良在劍氣長城砥礪劍道百年，面對同境界的上五境劍修大妖，不但無一敗績，還有追殺對方數萬里，甚至是當場陣斬的紀錄。所以，關於阿良飛升離開浩然天下，去跟道老二在那化外天魔橫行無忌的奇怪地方，打得天翻地覆的最終結果，浩然天下的鍊氣士都覺得阿良會雖敗猶榮；

反而是蠻荒天下的妖族，絕大部分都堅信那個死一萬次都不夠的劍客阿良會打得那位「真無敵」變成了「真有敵」。

妖族敬重且崇拜最強者，即便對自稱劍客的那個阿良恨之入骨，但是當有一位巔峰大妖提出，阿良戰死後，可在蠻荒天下的葬身之處以劍做碑時，整座蠻荒天下——一座浩然天下視為「沒有一句讀書聲」的蠻夷之地，竟然將此提議，視為理所當然。

此時，對於白猿與鍾魁的對戰，留在太平山上的百餘位道士，沒有袖手旁觀。

他們幾乎都是山門中輩分最低的道士，許多還是臉色慘白卻眼神堅毅的小道童。

鍾魁厲色道：「退回去！別送死！」

那些道人中的一位金丹境界老修士雖然已經認出了老猿的身分，但仍是擲地有聲道：「我太平山道士，斬妖除魔，沒有死在人後的道理。」

白猿看也不看那位金丹修士，隨手一拳，拳罡就將這名世俗眼中的金丹地仙，打得身軀碎裂，金丹崩壞。

以善意報答善意，雖死無悔，太平山道士是如此，鍾魁更是如此。只見他一揮雙袖，袖中兩陣秋風，將那些太平山道士悉數裹挾其中，一個個拋向遠處。

白猿對此視而不見，任由鍾魁將那些道士丟出戰場之外。

一個鍾魁，抵得上一座太平山。

白猿心念一動，那把出鞘古劍加速下降。

鍾魁雙指悄然拈住一張青色材質的符籙。

聖人文稿，以篆刻有「下筆有神」的小雪錐，畫以君子鍾魁獨創的鎮劍符！

長劍破開瀑布的一剎那，鍾魁頭頂浮現出那張青色鎮劍符。那把古劍如同謫仙人墜入一座洞天福地，竟然澈底消失，就連將其煉化千年的白猿都感應不到。

太平山兩大護山陣，那把如明月升天的鏡子，只要是玉璞境修士，就可以將其禁錮片刻，而緊隨其後的真正殺招，正是太平山那位修為通神的開山祖師，窮盡了人力、物力、財力，鑄造出來的四把上古仙劍的仿品，雖是仿品，卻每一把皆是半仙兵的品秩，四劍結陣之後，更是威力通天，可以媲美一件名副其實的殺伐仙兵。

這頭白猿所背之劍，恰好就是四劍之一。

作為鎮山供奉，三千年間，白猿不僅僅是追回捕殺那些「逃離」井獄的妖魔巨擘，還有無數次潛行下山殺敵，立功無數。最終在千年之前，那一代太平山宗主力排眾議，將其中一把古劍賜給已經「功無可封」的白猿。

白猿雖然無法完全掌控四劍大陣，可是一時半刻的鑽空子，對它來說太簡單了。若是尋常地仙在緊急情況下，被迫倉促主持大陣，白猿有把握讓四劍臨陣倒戈。

現在白猿沒有了既是佩劍又是本命物的那把古劍，白猿微微眯眼，扯了扯嘴角，動作細微，卻充滿了沖天的蠻橫血腥氣息。

鍾魁一手負後，一手持小雪錐，如同站在書案前，開始書寫第一個字——聖。

第二個字——人。

第三個字——有。

第四個字——云。

下筆極快。

小雪錐筆下每一個字都懸停在鍾魁身前，氣勢浩大。

太平山上，風起雲湧。

白猿輕輕搖頭，一閃而逝。

白猿以雙手拖刀之姿，掠過井獄的大半座井口，直撲鍾魁，橫掃而去，再不給這位書院年輕君子任何希望。

倒不是說鍾魁寫完完整的篇章之後，白猿就無法應對，畢竟它出關之時，其實就已是仙人境的劍修。

它處心積慮，壓了境界足足五百年，除非元嬰境界的鍾魁是那道祖佛祖轉世，否則中間隔著一個玉璞境，還涉及中五境和上五境之間的天塹，鍾魁如何能活？若是鍾魁能夠同時駕馭兩座太平山護山陣法，則兩說。只可惜這兩座大陣，除非是宗主和那位祖師爺親臨主持，否則都會被白猿視若無睹。

不過它如果再在太平山滯留片刻，就會很麻煩，真正的天大麻煩。

白猿輕輕飄落在鍾魁原先站立的位置上，十數丈外，鍾魁被攔腰斬斷，兩截身軀旁邊鮮血淋漓。

四個金字，一支小雪錐，俱已損毀。

一顆堂皇正氣的金丹早已不存，一尊品秩極高的元嬰更是消散不見。

這就是一名十二境劍修傾力而為的結果。

白猿伸手一抓，從虛空處扯出一張已經出現裂紋的青色符籙，雙指一搓，握住那把掙脫牢籠的古劍，放回背後劍鞘。

白猿瞥了眼被自己一掃之後連神仙也救不得的青衫書生，終於沙啞開口，這是它第一次說話，緩緩道：「也算慷慨就義。」

它仰頭遠望，一跺腳，整座太平山隨之一震，其身形躍起，到了太平山之巔，一個轉折，往南方疾速飛掠而去。

山頭震顫之後，井獄底層好像沒了拘束，彌漫整座井口的沖天煞氣轟然而起。被鎮壓在井獄中無數年的妖魔，在經歷過短暫的震驚、茫然後，發出無數大笑聲。當那些想著要將太平山屠戮一空的妖魔邪祟正要衝出井獄之時，這股氣勢驚人的妖邪氣焰，突然出現凝滯，開始猶豫不決。

原來，太平山北方遠處，出現一粒光點，然後是雷聲滾滾，連綿不絕，一座座雲海被攪得稀爛。

山頭又是一震，一位身材高大、滿頭白髮的道袍老者落在鍾魁的屍體旁，滿臉悲憤和愧疚。

一尊金身法相拔地而起，幾乎要與高聳入雲的太平山等高，他高高舉起一臂，山頭升起一輪圓月玉盤，被偉岸如山嶽的老道士握在手中，往南方照去。同時，他一手抖袖，從太平山東、南、西三個方向，升起三道劍光，最終一一懸停在金身法相身側。

這位道人，正是太平山當代宗主的祖師伯。

當年師兄執意要將仙劍之一賞賜給白猿，他是最為反對的一個，為此師兄弟二人形同陌路。更有甚者，有個與他們師兄弟輩分相當的外人，還公然譏諷他是嫉妒一頭畜生的福緣。

這位太平山的仙人境祖師爺手持那好像可與天上明月爭輝一二的明月鏡，巡視片刻，終於照見了那頭已在千萬里之外的遠遁白猿。

金身法相聲音響如炸雷，罵道：「忘恩負義的老畜生！貧道要將你碎屍萬段！」

言出法隨，三把太平山鎮山仙劍——三抹照耀得方圓千里亮如白晝的光彩劃破長空，追向那頭逞凶後拚命南逃的白猿。

背劍白猿委實果決，伸手取出背後四劍之一，駕馭它衝向其中一道碧綠光彩。

它只求太平山那三劍，出現略微停頓即可。

太平山祖師爺更是狠辣，竟然由得兩把祖傳古劍玉石俱焚，在空中炸出一團驚世駭俗的光芒，仍然毫不猶豫地控制其餘兩劍擊殺白猿，其中一劍直直從無論如何改變路線都避之不及的白猿的背心處一穿而過。

白猿迫不得已，顯現出數百丈法相，雙腳重重踩踏山河，雙手死死攥住第二把古劍。

巨猿雙手血肉模糊，巨大身形不斷向後倒滑出去，但古劍仍然掙脫巨猿雙手的束縛，釘入它心口，透體而出。

身受兩次重創的巨大白猿，再也維持不住法相，恢復成等人高的模樣，已經傷了大道根本的它，拚盡全力繼續向南遠遁。

在法相消失之前，它獰笑道：「你難道就不救一救那鍾魁？你還有一線機會，你到底是救人還是殺妖，殺妖就要殺人，哈哈……」

這頭大妖在狂奔出數百里之後，又被那兩把因為距離太平山太過遙遠而終於顯露真身的古劍，兩次刺透身軀。

老道士喟嘆一聲，他原本想要拚著強行更改、衰滅太平山的山水氣運，也要強行搬動整座太平山的「法相」向前數百里，就是為了維持住僅剩兩把仙劍的威勢，但是一旦如此作為，山腰處井獄旁邊的書生恐怕真要連一線生機都失去了，畢竟方才他使出金身法相之後，真身始終留在原地，幫助鍾魁凝聚僅剩的魂魄，試圖逆轉乾坤。

使其「還陽活人」，這本就是逆天行事，會惹來冥府酆都的震怒，只要太平山氣運一動，說不定酆都就會趁機而入，直接奪走鍾魁所剩不多的殘留陰魂。故而那頭老畜生才會有「殺妖就要殺人」一說，沒有澈底打碎鍾魁元神，恐怕也是那頭白猿的算計之一。

井獄附近，老道士身前，出現了一道飄搖不定的陰魂，正是臉色雪白的青衫書生——君子鍾魁。

老道士沉聲道：「是我太平山對不住你，鍾先生。貧道無顏面對大伏書院。」

以仙人境老道士的輩分，無論是在太平山師門，還是整座桐葉洲，都是屹立在巔峰的雲中神仙。老者稱呼年輕人鍾魁一聲「先生」，可謂莫大的認可。這位太平山的祖師爺，所做所為，委實當得起道家「真人」二字。

只是人已死，只有一縷隨時都有可能消散於天地間的孱弱陰魂，又有何益？

鍾魁的陰魂微笑搖頭，嘴唇微動，並無話語在浩然天下，老道人自然知曉其意：「老真人不用愧疚，是我自己該有此劫難，逃不過去的，不是在太平山，也會是在大伏書院，在桐葉洲的任何地方。」

井獄旁邊，還有一位年輕女冠，她嘴唇抿起，有血絲滲出。

正是原本還需要留在藕花福地一甲子的黃庭，或者說是鏡心齋的樊莞爾、童青青。

整個太平山，她比誰都更加憤怒。

那頭背劍白猿，曾是她修行路上的機緣之一，傳授了她一手山門不曾記載的背劍術，她將其銘記在心，甚至一起帶往了藕花福地，所以那座江湖上，才有「背不背劍，是兩個樊莞爾」的說法。

老猿曾經一次次帶著她走入井獄深處，砥礪劍心，助她修行。

她要親手宰了它，再問它一句，背叛太平山，可曾後悔！

至於為何選擇背叛，黃庭不會問，不願問！

鍾魁真身一死，太平山之巔，就出現了一個巨大的黑色漩渦，隱約有一尊頭頂帝王冠冕的巨大身形，冷冷俯瞰太平山。

鍾魁陰魂抬頭一看，慘澹而笑。

老道士原本想要收起金身法相，一見此景，二話不說，金身法相微微屈膝，然後高高躍起，雙手將那漩渦直接打碎，只是老道士的金身法相也隨之崩塌而碎。

代價之大，無法想像。

鍾魁剛要說話，老道士擺擺手，灑然笑道：「修行一事，境界什麼的，算個屁，歸根結底，還是要讓自己覺得……爽！」

說完之後，老道士便有些神色落寞。這位鍾先生，不談什麼准聖人、大祭酒潛質之類的大好前程，只說一個讀書人有如此君子之風，就萬萬不該這樣夭折。

黃庭轉頭吐出一口血水，對老道士說道：「祖師爺，我要下山！」

老道士點了點頭，道：「白猿死前，妳都不得歸山，要麼提著它的頭顱回來，要麼就乾脆死在外邊好了。妳可以借用那兩把鎮山古劍一甲子，之後就憑自己本事追殺白猿。」

黃庭沉聲道：「太平山黃庭，領祖師法旨！」

年輕女冠化作一抹流虹，往南而去。

太平山祖師爺，到底不是什麼能說會道的人物，再者心中愧疚不已，便沉默不語。

鍾魁內心深處亦有一份愧疚。

老道士突然眼神訝異，只見井獄附近有兩縷清風，向鍾魁陰魂緩緩飄蕩而來，縈繞四周。不但如此，還有一支小毛筆，晶瑩剔透，並非實物，浮現在鍾魁身前，更有一件古代官袍模樣的鮮紅衣衫，從那座漩渦消散的地方，飄搖晃蕩而下。

鍾魁看著那支小雪錐，猶豫了一下，輕輕握在手中。

鮮紅官袍披在鍾魁身上，兩縷秋風湧入官袍大袖內。

與此同時，井獄之下，那些一個個老實得像是市井雞犬的妖魔鬼怪，不但乖乖縮回了牢獄原地，而且突然之間，不由自主地後退，直到退無可退。

鍾魁想起了那句讖語。

不再是一襲青衫，而是一襲紅袍的鍾魁陰魂，喃喃道：「鍾魁下山之前，世間萬鬼無忌。」

他轉頭望去，對著井獄脫口而出道：「只管磕頭。」

井獄之中，便響起了無數的磕頭聲響。

老道士撫鬚而笑，從仙人境跌回玉璞境，看來沒白白跌境。

鍾魁若有所悟，久久無言，最後他開口道：「老真人，我有一事相求。」

老道士點頭道：「只要不是要貧道也給你磕頭，都成。」

鍾魁啞然失笑，最後作揖道：「我雖已是鬼，可太平山真人也。」

老道士微微詫異，隨即痛快大笑道：「這馬屁，爽也！」

這天深夜，陳平安沒來由心情煩躁，便來到驛館屋外的院子裡，練習劍術，可是始終無法靜下心來。

驀然抬頭，遠處天幕，出現了一陣細不可查的微妙漣漪。

陳平安後退數步，飛劍初一和十五已經掠出養劍葫蘆。

陳平安很快鬆了一口氣，那是一襲古怪紅袍的君子鍾魁，身邊還有一位白髮蒼蒼的老道士。

老道士看了一眼陳平安，笑著點頭致意之後，對鍾魁輕聲道：「你們聊，聊完之後與貧道打聲招呼，我需要趕緊帶你離開，你目前還無法行走人間太久。」

陳平安心一緊。

鍾魁笑道：「什麼都先別問，容我給你娓娓道來。」

大略說完了那場太平山之戰，鍾魁彷彿就只是個局外人，說得一點都不驚心動魄，枯燥乏味得很，而且還滿臉笑容，什麼打不過那頭白猿大妖，技不如人，給人兩劍一刀打殺了，成了個孤魂野鬼，以後做不得書院君子了……娓娓道來個屁。

陳平安怒道：「就這樣？死了？」他指著鍾魁的鼻子斥道：「就這樣從人變成了鬼？你不是書院君子嗎？不是可以陰神、陽神出竅嗎？」

說到最後，陳平安嗓音越來越低，神色恍惚，輕聲問道：「怎麼就死了呢？」

說到這裡，陳平安已經再也說不出話來，腦海中走馬觀燈，最終停留在一幕畫面上。

有個浪蕩不羈的讀書人，蹲在埋河水面上，覺得女鬼漂亮，便拔著女鬼的頭髮，想要見她一見。

怎麼自己心目中的讀書人，都死了？

陳平安下意識摘下了養劍葫蘆，又默默別回腰間。

那支小雪錐懸停在鍾魁身前，分明已經與鍾魁的陰魂融為一體。

鍾魁小心翼翼道：「陳平安，事先說好，真不是我不厚道啊，故意想要黑了你這支小雪錐，要打要罵，你看著辦！」

陳平安問道：「君子一言，後邊怎麼說來著？」

鍾魁心虛道：「駟馬難追？」

陳平安坐在石桌旁的凳子上，鍾魁撓著頭坐在了旁邊。

陳平安說道：「反正你現在死了，也不是君子了。」

鍾魁越發良心難安。

陳平安抬起頭，望著鍾魁，緩緩說道：「但是我答應過別人的事情，一定做到，對齊先生是這樣，對你鍾魁也是這樣。」

鍾魁有些迷糊，問一聲：「嗯？」

陳平安紅著眼睛，緩緩說道：「說借你就是借你，一年是借，一百年、一千年，也是借。」

鍾魁默然。

陳平安最後問道：「一千年不夠，一萬年夠不夠？」

鍾魁輕輕點頭，他站起身，陳平安跟著站起身。

鍾魁再次笑容燦爛起來，朗聲道：「桐葉洲，鬼物，鍾魁！我有一個朋友，姓陳名平安！」

陳平安瞪了他一眼，然後也笑道：「寶瓶洲，劍客，陳平安！我認識一位正人君子，叫鍾魁。」

遠處。

太平山的那位祖師爺老道，撫鬚點頭，讚賞道：「百年、千年之後，今夜相見，就是一樁美談。」

鍾魁離開驛館後，被老道士收入一塊好似驚堂木的老槐當中。

老道士突然轉身，縮地千里，一步就來到了陳平安所在的院子。

還在發呆、尚未回神的陳平安趕忙彎腰，拱手抱拳：「晚輩陳平安拜見老仙師。」

鍾魁之前講述自己的身死道消，說得輕描淡寫，提及太平山的道人，卻是毫不掩飾自己的親近。

老道士伸手虛壓了兩下，道：「無須多禮。」

陳平安直腰後，問道：「不知老仙師去而復返，可是有事？」

老道士看了眼陳平安，點頭道：「拴得住，就是真豪傑。難怪黃庭和鍾魁都對你刮目相看。」

陳平安沒聽明白，但也沒多問。

老道士心情不錯，笑問道：「自稱劍客，你的劍呢？」

先前從養劍葫蘆現身的飛劍初一和十五，太平山老道士視而不見。

陳平安坦誠道：「以前練拳，剛剛開始練劍，所以這會兒練習劍術，都是虛握劍式，更多還是心中觀想。」

老道士自言自語道：「早知如此，先前就不該忙著跟人在推衍上較勁，輸了不說，還錯過了觀看你在藕花福地境遇的機會。」

老道士身材高大，頭戴一頂象徵道家三脈之一的芙蓉冠，道袍素白，又是白髮白鬚，十分仙風道骨。

陳平安不知如何作答，就不說話。

面對這等慧眼如炬的老神仙，根本不用自作聰明，任何粉飾，無異於老嫗抹胭脂，稚童穿官服，貽笑大方而已。

老道士突然問道：「貧道可以借你一把劍，甲子光陰也好，百年歲月也罷，都可以商量。可以用法寶換取，也可以支付穀雨錢。」

陳平安猶豫了一下，還是搖頭道：「謝過老仙師美意，其實我已經有劍了。」

陳平安有些赧顏，又道：「何況我身上沒有一枚穀雨錢。」

老道士之所以臨時起意想要借劍給這年輕人，委實是因為太過欣賞他與鍾魁之間的千年萬年之約，也有一層更深遠的私心善意在裡頭。只是話語說出口後，就已經有些後悔。

還是不要揠苗助長了。

扶乩宗之亂，讓老道士有些憂心，至於重返小院，則是看出陳平安心湖的異樣動靜，好像鍾魁之死，對此人心境影響頗大。

不過當他端詳一番後，就又放下心來。

修行之人，忌諱心如一葉扁舟，隨波逐流。至於那些心境紊亂如柳絮的，在老道士眼中都不配談忌諱不忌諱了，根本就不該修道，修了道，僥倖攀高了境界，一切只為了蠅營狗苟，搶機緣、爭法寶、奪靈氣，下山行走人間，除了耀武揚威，仗勢凌人，還能做什麼好事？只不過老道士再看不慣許多修力不修心的鍊氣士，也只能守著太平山這一畝三分地，讓自家山頭的門風不歪。

陳平安厚著臉皮問道：「不知道老仙師，有無護山陣法？」

老道士點頭道：「我太平山就有兩座護山大陣，一座陣法中樞為明月鏡，可照徹世間妖邪，讓其無所遁形，有效距離遠近，要看持境之人的修為高低，一旦被鏡子照中，則會短暫跌境。之後就該輪到四劍陣登場，四把古劍仿製遠古四把大仙劍，是半仙兵的品秩，結成劍陣後，就等於是一把仙兵，萬里之遙，轉瞬即至。先前那頭老畜生，如果不是煉化了其中一把，早就被貧道斬殺了，再給它跑出幾千里都沒事。如今它雖然逃過一死，但是老畜生本就剛剛躋身十二境，境界不穩，加上還要被這座天下的規矩壓制，如今本命物一毀，真身又被捅出好幾個窟窿，傷及元神，已經不值一提。」

老道士提及那頭背劍白猿的時候，殺氣騰騰，一身磅礴靈氣猶如實質，白霧濛濛，如一條條纖細水流縈繞四周，之後收了收心，異象頓消，這其實是跌境的後遺症之一。

「麻煩就麻煩在那老畜生突然一個鑽地，循著條破碎不堪的古代龍脈消失了，多半是一條早有預謀的退路。」老道士指了指頭頂，「先前貧道跟老畜生廝殺一場，後來又打退了一尊陰冥大佬，某位坐鎮桐葉洲上方天幕的儒家聖人當然看見了，落在了我們太平山，得知鍾魁死後，勃然大怒，親自去追殺那頭白猿，哪裡想到還是讓老畜生溜掉了。現在就看與它有些因果的黃庭，能否找出點蛛絲馬跡。只要發現了它，哪怕黃庭戰死，那位在文廟陪祀的七十二聖人之一，此次早有準備，出手就可以一擊致命。」

陳平安欲言又止。

老道士笑道：「這是最壞的情況，黃庭那丫頭一向運氣好，在藕花福地磨礪了性子，有兩把古劍庇護，追殺白猿，說不定就是一樁破境機緣。」

陳平安「嗯」了一聲。

老道士笑容玩味，道：「被貧道強行拽出藕花福地後，本以為要被她撒嬌埋怨半天，不料這丫頭半句嘮叨沒有。一路上她提及你多次，說以後一定要去大驪龍泉找你。」

老道士輕輕揮袖，又道：「奇了怪了，貧道也不是健談之人，今夜言語，抵得上幾十年口水了。言歸正傳，我太平山的護山大陣，大有來歷，攻守兼備，便是許多中土神洲的上宗、正宗山門，也不過如此。貧道不好私自傳你煉化和運轉方式，這涉及太平山的山水氣運。不過貧道自己有一座護山陣，得自一座上古仙人的祕境洞府，殺力極大，倒是可以賣給你，就是太吃銀子，打造起來耗錢，維持大陣運轉更吃山水氣運。貧道原本打算有朝一日，黃庭若是想要自立門戶，在桐葉洲別處開宗立派，或是乾脆嫁為人婦，與人結成道侶，便贈予她當嫁妝的。」

陳平安咽了口唾沫，與黃庭和嫁妝無關，而是被那四個字嚇到了：「太吃銀子！」

老道士發現了陳平安的猶豫神色，哈哈大笑打趣道：「好算計好算計，貧道喜歡！」

不等陳平安想明白其中關節，老道士已經不再提護山陣這一茬，輕聲提醒道：「陳平安，貧道不知道你身上帶了什麼寶貝，能夠遮掩天機，防止別人推衍你的方位和運勢，這樣的東西，你一定要好好珍惜，真正是可遇不可求的物件，整個太平山，也只有一件而已，那還是咱們開山師祖留下來的。」

陳平安想起了那把不起眼的油紙傘，重重點頭。

看著陳平安，老道士很是欣慰。

女冠黃庭、君子鍾魁都是屈指可數的入得老道士法眼的年輕人，如今再加上這個陳平安。老道士覺得偏居東南一隅的桐葉洲也好，或是幅員更加遼闊的浩然天下也罷，這樣的年輕人，能多一個就多一個。

世道再亂，仍有砥柱。

這位太平山祖師爺，當年成功躋身仙人境後，被他所在那一脈道統賜號為觀妙天君，地位超然。老道士之前為了防止鍾魁陰魂被那尊冥府大佬帶往黃泉路，跌了一境，心知肚明此生是再無機會彌補心中那個最大的遺憾了。

在歷史上，無論儒家正統的浩然天下，還是道家坐鎮的青冥天下，只要有道人從真君躋身天君，無論是三脈中的哪一脈，都可以請得動掌教祖師親臨，親手交予道袍、道冠和一件信物。可是觀妙天君作為浩然天下其所在道統中的最新一位天君，卻沒能親眼見到那位大掌教離開白玉京，降臨這座浩然天下，這是他生平最大的一樁憾事。

老天君不敢妄自揣測，可太平山上上下下，都很是睹琢磨了一番，為此太平山宗主還特意跑了趟桐葉洲最北邊的那座書院，試探性詢問，是不是哪位在文廟有陪祀神像的儒家聖人從中作梗，才使得他們這一脈掌教沒能出現。

那位書院山主也是個爽快人，懶得與太平山宗主兜圈子，笑著反問，其餘兩位掌教可能有此「待遇」，可是以你們這一脈道統大掌教與咱們儒家的香火情，他老人家想要來浩然天下，誰會攔阻？

得到這個答覆後，老天君越發鬱悶，思來想去，只能是自己境界夠高，大道卻還小，故而掌教祖師有意敲打自己。

在太平山一役之前，老天君還想著若是將來躋身了飛升境，總歸是能夠見到掌教老爺的，如今便澈底成了奢望。

後悔全無，遺憾難免。

老道士剛想要離去，陳平安說道：「謝過老真人！」

老道士笑問道：「為何謝我？是為了鍾魁跌境一事？」這位老天君搖頭道：「用不著謝，這是太平山虧欠他的。」

陳平安沉聲道：「謝過老真人和太平山，讓我曉得了山上神仙，也有善待人間的俠義心腸。」

老道士心情頓時大好，笑道：「好嘛，不承想你小子跟鍾魁差不多，溜鬚拍馬的功夫很是擅長啊。」

陳平安無奈道：「是我的真心話。」

老道士笑望向這個年輕人，道：「真心的馬屁話，那才叫人舒坦。」

老道士御風離去。

一顆小腦袋擱在窗戶上，愣愣地盯著院子這邊。說來奇怪，鍾魁和老天君的出現，驛館內並無人察覺，只有裴錢興許是誤打誤撞，大半夜瞧見了院子裡的陳平安。

陳平安回頭望向裴錢，吩咐道：「睡覺去。」

不說還好，陳平安一發話，裴錢就去搬了一條凳子，腿腳利索地爬上了窗臺，一躍而下，穩穩落地。

陳平安問道：「不睡覺，跑這來做什麼？」

裴錢討好道：「睡不著，陪你說會兒話。」

陳平安擺擺手，說自己要練習拳樁，讓裴錢願意待著就待著。

裴錢看了一炷香後，就犯睏了，跟陳平安打了個招呼，深呼吸一口氣，往屋子窗臺那邊衝刺而去，高高跳起，估計是試圖雙手先按在窗臺上，然後一通雙腿胡亂扒拉，想著一躥而上就威風了。

結果下巴猛地磕碰在了窗臺上，後仰倒地。

陳平安轉過頭，不忍直視。

裴錢坐在地上，伸手捣住嘴巴，轉過頭去，淚眼朦朧，泫然欲泣。

陳平安走過去，蹲下身，輕輕拿走她的手，看了看，笑問道：「還耍英雄氣概嗎？」

小女孩那張黝黑臉龐上，淚珠子嘩啦啦往下掉。

陳平安只好收起笑意，扶她站起身道：「有個跟妳差不多的小姑娘也是這麼毛毛躁躁的，不過她比妳更吃得住痛，換成是她，這會兒肯定朝我笑，說不定還安慰我別擔心。」陳平安補充了一句：「不過各有各的性子，妳也不用學她。」

兩人坐在石桌旁。

裴錢只敢微微張嘴，含糊不清地問道：「她叫什麼名字？」

陳平安說道：「她叫李寶瓶，喜歡穿大紅棉襖，還喜歡喊我小師叔。」

裴錢又小聲問：「你很喜歡她？」

陳平安點點頭，天底下哪有不喜歡李寶瓶的小師叔？

她是對的，裴錢默不作聲。

陳平安問道：「方才看我走樁練拳，怎麼樣？」

裴錢一臉茫然，這次不是裝不知道，是真的不知道陳平安為何詢問這個。

陳平安也跟著疑惑起來，問道：「妳沒想過偷學？」

裴錢反問道：「我學你晃來晃去走路幹啥？」

她站起身，神采飛揚，張牙舞爪，一下子假裝拔劍出鞘，雙指併攏亂戳，一下子蹦跳幾下，還打了一套王八拳，亂顯擺了一通，道：「我要學，就學最厲害的招式！」

陳平安沒有覺得任何可笑，反而神色凝重。

藕花福地大街上，陸舫御劍，陳平安的校大龍，以及打退種秋的神人擂鼓式，還夾雜有魔頭丁嬰的一些個零散招式。談不上形似，但是有人說過，練拳不練真，惹來鬼神笑。可若是練拳直接一步拋開了所有拳架，練出真意……

在陳平安的印象中，只有一個人做得到。

果然如此。

陳平安問了一個問題：「白天妳盯著邵道長瞧，看出了什麼？」

裴錢不敢回答。

陳平安說道：「只要別撒謊，不管妳說什麼，都沒關係。」

裴錢這才環顧四周，輕聲道：「我覺得那個姓邵的，不懷好意，不是個好東西。」

陳平安問了第二個問題：「妳是不是能夠看見今晚那位老道長？」

裴錢使勁點頭。

陳平安有些無奈，那可是太平山祖師爺使出了方丈天地的大神通啊。

陳平安再問：「如果妳以後練武，有了出息，覺得有人欺負了妳，妳會怎麼做？說實話！」

裴錢猶猶豫豫，問道：「一拳只打個半死？」

看到陳平安像是要生氣了，乾脆就破罐子破摔，雙臂抱胸，氣呼呼道：「一拳打死拉倒！」

陳平安笑問道：「那如果其實妳錯了呢？」

裴錢理直氣壯道：「我每天都待在你身邊，哪裡會犯錯！」

陳平安內心哭笑不得，板著臉問道：「可妳總有一天會自己出門遊歷，行走江湖。」

裴錢斬釘截鐵道：「我不會的！我幹嘛要一個人出門，外邊那麼多壞人，打不過怎麼辦？還有，要是我到時候沒帶夠錢，天天挨餓，我去偷去搶，你知道了，又會打我罵我，我能咋辦？對吧？所以我還是不出門了。」

陳平安問道：「那如果有一天，妳練得很厲害了，比我還要厲害呢？」

裴錢皺著眉頭，很用心想了想，拚命搖頭道：「你又不是不知道，我懶著哩，最喜歡睡覺，還怕疼，之前走路，腳底上都是水泡，挑破的時候，我把嗓子都哭啞了。在客棧你跟人打架的時候，兩條胳膊都瞧得見骨頭了，你都不會哭，我可不行，我低頭看一眼自己的胳膊，說不定就要嚇暈過去啦。唉，天底下如果有不用吃苦就可以一夜練成的絕世武功那就好嘍。」

陳平安忍著笑，問道：「妳也知道自己憊懶、不上進、膽子小？」

裴錢耷拉著腦袋，垂頭喪氣。

陳平安又問道：「怎麼不說話了？」

裴錢委屈道：「下巴疼。」

陳平安笑了笑，背過身去，靠著石桌，望向夜空。

裴錢學著他，只是她個子小，就只能以後腦勺抵住石桌了。

陳平安輕聲道：「過了年，妳就十一歲了，所以妳要多讀些書，多學一些道理。」

任重道遠，真是比自己練拳百萬還要心累。不過挺好。

陳平安難得與裴錢說著心裡話：「在家鄉的時候，我比妳略大一些，從來沒讀過書，齊先生就跟我說道理在書上，做人在書外。」陳平安最後呢喃道：「希望世間每個人在年少時，都可以遇到一位齊先生。」

裴錢目前還是那個只喜歡挑選自己喜歡聽的來聽的小女孩，比如陳平安說她明年就十一歲了。

是啊，這個世界上，只有陳平安會記這些。

她今年是十歲，明年十一歲。

太平山老道士突然停下身形，取出槐木，鍾魁陰魂現身飄落。

雲海之上，鍾魁看到不遠處站著一位最熟悉的人——大伏書院山主，他的先生。

書院山主只是看著鍾魁。

鍾魁小聲問道：「先生？」

山主似乎不敢相信這個噩耗，哪怕是現在都不敢相信眼前所見，嘴裡念叨：「不該如此，不該如此的。」

一念之差，他當時就不該去碧游府，不該讓這個「生平最得我意」的門生，去往太平山，就該讓他老老實實待在那座邊陲小鎮的客棧裡，盯著那頭隱匿不出的九尾狐。九尾狐雖是十二境的大妖，可是她的身分太過特殊，輩分太高，故而她的真名早已洩露，只要獲知了世間所有遠古大妖的真名，鍾魁身在浩然天下，就等於有了自保之力。誰都沒有想到太平山的背劍白猿，才是井獄妖魔逃逸的罪魁禍首。

鍾魁實在受不了當下的氛圍，朗聲道：「先生，義不容辭而已。讀書人，要麼以學問教化蒼生，匡扶社稷，要麼以一身正氣除魔衛道……」

山主大怒，問道：「需要你跟我講這些大道理？」

鍾魁噤若寒蟬。

老天君喟嘆一聲，道：「若是學宮那邊問責，我們太平山絕不推脫。」

山主面對老道士便不是對待鍾魁的那般神態了，恭敬道：「我那位兄長，惱火會有，卻不會興師問罪。再者，太平山何罪之有？天君何曾責怪鍾魁為何護不住太平山，護不住那位地仙了？」

鍾魁輕聲補充道：「先生，那位老道長名為梁肅。」

山主又要發火，鍾魁立即閉嘴。

老道士感慨道：「經此劫難，接下來桐葉洲可能會稍微好一些，可是婆娑洲和扶搖洲恐怕要大亂了。先前三洲皆有重寶出世，果然就是妖族的謀劃。」隨即，老道士小聲道：「你們書院一定要護住扶乩宗那個少年。他能夠撞破此事……」

沒有繼續說下去。

山主點頭道：「理當如此。我已經跟扶乩宗商量好了，那個少年會化名進入大伏書院讀書，至於以後會不會成為儒家弟子，全看他自己的心意。」

老道士笑道：「嵇海的閉關弟子跑去當賢人君子，扶乩宗還不得跟你拚命？」

提及扶乩宗和大修士嵇海，山主有些唏噓，道：「嵇海坦言，不管是收取少年為嫡傳弟子，還是贈予那件兵器，都是應該的，可是一見少年，他嵇海心中難以平靜，會有礙修行，一輩子都沒辦法躋身仙人境，將來又如何去劍氣長城，斬殺其他的十二境大妖？」

老道士神色惋惜，道：「桐葉洲唯一一對上五境的神仙道侶，難得的天作之合，實在可惜。嵇海破境一事，會很難了。越是執念苦求，心魔越難消除。」

山主苦笑道：「有些事，旁人可勸；有些事，不好勸。」

老道士嘆息一聲。

修道之難，難如登天，只是在很早以前，據說是登天不難，修道難。

中土神洲，一座最為巍峨的山嶽之巔。

有一尊金甲神人，雙手拄劍，覆有面甲，站在一塊山頂石碑旁邊。

有個窮酸老秀才盤腿坐在石碑頂部，極其無禮。

老秀才袖中掐指，一拍大腿，嚷道：「善了個大善！」

金甲神人扯了扯嘴角。

老秀才得意揚揚，問道：「我這閉關弟子，咋樣？」

被老傢伙糾纏了足足一個月的金甲神人，不耐煩道：「好好好，行了吧？」

窮酸老秀才指著幾乎與巨大石碑登高的神人哈哈笑道：「你這副口服心不服的德性，我最中意了。」然後老秀才又開始好漢只提當年勇了，絮叨道：「想當年我與人吵架，他們輸了之後，一個個都是你這副鳥樣，我就心裡舒坦。」

金甲神人正是整座中土神洲的五嶽大正神之一穗山大神，譏笑道：「當初是誰提議讓你一個窮秀才，躋身文廟的？你告訴我一聲，我去問他是不是瞎了狗眼。」

這是一樁儒家公認的大懸案。

老秀才賊兮兮笑道：「你猜？」

穗山大神再好的脾氣，有人在耳邊絮絮叨叨個一整月，也是要煩躁的，更何況這糟老頭子向來是不見兔子不撒鷹的貨色，能有好事？當下不客氣了，罵道：「我猜你大爺！」

老秀才蹺起大拇指，指了指自己，道：「不是我大爺，是咱們儒家的祖師爺。我倒是希望他老人家是我大爺來著，唉，可惜可惜……」

以桀驁不馴著稱於世的這尊穗山大神，竟是沉著臉，挺直了腰杆，雙手鬆開劍柄，向此方天地抱拳行禮，算是跟那位至聖先師道歉了。

老秀才自顧自說道：「你知道我這個人吧，臉皮特別薄，總喜歡告誡自己，無功不受祿。可我才學高，文章寫得好，道理講得妙啊，於是咱們那位至聖先師，就找到了我，苦口婆心，好言相勸，把我給感動得不行。至聖先師誇了我好些我自以為一般般的地方，不過其中一句『自古聖賢必是真豪傑，豪傑未必是聖賢！』說到我的心坎裡去了。我覺得還是至聖先師懂我啊，就跟這位祖師爺提了一個小要求……」

穗山大神沉聲道：「我不想聽，閉嘴！」

老秀才扼腕痛惜道：「你這傢伙咋這麼分不出好壞呢？」

穗山大神冷笑道：「我要是拎得清好壞，能讓你上山？」

老秀才揉了揉下巴，覺得在這件事情上，好像自己是不太占理，就立即改口道：「東海那個老牛鼻子，雖然性子實在不討喜，做人還是湊合的，出手挺闊綽，不跌份。知道送那孩子一樣好東西，雖然無助於修行，但是世間事與物，好不如巧嘛，剛好能夠幫著遮掩天機，比阿良當年那頂破斗笠還要好。就衝這份手筆，他在藕花福地做的齷齪事情，我就不與他計較了。」

穗山大神挖苦道：「你這會兒就算想要跟他掰手腕，能行嗎？」

老秀才語重心長道：「我們讀書人，還是要跟人在道理上分高低啊。打打殺殺，即使捅破了天，也不算真本事。」

穗山大神破天荒沒有反駁。

老秀才雙手攏袖，穗山之巔的罡風，激盪不已，便是穗山大神的那副金甲上，都有符籙漣漪泛起，但是老秀才的衣袖和頭髮沒有絲毫飄拂。

老秀才輕聲道：「聖人難死，君子難活。諸子百家，唯有我們儒家，不刻意講究什麼護道人。書院，就是世間讀書人的最大護道人。浩然天下三大學宮、七十二座書院，都有這樣死在成聖之前的君子。我覺得這些不夠聰明的正人君子便是我們這座天下的脊梁骨，可以……」

老秀才說到這裡突然沒詞了，轉頭呼喝一聲，問道：「傻大個，你想個說法出來。」

穗山大神淡然道：「頂天立地。」

老秀才再次一拍大腿，讚道：「大善！」

穗山大神冷不丁說道：「你可沒當過儒家正兒八經的君子。」

老秀才默然。

文廟中，有一位聖人從他那尊泥塑神像中走出，神臺極高，神像極其靠近居中的至聖先師，他還牽著一位跟隨他從別處天下來到浩然天下的少年。

帶著少年跨出門檻後，聖人轉頭看了眼空缺的一處神像位置，對少年笑道：「以後你有機會，可以與某人爭一爭。」

第五章　五千甲圍山

老天君與鍾魁離開後，一夜再無事。

陳平安把眼皮子打架的裴錢抱上了窗臺，讓她回去睡覺。

陳平安獨自留在院中，沒有走樁也沒有練劍，坐在石桌旁邊，想著今後的謀劃。偶有失神，抬頭望向夜幕。

聽鍾魁先前說過，儒家文廟陪祀聖人中，除了一些人去開疆拓土、尋覓新的洞天福地之外，其餘聖人坐鎮在這座浩然天下大洲、湖海的天上，俯瞰人間。在他們眼中，人間大修士，無論山上、山下，就像那些夏夜飄蕩的螢火蟲，亮光的強弱，就看那些大修士的境界高低。所以太平山一戰，太平山老道士與白猿放開手腳傾力廝殺，再沒有遮掩氣象，在桐葉洲上方的聖人視野中，就像驀然炸開的兩團光芒，故而引得聖人落下，防止神通廣大的大修士一旦毫無顧忌，打碎山河，害了蒼生。

更多時候，陳平安是在閉目養神，心中默誦碧游府玉簡上的仙家口訣。

讀書百遍其義自見，世間萬法不離其宗。

拂曉時分，陳平安睜開眼睛，聽到了院外老將軍姚鎮的腳步聲，停在院門口，似乎在猶豫要不要敲門。

陳平安起身打開院門，姚鎮笑道：「不愧是武道宗師，能夠聽步辨人。」

陳平安問道：「去驛館那座園林走走，散散心？」

姚鎮與陳平安並肩而行，緩緩道：「昨天白天之所以沒有跟隨你們，去遊覽那位上古仙人騎鶴飛升的地方，是因為我得到了消息，說是蜃景城密使要來驛館，所以只好等著。一直等到了晚上二更，才等到了那位貴客。你猜是誰？」

既然這樣問，就絕對不會是跟自己沒有關係的蜃景城人物，陳平安靈光一閃，答道：「中國公高適真？」

姚鎮伸出大拇指，點頭道：「正是這位國公爺。」

來者不善，善者不來。

既然讓中國公擔任密使，趕在姚家隊伍進入蜃景城前，來騎鶴城傳達旨意，說明在皇帝陛下心目中，中國公的分量是要重於未來的兵部尚書姚鎮。至於中國公離開京城之前，劉氏皇帝有無耳提面命，搗糊糊，陳平安並未見過劉氏皇帝，揣測不出，所以中國公祕密進入騎鶴城驛館，對於老將軍而言，無異於一個天大的下馬威。

京城居大不易，哪怕你是姚鎮也一樣，照樣是個邊陲外人。

藕花福地那趟歲月悠悠的「遠遊」，陪著東海老道人一起觀道，陳平安受益匪淺，可能直到離開藕花福地那一刻，這麼個泥瓶巷的泥腿子，才將褲管上最後一點泥土抖落。

姚鎮緩緩道：「大泉王朝，劉氏開國兩百年，起起伏伏，原本外姓郡王國公，總計十人，就只剩下中國公府這麼一棵獨苗了。老中國公爺口碑極好，為人公道，兩次冒著被摘掉國公府匾額的風險分別保下了一撥清流臣子和一位邊陲武將，所以廟堂上，無論文武，都念這兩份中國公府的香火情。現任國公爺高適真，韜光養晦，不太愛出風頭，不過年少時就與當時的那座潛邸來往密切。回頭來看，這位國公爺也不簡單，所以高樹毅才有本事在蜃景城橫著走……」

陳平安突然插話道：「高樹毅橫行跋扈，惹惱各方權貴，未必不是國公府自汙名聲的手段。兩代國公爺各憑本事，占盡了朝臣想都不敢想的好處，如果高樹毅再不做點什麼，國公府的下場，說不定就是先前姚家邊軍的境遇了。」

姚鎮臉色古怪，再次朝陳平安伸出大拇指，讚道：「與我那孫女近之的言論有異曲同工之妙。」姚鎮拍了拍陳平安的肩頭，笑道：「不過呢，這番論調，是咱們近之在十四、五歲的時候說的。」

陳平安心中好笑：『你老將軍較這勁做什麼。』但嘴上還是附和道：「近之姑娘蘭心蕙質，顯學、雜學皆精，我自然是遠遠比不上的。」

姚鎮滄桑的臉龐上笑開了花，心中陰霾，一掃而空。

至於中國公高適真到了驛館，具體說了些什麼，姚鎮作為劉氏臣子，當然不會洩露半點。不過若是蜃景城和國公爺想要對付自己的小恩公，姚鎮也不介意再死一回，反正將自己這一條老命還給陳平安，也還是姚氏賺到了，畢竟姚家鐵騎已經算是澈底脫離了這場風浪。這是昨晚姚鎮深夜送高適真出城後，返回驛館與姚近之秉燭夜談，孫女得出的定論。

蜃景城在他姚鎮進京之時，會有一場萬人空巷的迎接盛事，姚家鐵騎的名聲，會在層層官府的推動下，享譽朝野。

驛館園林極負盛名，在歷代文人騷客、貶謫官員的極力渲染下，竟有了「山池之美，亭臺之秀，京師諸王莫及」的名頭。

綠樹成蔭，小橋流水，兩人走上一座木拱橋。如今陳平安對於橋梁結構的熟稔，可能已經不亞於一位工部衙門官員了。他走在橋上，腳步時輕時重，伸手輕輕敲打欄杆。姚鎮只當是陳平安的個人愛好，也未好奇詢問。

姚家隊伍後天動身，今晚有一場刺史舉辦的筵席，明天是郡守私下宴請老將軍姚鎮，所以還能在騎鶴城遊玩兩天。

陳平安就留在院子裡關門修行。

陳平安武道進階一事，攀升速度已經遠遠超出離開倒懸山時的預期，不用著急，也急不來，但重建長生橋一事，卻是有些燃眉之急的味道了。

兩次觀想，一次在藕花福地，一次在埋河畔，那座金色長橋都已成功現世懸河，一次比一次穩固，尤其第二次橫跨埋河，陳平安都已經有信心走上去了。

不過一想到修成了長生橋，還要煉化五行法寶作為「身軀小天地」的鎮宅之物，陳平安就頭疼。有了水神娘娘贈予的玉簡口訣，陳平安必須現在就開始著手準備，煉化足足五件之多的本命物。除非捨棄一身武道修為，不然長生橋一旦架起，靈氣如海水倒灌，後果不堪設想。而若是自身氣府擁有了五座形如湖泊、神仙府邸的存在，那就可以積蓄天地靈氣，同時不至於太過影響一口純粹真氣的巡狩四方，雙方大體上能夠井水不犯河水。

那種玄之又玄的狀態，就像同時有兩個陳平安：一個陳平安憑藉雙拳，行走天下；一個陳平安在深山老林閉門謝客，默默修道。

陳平安在走樁之時，心中默念道：『齊先生贈予的水字印，一定要煉化成本命物，如此一來，與性命牽連，便是如山字印那樣被人破壞，只要人不死，就還是能夠在氣府中隱約浮現，哪怕再無威勢，也總歸有個念想，這輩子只要想看，就能看到。而且水神娘娘的那道仙人法訣，對於煉水一事，篇幅最多。

至於那枚能夠溫養體魄、神魂的古老玉簡，多半也與五行之水有關，但是具體品秩高低，來歷背景，都不知曉，還是需要問過魏檗才行。

可惜金色法袍不在五行之列，不然品秩足夠，也適合拿來煉化，不用時時刻刻穿在身上，一下子就會被元嬰地仙看出根腳。唉，實在是可惜。

彩衣國城隍爺沈溫的那顆金色文膽，我在碧游府說那順序學問時，心有感應，似乎可以煉化為五行之金。況且讀書一事，本就與拳法劍術一樣，是一輩子的長久功夫。

五行之土，老道托那道童轉告的話中，說到了大驪五嶽的山河社稷五色土。如今大驪鐵騎南下，戰火如荼，難道是說大驪宋氏真能至少奪得整個寶瓶洲的半壁江山？如果真是如此，大驪王朝的五嶽五色土，確實值錢了。看來此事，下次返回龍泉，仍是要麻煩已有大驪北嶽正神身分的魏檗。』

一襲白袍的陳平安「忘我」出拳，格外行雲流水，不再是窯工學徒拉坏，也不是處處古板匠氣如楷書，而是已如大家風流之行書了。

其中訣竅，唯有吃得住苦、抓得住福而已。

畫卷四人，皆有怪癖。

魏羨最近喜歡上了零嘴吃食，腰邊左右懸掛著兩只小袋子，裡頭裝滿了從各色鋪子裡買來的食物。

盧白象喜好一切雅致物品，如今喜歡攥幾顆棋子在手心，散步的時候，棋子摩擦，手心裡就會發出輕微的吱呀聲響。

朱斂不喜束縛，比如覺得穿靴還要穿襪，很麻煩，不知道從騎鶴城哪裡買了雙草鞋，換上了一身淡黃色麻衣。再就是不管在哪座城鎮停歇，朱斂都會去買上幾本談神說鬼的志怪小說或者花嬌月媚的才子佳人小說，一有閒暇，就翻書打發時光。

隋右邊除了每天悟劍之外，貌似沒有任何癖好，本身就是最大的怪癖。

陳平安練拳完畢，返回屋內。

今兒朱斂在院子裡曬著初冬的和煦日頭，看著一本頗為香豔的才子佳人小說。

少年姚仙之來串門，正跟魏羨討教拳法，盧白象在與一同前來的姚近之下棋。

隋右邊去過了那座小山後，氣勢略有變化，又開始獨處閉關，橫劍在膝，經常推劍出鞘寸餘又推回，如此反復。

裴錢是個不願消停的，看了一會兒盧白象跟姚近之的對弈，覺得無趣，就回屋子拿了那根行山杖，在魏羨和姚仙之旁邊揮了一通她的招牌瘋魔棍法。魏羨讓姚仙之先練習一個拳樁，看了裴錢一會兒，久久無言。小女孩拎著那根行山杖，雜亂無章，有些時候還會不小心打到自己，不愧是殺敵一千、自損八百的霸道路數，把在一旁練習站樁的姚仙之看得直翻白眼。

魏羨反而好像沒覺得黑炭丫頭有多幼稚。

裴錢氣喘吁吁，彎著腰，雙手握住行山杖問道：「老魏，我的學武天賦咋樣，是不是萬裡挑一？明天……算了，明年我能不能成為我爹那樣的絕世高手，一隻手打十個你？」

魏羨答非所問道：「江湖上說年劍月刀久練槍，妳真想要棍法突飛猛進，我有兩個建議：一是在油菜花田地，出棍如龍，久而久之，就有了天下無敵的氣勢；二是去捅個馬蜂窩，身處險境，就會有另一種視死如歸的氣勢。」

裴錢看魏羨說得真誠，思量片刻，將信將疑道：「你沒有騙我？」

魏羨淡然道：「不信拉倒。」

背對這邊的盧白象微微一笑。

佝僂著身子看書的朱斂，剛剛用手指蘸了蘸口水翻過一頁，可是先前一頁的男女情愛實在是寫得床第香豔，忍不住又翻回去，重新欣賞了一遍。

裴錢突然搖搖頭，嘆了口氣，眼神憐憫道：「老魏啊，你難道沒有看出我練的，根本不是棍法，而是劍術嗎？」

魏羨故作恍然，就是沒什麼誠意。

裴錢惱羞成怒道：「老魏你再這樣沒勁，咱們倆那串糖人的交情，可就沒了！」

魏羨扯扯嘴角，有些幸災樂禍。

剛說出口，裴錢就丟了行山杖，趕緊捣住嘴巴。

果然，陳平安的嗓音響起：「回屋子抄書五百字。」

如今除了念書、背書，裴錢還被陳平安要求抄書。裴錢每次咬牙切齒抄著書，都恨不得給自己兩巴掌，讓妳跟碧游府那萱花女鬼討要什麼筆紙。

陳平安說，既然妳有了自己的筆，那就開始每天練字吧，不多，五百字，但是哪個字抄得馬虎了，太過歪斜扭曲，不算在五百之列，還得重寫。裴錢想死的心都有了，自己這才過了幾天舒坦似神仙的快活日子？

裴錢鼓起的腮幫跟個大肉包子似的，她撿起那根行山杖，乖乖回屋子裡抄書去了。

在院子這邊其樂融融的當下，騎鶴城百里外的一座小山神祠廟轄境內，貴客不斷，蓬華生輝，小小山神，親自擔任僕役，端茶送水，殷勤伺候著那些貴人。因了每年的香火錢實在太多，不可稱府的山神家邸，給修建得宛如一座仙境府邸。

率先蒞臨此地的是金頂觀觀主杜含靈，一位大名鼎鼎的元嬰地仙，他是一位貨真價實的山上神仙，身邊帶著兩位美若天仙的年輕女修。

金頂觀位於桐葉洲北方一處山水靈秀之地。

這麼大來頭的陸地神仙，別說這種不入流的山神廟，就是大泉王朝皇帝陛下，都未必請得動。

山神一開始嚇得祠廟金身都要不穩，只是得了杜含靈親口頒下的法旨，說只是借用此地招待朋友，事後必有還禮後，山神的心才踏實了。杜老神仙不至於跟他耍心機，他這芝麻綠豆大小的小山神還不配。

隨後來了一位滿身貴氣的官老爺，帶著的幾個扈從都是修道有成的鍊氣士，然後一位面如冠玉的年輕道士悄然登山，身邊跟著一對師徒，老人境界不高，受了重傷，弟子是個相貌憨厚的高大少年。

最後是他這小山神的頂頭上司，在深夜出現，正是州城城隍閣的城隍爺，官身類似陽間的刺史，管著一州之內所有郡縣城隍廟、山水雜流神祇。至於文武兩廟，卻又是例外，直轄於一國禮部，與城隍廟向來互不干涉，至於雙方到底誰的品秩更高、權勢更大，遇到緊急狀況誰來主持事務，各地有各地的情況。

金頂觀觀主杜含靈、大泉中國公高適真、騎鶴城城隍爺，再加上既是金頂觀弟子又是大泉劉氏供奉的邵淵然。

冬日和煦，風景宜人，這四位聚在山頂一座獨占風光的觀景亭。

山神遠遠站著，隨時候命。亭子那邊，相談甚歡。

中國公高適真下山後，返回大泉京師蜃景城，不再像來時路上神情鬱鬱。

城隍爺悄然回到騎鶴城內最高建築城隍閣，盯著那座驛館，目光冰冷，嘴角有些譏諷意味。

杜含靈在山上多留了一天，離去之前，再次召見了此生金丹無望的弟子葆真道人尹妙峰與徒孫邵淵然。師徒二人，如今都是龍門境，故而沒能留在蜃景城擔任頭等供奉，而是駐紮邊關，為大泉劉氏監視著姚氏鐵騎。

除了給邵淵然提前賞下一件本門重寶，算是提早拿出邵淵然躋身金丹後的師門嘉獎，地仙杜含靈還說了一樁密事。

性情沉穩的邵淵然都遮掩不住大喜神色，尹妙峰更是笑得合不攏嘴，起身替弟子向師尊恭敬致謝。

杜含靈嘉勉了邵淵然幾句，就御風北去，返回金頂觀。離去之前，不忘賜給山神一件品秩不俗的上好靈器。

山神自然感恩戴德，在杜老神仙騰雲駕霧後，跪在山頂磕頭，遙遙謝恩。靈器到手，倒還在其次，能夠從此攀附金頂觀，結識一位神龍見首不見尾的元嬰地仙，這才是這座山神小廟的天大幸事。

年輕道長邵淵然帶上山的那對師徒，留在山上養傷。

老真人尹妙峰沒有與邵淵然同時入城，他們倆先後回到城中驛館。

山上一處靜謐宅院，硬闖武廟借刀的高大少年，神色複雜，坐在床榻旁邊的錦繡凳子上，雙手握拳，好像想著如何都想不通的問題。

他那個師父躺在床上休養，雖然傷得不輕，暫時想要與人鬥法廝殺、斬妖除魔，已是奢望，可下地行走，早就不是難事。

老人臉色微白，可精神極好，眼睛炯炯有神，轉頭盯著自己唯一的弟子，道：「收個好弟子是一難，弟子修行順利又是一難，不比照顧家中子女簡單。我膝下沒有子嗣，弟子就只有你這麼一個，何況你天資比我好上太多，不為了你的將來好好謀劃一番，我這個當師父的，死不瞑目。」

老人又笑道：「先前道理和經過都與你說明白了，至於師父如何認識的金頂觀，這次為何剛好碰上了邵小真人，你莫要多問，從今天起，只管勤勉修行。這次杜老神仙親自出手幫你打碎了瓶頸，你小子得以躋身中五境，這份恩情，要牢記心頭。說句難聽的，金頂觀多大的一座仙家洞府，就算你小子誠心想要報恩，人家需要嗎？不過呢，這份心，還是要有的，不然給金頂觀當條狗的資格，都沒了。」

高大少年眼眶濕潤，低頭道：「弟子沒出息，讓師父受委屈了。」

老人嘆息一聲，伸出手指，點了點這個榆木疙瘩，道：「你啊，還是根本就沒開竅，罷了罷了，若非如此，我也不會獨獨收你為徒。說實話，邵小真人這般驚豔資質的人物，我便是早早瞧見了，也未必敢收入門中，一遇風雲變化，哪裡是我一個觀海境修士，能夠駕馭得了的。」

高大少年到底是爭勝心重的歲數，道：「師父，年紀輕輕就躋身龍門境，我也是有些希望的。」

老人笑罵道：「癡兒！出去修行，師父還要養傷，不想對牛彈琴！」

高大少年「哦」了一聲，站起身，告辭離去。

在少年走到門口的時候，老人輕聲安慰道：「修行路上，有些委屈是難免的，怕就怕一輩子只能攢著委屈，所以你一定要比師父走得更高更遠，可以讓自己少受些委屈。這兒的山神廟和觀景亭，不算高，從桐葉洲走到這大泉王朝，也算不得遠，這方天地，神人異士，只在更高處。」

高壯少年轉過頭，點頭道：「記下了。」

老人笑了笑，接著道：「如果以後真有那麼一天，境界高了，能夠跟杜老神仙這樣的人物平起平坐了，記得對山下的凡夫俗子，好一些。」

一直悶悶不樂的少年在這一刻，笑容燦爛，順著本心使勁點頭。

老人笑道：「真是個癡兒！」

動身去往蜃景城的前一天，有人登門拜訪陳平安。

是一位身穿道袍、頭頂芙蓉冠的年輕道士，風塵僕僕，在陳平安屋內喝著一碗涼茶，說因他離騎鶴城最近，便有幸收到祖師爺的法旨，要給陳平安送來一樣東西。

出身太平山的年輕道士，小心翼翼地拿出了一塊玉牌，在將玉牌放在桌上後，給陳平安解釋了玉牌的一番淵源。

年輕道士直言不諱道：「祖師爺要我明言，陳公子不用擔心太平山在玉牌上動手腳，會洩露行蹤，被咱們太平山收入眼底。玉牌已經被祖師爺剝去山門禁制，現在就只是一塊材質好些的器物了，當然對外依舊意義非凡，所以希望陳公子在離開桐葉洲之前，都能夠稍稍麻煩一些，將它每日懸掛在腰邊。」

陳平安起身道謝，太平山道士趕緊起身還禮，連說不敢。

陳平安收起了玉牌，立即懸掛在腰邊，與那養劍葫蘆一左一右，之後他將那位光明正大自報名號後走入驛館的年輕道士送到大門口。

太平山此舉，用心良苦。

陳平安腰間這塊太平山祖師堂嫡傳弟子的玉牌，正反篆刻著「太平山修真我」、「祖師堂續香火」。

太平山的金丹、元嬰地仙都未必能夠懸掛上，因為這與修為和年齡無關。

整座太平山，就那麼五、六個人掛著這種玉佩，年紀最大的，已有三百歲高齡，如今管著太平山的道家藏書，不過是龍門境修為；年紀最小的，是個才七、八歲的小道童，天資卓絕，要說最出名的那個，肯定是一人仗劍下山雲遊的女冠黃庭。

所以說，從這一刻起，陳平安在桐葉洲的護身符，就是整座太平山了。而太平山那位祖師爺老天君，剛剛施展過令人側目的仙人神通，金身法相現世，手持明月鏡，駕馭仙劍殺敵萬里之外。這會兒，誰敢招惹鋒芒畢露的太平山？

陳平安感慨萬分，走回院子。

一襲白袍，髮髻別玉簪，腰間懸玉牌。

驛館胥吏在路上見著了陳平安，都當他是一位讀書人。

姚家隊伍在這天清晨時分，起程去往蜃景城。

距離蜃景城那座著名渡口越來越近，也就意味著陳平安一行人與姚家隊伍的離別時分快到了。

一天黃昏，姚家下榻此次北行的最後一座驛館。驛館樸實無華，甚至還有些簡陋，與騎鶴城那座坐擁園林的驛館，有天壤之別。

沿著驛館外那條官路，行走十餘里，有座照屏峰，雖然不高，但如利劍出鞘，很適合欣賞日出日落，是一處名動京師的形勝之地，經常有達官顯貴和王孫子弟在那邊夜宿山頂客棧，就為了欣賞日出東海、映照山屏的奇絕美景。

姚鎮非要拉著陳平安去照屏峰。

最後就只有老將軍、三姚、陳平安和裴錢去了照屏峰，登山夜宿於山頂的一間客棧。

這座客棧後面，就是一座崖畔朝東的觀景臺，在照屏峰六座客棧中賞景最佳。

一行人拿了客棧美酒、夜宵吃食，放在桌上，先賞月再賞日出。

少年姚仙之陪著手持行山杖的裴錢瞎胡鬧，兩人忙著「切磋武藝」。

少女姚嶺之獨自走到崖畔欄杆那邊，往南邊遠眺，似乎有些傷感。

老將軍信誓旦旦要熬夜等待日出，可是喝過了兩壺酒後，沒把陳平安喝倒，自己就醉醺醺了，姚近之和姚嶺之只好攙扶著爺爺返回客棧。

裴錢和姚仙之精神好，肯定能等來日出景象。

陳平安獨自坐在桌旁，拿了那根被裴錢丟在一旁的行山杖，在腳邊泥地上，百無聊賴地畫圓圈。

一個小圓，一個大圈，又一個更大的圓，再一個更大的圈，一層層，環環相繞。

陳平安的心神沉浸其中。

姚近之已經站在陳平安身後，看了很久，問道：「就這麼畫下去了？」

陳平安收起行山杖，斜靠石桌，笑道：「只能畫到這裡了。」

姚近之落座，給自己倒了一杯酒，喝酒的時候，臉龐皺著，看來是那杯酒很難下嚥，喝完之後，瞥了眼地上，說道：「是很難畫下去了，我猜儒家的君子都畫不下去。」

陳平安搖搖頭，沒有說什麼，只是看著崖畔欄杆那邊，姚仙之和裴錢一大一小，鬼鬼祟祟，似乎在商量著什麼。

姚近之笑問道：「你不問我是真懂你畫了什麼，還是假懂？」

陳平安輕聲說道：「姚姑娘多半是知道的。」

姚近之猶豫了一下，還是給自己倒了杯酒，一口飲盡，臉色緋紅，越發光彩奪目，她緩緩道：「你我二人之間、門戶之間、國與國之間、洲與洲之間、文脈之間、三教之間、百家學問之間、天下與天下之間、人族與妖族之間！你在想自己知道的道理，就這個『道理』兩個字，到底能夠包含幾個圓圈，然後你會在最外邊的那個圈子軌跡上，兜兜轉轉，直到你確定下一個圓圈的邊界，再跨過去，繼續走，只有這樣，你才會每一步都走得問心無愧。正因為如此，你的出拳出劍，就可以一往無前。也只有你陳平安，才有資格在客棧跟書院君子說一句『捫心自問』！」

陳平安轉過頭，望向這個女子，點頭道：「姚姑娘，妳是我見過最聰明的人之一。」

這是實話。

若無「之一」，就是違心的吹噓了。畢竟不說其他人，光是自己那個「弟子」崔東山就不是如今的姚近之能夠媲美的。

姚近之約莫是喝過了兩杯酒，不勝酒力，言語之間，神色之中，便有些別樣風情，她凝視著陳平安，柔聲問道：「公子眼中，近之就只有聰明嗎？」

陳平安愣了一下，撓撓頭，直言道：「姚姑娘，我有喜歡的姑娘了。」

姚近之掩嘴而笑，竟是半點不惱，反而問道：「她很好看？」

陳平安驀然之間，神采奕奕，毫不猶豫道：「浩然天下所有好看的山，好看的水，加在一起，都不如她好看！」

姚近之彷彿毫無芥蒂，笑著喝了口酒，陪著陳平安坐了一炷香，閒聊了些蜃景城的風土人情，這才起身告辭。

轉身之後，這位傾國傾城的女子走向客棧，眼神晦暗不明。

陳平安沒有轉頭，始終將手肘放在桌上，斜著身子笑望遠方的月色。

他眼神溫柔，似乎在望著一位姑娘，再也容不下人間多餘美色。

他喜歡的那位姑娘，既是他心頭的朱砂痣，也是明月光。

到最後，只有陳平安、裴錢和姚仙之三人看到了日照屏峰。

裴錢瞪大眼睛，趴在欄杆上，使勁瞧著那輪大太陽躍出東海，像是看見一塊大金餅，想要將其收入囊中。

姚仙之在短暫的驚豔和感慨之後，也就沒多瞧什麼，畢竟領略過無數次，家鄉邊陲那兒的月湧大江和星垂平野，不比這日出景象遜色。這名天才少年有些訝異，怎麼裴錢盯著旭日老半天了，眼睛不疼？

陳平安輕輕一跳，坐在了懸崖畔的欄杆上。姚仙之早就想這麼做了，只是昨晚先是有爺爺和近之姐姐在場，不敢造次，後來又有最敬佩的陳平安坐在石桌旁，仍是沒好意思，這會兒陳平安帶頭做了，姚仙之趕緊跟上，陪著陳平安一起眺望東海，彷彿心境都跟著開闊起來，對之後的蜃景城生活，充滿了憧憬和希望。

下山的時候，老將軍滿臉懊惱，埋怨陳平安不厚道，日出之前，也不與他打聲招呼，害他錯過了那場壯麗景色，白白登山走了那麼多冤枉路。陳平安不理會老小孩似的姚鎮，姚近之一句「爺爺，昨晚破例准你喝酒，還不滿足」，老將軍立即消停了。

無論是姚鎮，還是姚仙之，對陳平安最親近的爺孫二人，知道馬上就要與他道別，離別在即，別有愁緒在心頭。

只不過這一老一小，是見慣了沙場風沙的武人將種，覺得些許離愁且放心間便是了，以後總有再聚喝酒的機會，若學那小娘子惺惺作態，反而可笑。

終於到了那座蜃景城外的桃葉渡口，姚家停了車馬。

陳平安背著那個青竹書箱。

挎刀少女姚嶺之，大大方方的，先與陳平安抱拳感謝道：「陳公子，我祝你北行之路一帆風順！更祝你武運鼎盛！」

陳平安笑著點頭，提醒道：「武道修行，不可急躁，天賦越好，越不能只盯著破境二字。拳法講究收放自如，想要身輕拳意重，就要打好底子，滴水穿石，石如大敵，這滴水就是妳的武學真意了。嶺之姑娘，只要沉得下心，妳一定可以練出大成就的。」

姚嶺之冷哼一聲，眼眸卻含著笑意，道：「年紀只比我大一些，卻如此老氣橫秋！」

少女甩頭就走。

姚鎮沒有多說什麼，只是「珍重」二字。那只篆刻有一篇聖賢文章的青竹筆筒，已經被老人小心放好，打定主意要當一件傳家寶收藏起來。

姚仙之在昨天就死皮賴臉跟陳平安要了一幅字帖，奉若世間第一珍寶。今天少年也沒多說什麼，只說：「希望陳公子以後一定要來蜃景城。」

頭戴帷帽的姚近之出人意料，竟然說要單獨跟陳平安走上一段桃葉渡口。

姚仙之吹了一聲口哨，被姚嶺之一手肘打在腰部，疼得少年直冒冷汗。

姚近之眼尖，看到了陳平安腰間那塊玉牌，跟之前略有不同，翻了一面。

在離開騎鶴城，到達桃葉渡口之前，陳平安玉牌只以「祖師堂續香火」這一面示人，今天卻是「太平山修真我」六字古篆。

姚近之心思微動，深深望了一眼這位從北晉國來到大泉京師的年輕人。她說了些客套寒暄的言語，並不出奇的內容，只是讓人覺得感情真摯，文火慢燉，尤為動人。

不過陳平安領了情又不領情，此中味道、此間滋味大概就只有兩人各自心知肚明瞭。

姚近之最後拉家常一般，與陳平安隨口說起了姚氏這輩人姓名中「之」的由來，原來早年有個雲遊邊境的算命先生，不幸遭遇了一場兵禍，被爺爺姚鎮所救，便為姚家算了一卦，其中就提及姚氏祖輩當中，出了一位了不得的人物，「之」字是那人的本命字，而且與姚鎮的孫輩天生契合，只要人人有個之字，就可以沾一沾老祖宗的光，可以幫著藏風聚水，說不定就有某個晚輩，靠著祖蔭庇護，出息大到無法想像。

姚鎮也沒有多想，只當是一個好念想，便給姚近之這些孩子在名字裡都加了個「之」字。姚氏這一輩，二十幾人，人人都有，別房旁支也不例外，姚鎮並無偏心，其中又以姚鎮身邊這三姚，最出彩。

陳平安聽完之後，若有所悟。

姚近之最後對陳平安施了一個萬福，婀娜多姿。

陳平安抱拳還禮，猶豫了一下，還是誠心誠意道：「近之姑娘，在蜃景城除了幫老將軍出謀劃策，提防各路小人之外，妳也要注意自己的安全。說一句冒犯的話，以後萬一遇上了姚姑娘自以為過不去的坎，不妨問問老將軍，由他來做決定，不用事事放在心頭，獨自承受。」

姚近之破天荒摘了帷帽，嫣然一笑，卻不言不語，只是望著陳平安。

陳平安再次抱拳告別。

姚近之這個大家閨秀，竟也學著江湖人抱拳施禮，一雙水潤眼眸中滿是異樣光彩，朗聲道：「青山不改，綠水長流！」

陳平安只得跟著說道：「後會有期。」

姚近之未喝美酒，就已兩頰桃紅。

遠處，朱斂笑咪咪道：「美人恩重難消受，秋波流轉最留人啊。」

隋右邊負劍而立，視而不見。

陳平安回到這邊，看見裴錢斜挎包裹，手持行山杖。接下來一路，已經沒車廂可以坐了，不過她躍躍欲試，走路怕什麼，不然腳底板那些老繭不是白長了？

陳平安與姚家隊伍揮手告別。

騎馬的姚仙之直起身，向陳平安使勁揮手。

陳平安一行繼續北上，他輕聲感慨道：「可惜沒能下一場大雪，不然可以再爬一次照屏峰，看看蜃景城到底是怎麼個人間仙境。」

裴錢笑道：「那咱們等到下雪再走嘛。」

這兩天，她成天圍在姚近之身邊，一口一個神仙姐姐，竭力討好那個她心底認為「不敢見人的漂亮娘們」。事後姚近之果然送了她一份臨別禮物，裝在一個玲瓏多寶小木匣裡頭，其中就有幾枚辛苦收集而來的前朝孤品厭勝花錢，還有一枚造型古樸的木雕小靈芝，加上其他物件，零零散散十餘件。

裴錢一開始本想著能騙幾兩銀子最好，陳平安不會攔著，她自個兒拿著也不重。結果姚近之給她出了這麼大一個難題，裴錢反而不敢擅作主張，還是姚近之牽著裴錢的手，將多寶匣交給陳平安，解釋裡頭都是奇巧卻不貴重的物件，希望陳平安不要拒絕。

陳平安本想婉拒，或是揀選其中一件就行了，只是姚近之堅持，陳平安只得幫裴錢收下，放在竹箱中。對此裴錢沒有絲毫不悅，倒是視為天經地義的事情。挺大一木匣，挺重啊，放自己包裹裡背著走去那啥天闕峰，不累死個人？

這會兒裴錢一邊慫恿著陳平安去蜃景城等大雪，一邊樂呵呵想著又有一場分別，說不定可以拿到她最眼饞的真金白銀了！

陳平安笑道：「那把妳留在蜃景城？」

裴錢顛了顛包裹，握緊行山杖，鐵骨錚錚牆頭草，大義凜然道：「我突然覺得吧，還是趕路要緊！」

陳平安對其他四人說道：「沒有跟姚家討要戰馬，我們只能步行去往天闕峰的仙家渡口了。」

朱斂立即笑道：「多走走路，能養筋骨。」

桃葉渡河中，有一艘烏篷小船，距離姚家隊伍極遠，船裡金頂觀觀主杜含靈緩緩收起一隻潔白如玉的手掌，對身邊的一名年輕女修說道：「去捎話給申國公，不要招惹陳平安了。此人是太平山祖師堂嫡傳，殺了此人，別說是大泉王朝要遭殃，咱們金頂觀都有滅門之禍。」

那名女修站起身，一掠而去。

還留下一位繼續為祖師煮茶的女修，到底是修道小成的仙家女子，肌膚勝雪。

杜含靈眼神淡漠道：「功虧一簣。」

由於極其稀少，陳平安腰間那塊太平山的祖師堂玉牌，本就只在山上大一些的仙家府邸之間流傳。不過尋常地仙，無論是金丹還是元嬰，肯定大多知曉內幕。

畢竟那個女冠黃庭，早年讓好些門派吃足了苦頭，只是這一甲子才沒了動靜，不知是在閉關破境，還是被祖師爺約束在了太平山中。

若是這會兒去招惹那座太平山，就簡直是比往常挑釁桐葉宗和玉圭宗還要失心瘋。

杜含靈亦是不敢。再者他本就只是與申國公府以及高適真幕後大佬，做了一樁錦上添花的小買賣，殺了陳平安最好，不殺也沒關係，不會妨礙他們金頂觀的大局謀劃，只不過高適真那邊可能就要跳腳罵娘了。

但是於金頂觀和他杜含靈又算什麼？人間事小，帝王將相又能大到哪裡去。

這位元嬰地仙想了想，時勢大亂，金頂觀的一些棋子都已在各處落地生根，那他也該試試看再登高一步，不然當下的境界，仍是不夠看。

至於高適真會不會喪心病狂地追殺那個年輕人，就與早早抽身離開的金頂觀無關了。

「祖師爺，我要不要暗中提醒一聲陳平安？」年輕女修輕聲詢問，只是很快就自己否定了，「畫蛇添足，過猶不及。」

杜含靈笑著搖頭，道：「不是不可，只是火候未到。而且就算當這個好人，也是邵淵然，不能是妳。」

女修眉眼帶笑，道：「祖師爺英明。」

杜含靈一笑置之。

不用陳平安自己說，姚鎮就給陳平安拿到了一幅大泉北境堪輿圖，以及兩幅更加詳細的州郡形勢圖，使得陳平安對去往天闕峰的大致路線心中有數。

一行人出了官道，走在一條黃泥路上。

裴錢額頭上貼著一張黃紙符籙，手持行山杖，走路如風。

她閒來無事，招惹魏羨道：「老魏，你吃撐了後，會不會放臭屁？」

魏羨不理睬。

裴錢便去煩盧白象：「小白，怎麼沒見過你拉屎？你這樣不好，都憋在肚子裡頭。」

盧白象啞然。

裴錢又跑到最後面的隋右邊身旁，揚起腦袋一臉諂媚道：「隋姐姐，妳會不會飛啊？我以前經常聽天橋下的說書先生講故事，說神仙們不但會飛簷走壁，還會騰雲駕霧，撒豆成兵。那老頭兒騙酒喝呢，我才不信他，但是我信隋姐姐妳啊，我可是見過有人踩在劍上飛的，隋姐姐妳長得這麼好看，肯定也會吧？我長大後，要是能有隋姐姐一半漂亮，就開心死嘍。」

隋右邊對於這個小馬屁精，呵呵一笑。

裴錢最後回到陳平安身邊，莫名感慨道：「我以前在家鄉，總覺得如果吃土能吃飽，還吃不死人，就是天底下最幸福的事情了。」

陳平安說道：「我在書上看到，在這桐葉洲北邊，有一座山，那邊的觀音土，真的可以當飯吃。」

裴錢滿臉震驚：「泥土真能當飯吃？那我們要不要去背一籮筐？」

陳平安搖頭道：「不順路。」

裴錢的腦子裡，總是會有稀奇古怪的想法，比如她會很認真地詢問陳平安有沒有覺得每一棟屋子，每一棵樹，都像一個人？她的理由是窗戶就像是屋子的眼睛，大門是屋子的嘴巴，而葉子是大樹的衣裳。

陳平安反問那為什麼冬天那麼冷，樹木不穿衣服，夏天那麼熱，反而穿那麼多？是哦。裴錢撓撓頭，覺得果然陳平安讀書多，更有道理一些。

這一路，除了裴錢偶爾瞎扯，陳平安和其他四人幾乎沒有什麼話語交流。

說來不可思議，當下這徒步五人，竟然是藕花福地歷史上的五位「天下第一」。

陳平安行走之時，一直在反復咀嚼玉簡上那篇煉化口訣。

這天行走在山林青石板路上，朱斂輕聲詢問道：「少爺，怎麼說？」

盧白象三人腳步如常，卻都已同時察覺到異樣。

陳平安說道：「不急。」

此次北上，陳平安一行人刻意繞開了大泉北方邊軍的一部分轄境，多走山路，就是為了避人耳目，防止有人尾隨跟蹤。

今天他們發現，終於有人洩露了馬腳，只是此人來自何方勢力，是邊境偶遇，忌憚五人，所以必須來此查看，還是早有預謀，就是衝著陳平安而來，暫時不好說。

這天黃昏裡，細雨綿綿，山路難行，在人跡罕至的荒郊野嶺，他們經過了一座廢棄多年的破廟。裴錢樂開懷，總算有個遮風擋雨的地方可以歇腳了。她的靴子和褲管沾滿了泥濘，每次抬腳都像有好幾斤重，哪怕撐著那把油紙傘，可斜風歪雨的，還是讓她的頭髮黏糊在額頭上，十分難受。

陳平安讓裴錢停下，取出一張陽氣挑燈符，拈在指間，率先走入空蕩蕩的破廟，符籙並無點燃，這才讓廟門外的裴錢進來。

市井老話說墳地可睡，破廟別進，是有道理的。破敗荒廢的廟宇道觀，神祇消散後，除了容易有謀財害命的劫匪流寇駐紮，更容易招來四處飄蕩的鬼魅陰物在此盤踞，淪為藏汙納垢的陰煞之地，蠱惑禍害過路的借宿人。

陳平安在寶瓶洲與張山峰、徐遠霞同行時，就曾經遇上一頭小狐狸精，只不過像那頭狐魅那樣心善的山澤妖魔終究是少數，更多還是覬覦活人肉身、仇視路人一身陽氣的凶鬼惡煞。

破廟內神臺都倒塌了，泥塑神像也不知所終，梁上遍布大大小小的蛛網。

朱斂撿了些零碎枯枝，仍是不夠點燃一堆篝火，只得去外邊拾取、劈砍了些浸濕的樹木，花了不少時間才燃起火堆。

裴錢進了破廟後，立即又有了藉口，跟陳平安討要一張符籙貼在額頭，說是她膽小，要靠符籙驅邪。

如今只有抄寫完了五百字的聖賢文章，她才有資格借一張符籙貼在額頭上顯擺。

陳平安要她用一根小樹枝在地上寫五百字，裴錢苦著臉說那她就不貼符籙了，今天太累，能不能下次再抄書。

看著滿身泥濘的淒慘黑炭小丫頭，陳平安點了點頭。

裴錢如獲大赦，湊到陳平安身邊，詢問能不能瞅幾眼姚近之送她的那多寶小木匣。

本就是她的東西，只是一直放在陳平安的竹箱裡頭。陳平安讓她自己去竹箱拿，裴錢小心翼翼取出做工精美的多寶小木匣，坐在陳平安身邊，卻背對著魏羨四人，盒子裡頭的寶貝們，看也不給他們看一眼。

這份摳門小氣，估計是很難擰過來了，而且陳平安似乎也沒有刻意在這件事上，為難裴錢。

之前朱斂故意逗弄裴錢，將那根誰都碰不得的行山杖藏了起來，裴錢差點跟他拚命。

多寶小木匣分出大小不一的九個格子。

除了小巧玲瓏、木紋細膩的木雕靈芝，以及那幾枚前朝的孤品厭勝花錢，還有一塊包漿厚重的道家權杖，雕刻有道教的靈官神像，赤面髯鬚，金甲紅袍，眉心開有一枚天眼，形象威武生動。這塊棗紅權杖極小，應該是大戶人家從道觀請回的物品讓家中晚輩懸佩，希望能夠為孩子驅邪護身，其餘多是秀氣精美的女子裝飾物件。

裴錢抬頭悄悄詢問陳平安：「這裡頭，哪件最值錢？」

陳平安身體微微後仰，瞥了眼多寶小木匣裡琳琅滿目的物件，道：「木靈芝和靈官牌是不錯的靈器品秩，下五境的錬氣士，能夠擁有其中一樣，就很幸運了。」

裴錢眼睛發亮，又問：「那到底值幾兩銀子？」

陳平安一記爆栗敲下去，斥道：「別人好心好意送妳東西，妳總惦記著值多少錢！」

裴錢縮了縮脖子，小心翼翼道：「如果只有我，近之姐姐才不會送這麼多東西呢。」

陳平安笑問道：「妳這都知道？怎麼看出來的？」

裴錢伸手指了指自己眼睛，笑咪咪道：「用眼睛看出來的唄。」

陳平安又抬起手，嚇得裴錢趕緊摀住腦袋，腿上的多寶小木匣差點摔落在地。

陳平安幫她扶住匣子，沒有真敲打她。

裴錢重新收好多寶小木匣，轉過身交給陳平安之後，壓低嗓音道：「近之姐姐是真的漂亮，我覺得比……某個人更有女人味哩。」

陳平安不置可否，瞥了眼廟外，雨越下越大。

朱斂在忙著煮飯。

陳平安站起身，拎了根燒火剩下的樹枝，與劍等長，來到廟門口，站定後仰頭望向雨幕。

幾乎同時，朱斂四人都轉頭望向陳平安，便是盤腿坐在最遠處的隋右邊都不例外，睜開眼後，雙手分別放在長劍癡心的一頭一尾上。

陳平安只是手握樹枝如握劍，始終紋絲不動。

久而久之，四人又回復到各自的狀態中，隋右邊又閉上了眼睛，朱斂繼續生火做飯。魏羨在破廟內四處逛蕩，蹲在牆根，手裡拿著一塊塗抹著彩漆的破石頭，多半是這座破廟神像破碎後的遺留。

盧白象在翻閱一本棋譜，是姚近之所贈，據說記載了白帝城城主與大驪國師崔瀺的「彩雲十局」。盧白象對這本棋譜愛不釋手，一有空閒就取出翻閱，開卷有益。

等著生米煮成熟飯的間隙，朱斂掏出一本刊印粗劣的坊間豔情小說，裴錢壯著膽子湊過去想要偷看，被朱斂一把推開她的小腦袋。

裴錢看了一眼盧白象手中的棋譜，看不懂，更不感興趣。下棋一事，她最厭惡，你一下、我一下的，還要想半天，太沒勁，如果別人下一枚棋子，她能劈裡啪啦連下三、四枚，那才有些意思。

在已經可以聞到米飯香味的時候，陳平安輕聲道：「有一夥人往小廟這邊來了，你們先各忙各的，不用理會。餓的話就先吃飯。」

大雨滂沱，有一行人冒雨前行，往破廟這邊躲雨而來。

十數人，頭戴斗笠，身披蓑衣，個個身形矯健，人人挎腰刀，氣息沉穩綿長。

陳平安與姚家隊伍相處了這麼久，一眼看出這些人必然是軍中銳士。

為首一人，是位三十來歲的青壯男子，身材魁梧，行走之時，龍驤虎步，比身後眾人更惹眼，可謂鶴立雞群。

那人在破廟外十步地方，對拎著一根樹枝的陳平安笑問道：「可是在劍修手底下救下姚老將軍，打殺小國公爺高樹毅的陳公子？」

見陳平安不說話，此人笑道：「我叫劉琮，是大泉劉氏子弟，這些年都在北方邊境吃沙子，得到這兩樁消息後，就想著一定要來拜會陳公子。之前我軍中斥候鬼祟隨行你們，多有冒犯了，我在這裡與陳公子道歉一聲！」

劉琮，大泉王朝的大皇子殿下，手握北方邊軍大權，在大泉王朝軍中威望極高，除了靠這個從娘胎裡帶來的姓氏，更靠一場場實打實的邊關戰功。

陳平安問道：「就為了這些？」

劉琮哈哈笑道：「當然不是。陳公子可能不太瞭解蜃景城，那高樹毅小時候，每天都跟在我屁股後頭，這麼些年，關係一直不錯。陳公子殺了他，我如何傷心談不上，畢竟在我離開京師後，他更向著老三一些，不過我很好奇，武道修為到底得多高，才能跟御馬監掌印李禮打得平分秋色！」

陳平安環顧四周。

劉琮伸出一隻手掌，道：「我帶的人不多，就五千兵馬。山上兩千精銳邊軍步卒，山腳還有三千，不知道陳公子覺得這份見面禮，夠不夠？」

陳平安有些奇怪，問道：「既然有這麼多兵馬圍剿，你一個皇子殿下，還以身涉險做什麼？你我之間就只有十步路，就算你也是位身手不俗的純粹武夫，也不至於托大吧？」

劉琮大笑問道：「陳平安，你今年幾歲？還不到二十吧，知道我多大歲數嗎？三十整了，不提之前在蜃景城的打熬體魄，這些年在邊關廝殺無數，如今也才剛成為六境武夫！真要讓我對上咱們大泉王朝的守宮槐，別說分生死，我恐怕連對老宦官出拳拔刀都不敢，你說是不是人比人氣死人？」

陳平安問道：「那你是走到這裡來……找死？」

劉琮一手握住刀柄，一手拇指指了指身後，咧嘴笑道：「這些皆是大泉北邊最出類拔萃的隨軍修士，你就全然不放在眼中？」見那個手拎樹枝的年輕人不願說話，劉琮眼神玩味，「有人想要你肩上的這顆腦袋，有人想要你交出碧游宮的東西，有人想要你腰間的酒葫蘆，陳平安，你真以為一個死了的書院君子，一塊不知真假的太平山祖師堂玉牌，就能讓你安然無恙到達天闕峰，大搖大擺乘坐仙家渡船離開桐葉洲？」

破廟內，朱斂端著一碗米飯，蹲在火堆旁，三兩口扒乾淨後，站起身。

魏羨細嚼慢嚥著米飯，吐出一句：「這廝恁是話多，活不長久。」

盧白象手按刀柄，走向廟門口；隋右邊背好長劍，緊隨其後。

魏羨將剩下半碗飯遞給蹲在自己身邊的裴錢，道：「賞妳了。」

裴錢接過飯碗，往自己碗裡一倒，然後碗疊碗，抬頭認真說道：「老魏，你要是死翹翹了，我肯定幫你找個地方埋了……到時候你身上的銀子，我能當作酬勞拿走不？」

魏羨手握那枚甲丸，板著臉撂下一句：「咱們四個，想死都難。」

他徑直來到陳平安身邊，聚音成線，說了原本不太願意說的一件事情。

陳平安聽得清晰，赤手空拳的朱斂、狹刀盧白象和負劍隋右邊，也依稀聽得見內容，神色各異。

大雨滂沱，外邊的一行人則聽不清楚。

朱斂笑容陰鷙，問道：「少爺，此役過後，能不能也賞給我一件好東西？如今四人，可就剩下老奴沒個傍身物件了。」

陳平安直截了當道：「暫時沒東西送你了。」

朱斂有些惋惜，轉頭望向那撥不速之客，嘖嘖道：「少爺，那等會兒老奴出手殺人，可就不再像客棧那晚，還要計較是不是拳法俊俏啦。」

隋右邊神色冰冷，站在最右邊，問道：「公子，破甲一千，癡心劍能否從此歸我？」

盧白象站在了最左邊，微笑道：「主公，我若是破甲一千，停雪借我十年就行。」

魏羨最後一個說道：「披甲銳士殺膩歪了，鍊氣士全部歸我。」

陳平安笑道：「那我幹嘛？」

裴錢在破廟裡頭大口扒飯，含糊不清道：「爹，你陪我吃飯！」

風雨大，山腳處，中國公高適真拒絕了府上扈從替自己撐傘，站在大雨中，任由黃豆大小的雨點砸在身上。

別跟我高適真提什麼家國忠義、山河社稷了，偌大一座中國公府，就兒子高樹毅這麼一炷香火，沒了就是沒了。何況二十多年傾盡心血和精力去栽培這個兒子，方方面面，身為父親的高適真都挑不出高樹毅半點毛病。

他在收到三皇子那封密信之前，一直堅信，高樹毅未來會是大泉的廟堂棟梁，無論是誰當皇帝坐龍椅，中國公府都會重振家風，權傾朝野，升為郡王府，為新帝倚重，吞併北晉、南齊兩大強國，一舉成為桐葉洲中部最大的王朝。

皇帝陛下說要補償中國公府，三皇子說要補償他高適真，供奉、清客、幕僚們都勸他隱忍。

高適真這段時間一直表現得很冷靜，誰都看不出這是一個失去了獨子的男人。他先是離開皇宮，再悄悄離開皇子府邸，最後祕密離開京師，擔任皇帝陛下的密使，去往騎鶴城驛館見姚鎮，風平浪靜。中國公府，還是那座深明大義的大泉國公府，高適真從來沒有讓那個垂垂老矣的皇帝劉臻失望。

如果沒有那從天而降的契機，高適真也確實掀不起風浪，畢竟蜃景城是皇帝陛下的，大泉王朝姓劉。

現在不一樣了。有人找到了他高適真，他又找到了大皇子劉琮，劉琮又找來了五千甲士，至於暗中拉攏了多少山上勢力，高適真不感興趣。

獅子搏兔亦用全力，千萬別給人添油，這是兵家大忌。連他高適真一個養尊處優的京城人，都明白的淺顯道理，相信大皇子劉琮想得更加透澈。

高適真在等，等待劉琮下山時提著那顆頭顱送與他，他好將其帶回到兒子高樹毅的那座新墳前。

破廟前，陳平安望向劉琮扈從中，藏頭藏尾的最後兩人。

察覺到陳平安的視線之後，兩人相視一眼，向前走出數步，正是老熟人——武將許輕舟和仙師徐桐，邊陲客棧中，分別跟盧白象和隋右邊交過手。

許輕舟摘掉蓑衣丟在一旁，露出一身甲冑，除了做樣子的那把大泉邊軍制式腰刀，還有佩刀「大巧」，是一件兵家重器。

許輕舟默不作聲，草木庵主人徐桐卻笑道：「陳公子，又見面了。上次在南方邊陲，這次在北方邊境，就像許將軍的心愛佩刀取名大巧，真是很大的巧合。」

劉琮身後十名扈從，除了許輕舟和徐桐，其餘八人，都是在北方邊關久經沙場的隨軍修士。大泉王朝的邊境戰事，其實就只發生在北晉、南齊接壤的南北兩處，南方是姚家鐵騎為劉氏守國門，北部則是大皇子麾下的十二萬邊軍，常年與南齊交戰，戰事頻繁，經常叩關北征，戰力高低不說，出刀子的次數，只會比姚家鐵騎更多。

武將許輕舟，此次登山圍剿陳平安一行人，他的目的很明確，他想要那副不同尋常的甘露甲，最好是連那把刀也一併收入囊中。

劉琮只答應下了甲冑，狹刀一事，可賣不可送，到時候就看許輕舟和所在將種家族，能夠拿出多大的誠意來「購買」了。

高冠仙師徐桐，大泉境內第一仙家門派草木庵的主人，擅長雷法，精通煉丹，可養生長壽，以此結交了無數達官顯貴。蓑衣下邊所穿的那件法袍，靈氣流瀉之時，煥發出五彩雲籙的霧靄畫面，就像披了一幅彩繪山水畫卷，事實上這件靈器法袍名為「五彩峰」，是草木庵的祖傳寶，已經極其接近法寶品秩。

仙師徐桐想要陳平安身上那件恢復真身後，如同一襲金色龍袍的法袍金醴。

垂涎三尺，夢寐以求！

陳平安望向劉琮，問道：「是為了那張椅子？」

劉琮厲色道：「不然？你當我五千邊關兒郎的性命不值錢？」說到這裡，這位大皇子殿下咬牙切齒，「我要是今天不走到這破廟門口親眼見一見你陳平安，我心裡頭……」劉琮指了指自己心口，「不痛快！」

陳平安道：「不痛快？不是你自找的嗎？五千大泉邊軍戰死這座小山上……算了，其實道理你都懂，你多半會告訴自己，成大事者不拘小節，等你當了皇帝，這五千甲士就是為國捐軀，死得其所。」

陳平安輕輕揮了一下手中枯枝，又問：「最後一個問題，你為什麼會覺得我腰上這塊牌子是假的？」

劉琮閒聊這麼多，可能是為自己壯膽，也有可能是為了過自己心裡的那道坎。

陳平安願意陪著劉琮扯這些，都是為了最後這個問題——至關重要的一個問題。

要他腦袋的，肯定是中國公高適真，要碧游宮那件東西的，陳平安心中早有猜測，可到底是誰想要養劍葫蘆？

出了騎鶴城驛館，陳平安就已經掛上了玉佩。到了桃葉渡口，與姚家隊伍離別在即，當天陳平安更是以「太平山修真我」五個字，昭告天下，等於是向那座蜃景城挑明瞭自己「太平山祖師堂嫡傳」的身分，為的就是希望能夠減輕姚鎮在大泉京城的壓力。

若是蜃景城那些蠢蠢欲動的敵人，連玉牌都認不出，姚家也無須擔心，而看得懂玉牌的多半就是不容小覷的高人，這些人反而會知難而退。事實上，當時在桃葉渡口烏篷小船內，運用神人掌觀山河的金頂觀觀主杜含靈，就在此列。當他一看到那塊玉牌，哪怕惹來蜃景城方面的不快，仍是執意脫身離開。

劉琮眼神古怪，只給了陳平安一半答案：「這塊太平山的祖師堂牌子是真的，千真萬確，只是同時又是假的。你不懸佩，其實更好，但你掛在了腰間，那我就要把那兩個字還給你了：『找死！』」

陳平安看著這個越說越理直氣壯的大泉皇子殿下，跟這些生在帝王家的傢伙，果然更加難聊。

眼前，雙方各有各的道理，雖然有著對錯、先後和大小，但是某種大勢在幕後推著劉琮，這使得劉琮和五千甲士，以及隱匿其中的鍊氣士和武道宗師，都已經箭在弦上不得不發了。陳平安總不能說大家和和氣氣進廟裡吃碗飯，然後教他們爭龍椅要用什麼光明正大的手段。陳平安不想浪費這些口水，他倒是願意講，只是人家不願意聽罷了。

陳平安拎起那根枯枝，朝劉琮點了兩下。

身邊佝僂老人率先一衝而去，擒賊先擒王，即便是個陷阱又如何，他朱斂還真想領教領教這方天地的山上陰謀！

站在右邊的隋右邊、左邊的盧白象，紛紛掠出；魏羨身披神人承露甲，大步跟上搶在前頭的武瘋子，他暫時不會陷陣，主要還是護住這座破廟。

陳平安則按捺性子，等待對方的撒手鐧。

在比半山腰破廟所在山頭更高處的一座山峰，山頂站著兩人，是不是世外高人，不好說，至少站的位置是很高了。

一位儒衫老人，腰間沒有懸掛那枚書院贈予的玉佩。在大泉王朝，他站在哪裡，都沒有人膽敢質疑，哪怕是站在了蜃景城金鑾殿的屋頂。

儒衫老人身旁站著一個肌肉虯結的魁梧大漢，一身蠻橫氣息不似人。

事關重大，老人還是問了個有大不敬嫌疑的問題：「你家主人，不會失信於人吧？」

壯漢的回答更加直白無禮：「我家主人如何做，我哪裡敢在這裡瞎說。你有本事自己問主人去，前提是你得有這個膽子。」

老人自言自語道：「我踩著大義行事，終究還是名正言順的。哪怕事後書院被太平山遷怒，怪罪下來，摘了我的頭銜……也無所謂。」

壯漢譏笑道：「道貌岸然，說的就是你這種讀書人吧？」

老人苦笑道：「知錯能改，善莫大焉。我讀書何止萬卷，百家學問都有涉獵，唯獨漏了這句自家聖人教誨。」

壯漢也不願得寸進尺，繼續挖苦身旁這個老東西，萬一他臨時改變主意，來個什麼幡然醒悟，豈不是要壞了主人這樁臨時起意的謀劃，於是好言安慰道：「那件寶貝，何等稀罕，別說是你會動心，不惜為此辛苦經營盤算了這麼久，其實我也眼饞。等你拿到手後，我與你做一筆買賣，我身上那件主人賜下的法寶，送你了，你只需要傳我半篇，我再給你賣命六十年，事成之後，傳我剩餘半篇，咋樣？」

老人略作思量，點頭答應道：「就這麼說定了！」

壯漢提醒道：「我家主人臨行前，交代過我，除非是救你的命，否則不可出手。他還要你最好也別輕易出手，就算出手，也悠著點，不然很容易惹來那個文廟聖人的注意。那位聖人雖說如今忙著搜尋那頭太平山老猿，可他一旦快速趕來，駕臨此處，劉琮這些螻蟻還好說，我們兩個肯定要吃不了、兜著走。」

魁梧漢子提到了那位聖人，尤其是「文廟」二字，讓老人本就凝重的心情，越發跌落谷底。中土神洲那些「斯文正宗」的陪祀七十二聖哪一個是好惹的？這可不是七十二書院山主之流，更不是世俗王朝恭維的書院「聖人」，而是名副其實的儒聖！

老人臉色陰沉，點頭道：「性命攸關，我當然明白。」

山頂風雨更大，只是雨點就像落在一把無形油紙傘上，在兩人頭頂向四處濺射而去。壯漢打了個哈欠，他其實不太明白，以主人那麼大的身分和能耐，為何要跟那個年輕人過意不去。

換成本洲南北兩端桐葉宗和玉圭宗的前幾把交椅，勉強說得通，不然就是像背劍白猿乾脆俐落打殺了的大伏書院君子鍾魁——未來儒家某座學宮的大祭酒，也夠資格。

只可惜主人千算萬算，幾乎將整座桐葉洲都給囊括其中了，扶乩宗那邊竟然蹦出個外門雜役少年，誤打誤撞就發現了那位十二境前輩的存在，牽一髮而動全身，以致澈底攪和了主人籌謀已久的這麼大一個精彩布局。

難不成這個桐葉洲的氣數如此濃厚？連距離倒懸山最近的那個婆娑洲都比不過？

要知道婆娑洲有個肩挑日月的陳淳安陳老兒，按照主人的說法，在他家鄉那邊都有很大的名氣，被視為頭等勁敵之列，他只要身在浩然天下，是絕對打不過醇儒陳淳安的。

有個頭戴芙蓉冠的年輕道士，來到了大泉南邊的邊陲小鎮，沒有走入那座狐兒鎮，只是沿著不算高的黃土城牆外，緩緩而行，伸出一隻手掌，輕輕滑過粗糙牆壁，面帶微笑。

他沿著官路走到臨近小鎮的客棧，客棧裡面生意冷清，小瘸子趴在桌上打盹，老駝背坐在簾子那邊抽旱煙，婦人坐在櫃檯後邊算帳，算來算去，讓她恨不得砸了那個算盤。

年輕道士跨過客棧門檻，眼神溫柔，輕聲呼喚著「九娘、九娘」。

小瘸子迷迷糊糊抬起頭，有些煩，怎麼走了落魄書生，又來了個覬覦掌櫃美色的年輕道士？難道天底下就沒有好看的女人了嗎？非要來他們客棧糾纏老闆娘？

九娘抬起頭，疑惑道：「小道長，我們認識？」

年輕道士除了那頂比較罕見的道冠，其實各方面都不惹眼，相貌普通，個子不高不低的，一身道袍也顯舊。

九娘覺得此人眼光很是奇怪，既無狐兒鎮青壯男子的那種猥褻，也無鍾魁那種讓人摸不著頭腦的癡情，就像是在跟一個久別重逢的熟人，打著招呼，明明是看著她，卻又像是看著更遠的地方。

九娘有些不悅，在她問話之後，那個年輕道士只是笑望向她，眼神越來越明亮，越來越讓人心悸。

年輕道士無緣無故淚流滿面，卻是笑問道：「九娘，我們回家吧？」

不等九娘破口大罵，那年輕道士已經擦了擦眼淚，自嘲道：「是我認錯了人，見諒見諒。」

他在一張酒桌旁坐下，從袖口掏出幾粒碎銀子，拍在桌上，微笑道：「都買酒了，能買幾壺就幾壺。」

客棧地處邊陲，魚龍混雜，來來往往，經常有不是善茬的羈旅行人，瘸子少年在客棧打雜這些年，見多了腦子進水的客人，也沒多想什麼，便拿了碎銀子說道：「咱們客棧的青梅酒，分三等，若是最好的青梅酒，客官就只能買一罈——」

年輕道士不等小瘸子說完，笑道：「就要一罈最好的青梅酒。」

離鄉遠遊，天大地大，與誰都不可交心，如此比聖賢還要寂寞的遊歷，不喝酒，怎麼行？

他幾乎喝遍了桐葉洲的美酒、劣酒。

他喜好喝酒，如果有個品秩還湊合的養劍葫蘆當酒壺，就正好。至於養劍葫蘆裡來歷古怪的兩把本命飛劍，毀了無妨，留下更好，等到重返家鄉後，送給家族晚輩當禮物，也算對錯過他們成人禮的一點彌補。在他家鄉那邊，送劍，比送什麼都強。

此次桐葉洲變故早早洩露了天機，兩位手下未能蟄伏到最後，錯不在他，實在是「天時」二字尚在浩然天下，現在就看婆娑洲和扶搖洲兩處會不會順利一些。

原本太平山和扶乩宗都該覆滅，太平山天君祖師爺和宗主，嵇海夫婦二人，都會死，女冠黃庭這種占了一洲許多氣運的天之驕子，也不例外。至於大伏書院君子鍾魁，在這位太平山年輕道士的名單上，排名其實很靠前。死了一個鍾魁，意義之大，不亞於踏平一座太平山。

所以他當初給背劍白猿的命令，是以命換命都不虧，若是事後能成功遁入那條破碎龍脈，不管受傷多重，都是賺到了，之後就躲起來老老實實藏著吧，不然他也護不住老猿，畢竟他只能從浩然天下帶走一人。老猿若是沒有傷及大道根本，仍是十二境劍修的境界，他可能會帶走它，而不是念某些舊情，來這邊境客棧喝悶酒。

鍾魁本該活得更長久一些，更癡情一些。

駝背三爺以眼神示意九娘要小心此人，但九娘仍是執意自己拎著酒罈和兩只白碗，來到那年輕道士對面坐下。

九娘倒了兩碗酒，笑問道：「小道長是認錯我，還是真認得我？」

年輕道士端碗喝了口青梅酒，讚了一聲好酒，手背抹著嘴巴，道：「是我認錯啦。」

九娘笑咪咪問道：「小道長膽子大，也豪氣，言語之間，從不自稱貧道，難不成是個假冒太平山神仙的假道士？」

年輕道士搖頭道：「真道士，不能再真了。隨便找了一副皮囊，在太平山修行了百餘年才得了塊玉牌，後來下山遊歷途中，死了，屍骨無存，師門連玉牌都沒能收回去呢，慘得很。在那之後，我換了頭面，四處逛蕩，又開始找酒喝，最後回到了大泉，逛了好些地方，比如那埋河之類的，還在蜃景城遇見了一個名叫王頎的讀書人。當時，那人歲數不小了，名字取得真是不錯，頎，聖人解字，身修長，心誠毅也。只可惜堂堂君子，千里之堤毀於蟻穴，毀在了一個貪生怕死的『貪』字上。」

九娘舉碗喝酒的時候，手腕輕顫，她猛地喝完所有酒水，放下酒碗，問道：「為何要跟我說這些，是要殺我？」

年輕道士像是聽到天底下最大的笑話，喃喃道：「早說了認錯人，與妳無關。我那故人，九條命呢，怎麼殺？殺了妳，白老爺可就要心有感應了。妳是不知道，白老爺害得我有多可憐，儒家聖人即便殺了我，我不過是半死，幫著我早點回家而已，白老爺只要親眼見到了我，即使是隔著一座天下，也能夠把我挫骨揚灰。」他有些傷感，唏噓道：「我也捨不得殺。」

這位能夠驅使兩頭大妖去拚命的年輕道士笑了笑，端起酒碗，抿了一口酒，道：「桐葉洲遭此大劫，以後再回頭看，其實是因禍得福啊。」

九娘心中驚濤駭浪。

「不用擔心，我已經喝過了美酒，說過了牢騷話，你們什麼都不會記得。」年輕道士放下酒碗，伸出手指在碗沿上劃過一圈，然後站起身，轉身離開客棧。

客棧內場景詭譎，彷彿光陰逆轉，九娘、三爺和小瘸子開始顛倒著說話做事。

最後年輕道士邁過客棧門檻之時，一切恢復如舊，小瘸子趴在酒桌上打瞌睡，老駝背在門簾子那邊抽著旱煙，九娘還在打著算盤。

唯有那只年輕道士的酒碗，突兀地留在了桌上。

他身體後仰，望向櫃檯那邊。

「九娘」冷冷抬頭與年輕道士對視。

年輕道士看著「九娘」身後，一根根雪白尾巴粗如梁柱，密集簇擁在婦人身後。

年輕道士數了數狐狸尾巴，皺了皺眉，很快眉頭舒展，笑著離去。

「九娘」冷聲道：「你遲早會被揪出來的。」

他早已遠離客棧，餘音卻繞梁於客棧內：「求之不得，不然為何我要多此一舉，對付一個太平山都要護著的年輕人？」

片刻之後。

小瘸子繼續鼾聲微微，煙霧繼續繚繞，九娘打算盤的聲響雜亂而起。

過了許久，九娘瞥見桌上白碗，她一巴掌按在算盤上，怒道：「小瘸子，你眼瞎啊，桌上的酒碗怎麼也不收？」

小瘸子一下子驚醒過來，看見桌上平白無故多出的一只酒碗後，撓撓頭，分明記著是收拾乾淨了的，可不敢跟心情不佳的老闆娘頂嘴，收了酒碗走去灶房。

茫茫邊陲，有個道冠歪歪斜斜的年輕人高歌而行：「收葫蘆，收酒葫蘆嘍，收了酒葫蘆好裝酒喲，心愛小娘倒酒的纖手，嫩如白玉藕喲……」

破廟外，風雨飄搖。

可就是這麼一場滂沱大雨，竟然都能讓人聞到一股血腥味。

隋右邊往一邊掠去，今夜她沒有像客棧一役，如同劍師駕馭長劍，而是手持癡心劍，身形矯健如山野猿猴，一次次在樹林間輾轉騰挪，往往一劍而去，劍氣吐露，將那些大泉邊軍連人帶甲一同劈成兩半。

盧白象去了與隋右邊相反的方向，大踏步而行，只要邊軍甲士一旦持刀近身，便是隨手一刀。不同於隋右邊出劍的大開大合，盧白象無論是刀鋒，還是細如毛髮的凌厲罡氣，都只挑選披甲士卒的脖頸，或是以刀尖「指點」那些邊軍銳士的額頭。

其間兩邊山林中，又有武道高手和兵家修士隱藏在尋常邊軍中，伺機而動，暗中偷襲盧白象和隋右邊，更有勁弩一撥撥激射而至。

隋右邊一身銳氣，竟是比手上癡心的劍氣更濃，不愧是那個藕花福地歷史上，首位試圖仗劍開天、肉身飛升的女子劍仙。

盧白象閒庭信步。這些只算是人間精銳的甲士，即便夾雜有幾個稍顯棘手的敵人，也配談「圍殺」？難道不知道盧白象生前最後一戰，聚攏了多少位正邪兩道的宗師嗎？

再者，連同朱斂，在狐兒鎮外客棧走出畫卷的三人，今時不同往日多矣。

隋右邊潛心練劍，迅速適應這座浩然天下的氣機流轉，朱斂和盧白象何嘗懈怠了？需要分心去適應此方天地靈氣倒灌的六境武夫，與境界穩固的六境巔峰武夫，兩者之間，大不相同。

破廟大門正前方。

陳平安只以飛劍初一、十五配合武瘋子朱斂突襲了一次皇子劉琮，此後就不再出手，依舊拎著枯枝站在屋簷下。

身穿兵家金烏經緯甲的許輕舟和草木庵仙師徐桐加上那撥隨軍修士，擋在劉琮身前，以徐桐一尊符籙力士和一名隨軍修士性命的代價，擋下了這次攻勢。

沒辦法，陳平安當初為了對付蟒服宦官李禮，手段盡出，許輕舟和徐桐一清二楚，所以對於神出鬼沒的初一和十五兩把飛劍，早有準備。

劉琮且戰且退，許輕舟和徐桐始終護在這位大皇子身旁。

其餘久經戰陣的隨軍修士，則盡量抵擋那名佝僂老人的撲殺，還要注意之後那個身披雪白甲冑、尚未出手的矮小精悍男子。

山上兩千甲士以及隨時可以登山增援的三千，加上所有隨軍修士和重金招徠而來的江湖高手，劉琮不奢望這樣的陣容，就可以斬殺陳平安和四名宗師隨從，但只要宰掉或者重傷兩、三人，就足夠奠定勝局。

朱斂此時此刻，無愧「武瘋子」的綽號，渾身八面撐勁，身體如簧，快若奔雷。一有風吹草動，發現隨軍修士有壓箱底的偷襲手段，他立刻毛髮如戟，未卜先知，精準躲過。

朱斂衝殺之時，佝僂的身體習慣了越發彎腰，雙手垂地，每一次踩踏地面，都不知他如箭矢激射向何方，身形實在是太快了。

一次抓住機會，朱斂鬼魅般出現在一位中年隨軍修士身前，一拳打穿了此人的腹部，然後以當場暴斃的屍體作為盾牌，擋住徐桐一尊銀甲力士的大刀劈砍，丟了屍體後，瞬間橫移，再向前數步，看也不看，一臂橫砸在隨軍修士的腦袋上，修士成了一具無頭屍體，重重摔在數丈外。

魏羨身披八副祖宗甘露甲之一「西嶽」，以手去抓那些與朱斂擦肩而過的修士靈器，只要被他抓在手心，要麼被直接捏爆，要麼被掰得彎曲。

此時，持刀披甲的邊軍不斷從道路兩側擁出，魏羨便開始後撤。

朱斂經常手拍腳踹，將那些修士駕馭的靈器丟向魏羨那邊，魏羨既要打殺衝向破廟的甲士，還要收拾朱斂甩來的破爛。

在山路遠處，竭力望向那處戰場的劉琮臉色如常，問道：「難道真要耗盡我那五千人馬？靠五千條命活活堆死這些傢伙？」

許輕舟沉聲道：「只能如此。我和徐桐以及殿下事先安排好的三人，都會瞅準機會，在這四人換氣間隙，給予他們致命一擊。爭取不讓這些人白死就是了。」

劉琮攥緊腰間佩刀，青筋暴露，厲聲問道：「為何諜報上記載內容，跟眼前四名武道宗師的實力，相差如此之大？」

仙師徐桐苦澀道：「其實我與許將軍比殿下還要納悶。當初在客棧我們還能各自與對手鬥個旗鼓相當，今夜若是捉對廝殺，我和許將軍必死無疑。」

劉琮吐出一口濁氣，道：「不怪你們，是那陳平安隱藏得太深。沒關係，我方傷亡再慘重，都能從這個傢伙身上找補回來！」

破廟屋簷下，陳平安低頭看著在腰間掛著的祖師堂玉牌，陷入沉思。

第六章　太平山不太平

破廟所在的山頭，雨越下越大，急促敲打在那些大泉北境邊軍的甲冑上，劈啪作響。邊軍所披鎧甲多有磨損，布滿刀槍箭矢的劃痕。

新雨打舊甲。

千金之子，坐不垂堂。為了讓許輕舟和徐桐能夠放開手腳，抓住稍縱即逝的機會去斬殺陳平安四名扈從，大皇子劉琮已經默然退到半山腰，身邊除了數十沙場心腹重重護衛，還有三名實力超群的隨軍修士。這些沙場死士所披掛的甲冑比圍殺破廟的邊軍更加沉重，屬於重步武卒的制式鐵甲。隨軍修士其中一名是溫養出凌厲本命飛劍的觀海境劍修，一名是擅長結陣的符籙道士，還有一名是身穿甘露甲的兵家修士。

劉琮對於陳平安的那顆頭顱，志在必得，只是世事怕萬一，他可不想在一座無名小山上栽跟頭。

不知藏匿在何處的那位書院君子王頎，既然願意親身參與這場陰謀，那麼劉琮對這位德高望重的大泉士林領袖，就不是很信得過了。若非高適真給出的條件實在太誘人，又拉上了許氏將種和草木庵，劉琮還真不敢冒這麼大的風險。他實在好奇所謂的碧游宮寶物，到底是有多價值連城，才能夠讓一位書院君子不惜違背良知，主持策劃了此次圍殺。

雖說王頎事後自有其道理，可以與大伏書院山主解釋，說是要抓捕一個假冒太平山祖師堂嫡傳弟子，還可以往陳平安頭上潑更多的髒水，比如說懷疑這個外鄉人是從井獄逃逸出來換了身分相貌的妖魔巨擘，才必須請出北境五千甲來圍困此山，但是劉琮不覺得這是一個天衣無縫的解釋。

不過王頎有理與否，與他關係不大，王頎如今還是大伏書院貨真價實的君子。君子一言，世俗王朝的皇帝君主，尚且要聽命行事，更何況是他劉琮一個皇子，此次帶兵上山，完全符合儒家書院訂立的規矩。至於宰了那個陳平安後，王頎如何給書院一個交代，就不是他劉琮可以摻和的了。

王頎祕密離開蜃景城，來到邊境找到他之時，已經將御馬監掌印太監李禮的一些潛伏棋子向他全盤托出。說實話，當時得到那些散落京師各大府邸、大泉地方江湖、山上門派的死士檔案後，劉琮大吃一驚──宦官李禮被譽為大泉守宮槐，何時勢力如此盤根錯節，滲透了整個大泉版圖？

王頎作為一位享譽桐葉洲中部的老資歷君子，又為何與一個宮內宦官搭上線？

李禮在朝野上下的名聲再好，終究只是個褲襠沒鳥的老不死而已，跟你君子王頎有雲泥之別。只可憐很早就被老宦官刮目相看的三皇子，苦心經營十多年，不惜親身涉險，深入北晉腹地，好不容易接連搗爛了松針湖水神廟和金璜山神府邸，高樹毅卻竟然在姚家地頭上給人打死了，連一國之內無敵手的李禮也陰溝裡翻船。一著不慎滿盤皆輸，人算不如天算，果然天命在我劉琮！

可是，劉琮在邊境征戰這麼多年，統領十數萬精銳邊軍，沙場上多次親身陷陣也無所畏懼，卻發現自己今天有些不可抑制的緊張。

破廟前，魏羨依舊如客棧一役，一夫當關，只管守住大門即可。若是有大泉甲士上前尋死，魏羨自然不會客氣，身披甘露甲西嶽，根本就無懼尋常刀弓，由著它們劈射。有膽敢欺身而近的甲士，魏羨一拳就讓他們悉數倒飛出去很遠，一些靠近廟門的屍體，也會被魏羨以腳尖挑飛。帝王心性是那臥榻之側，豈容他人酣睡，如今的魏羨，則是所立之處，豈容屍體礙眼。

偶爾有幾支暗藏玄機的特製箭矢，無一例外，都是林中邊關神箭手用強弓拉滿，激射而出，魏羨才會躲避。

相較於魏羨出手的「溫柔軟綿」，朱斂那邊的殺戮不愧其「武瘋子」之稱。

只要被朱斂貼身或是拉近到一臂距離的甲士，幾乎都是慘絕人寰的下場，當場斃命不說，還死相慘烈，鎧甲破碎，嵌入身軀，血肉模糊。

隋右邊所在的戰場，林中一次次劍光綻放，一劍橫掃，往往是數名甲士連同樹木一起被攔腰斬斷。廝殺到最後，隋右邊四周數百步，竟是再無一株山林高木。

盧白象那邊，揮舞著一把飛鷹堡桓氏祖傳法寶狹刀停雪，走走停停，或是踩在樹幹上蜻蜓點水，身形一閃而逝，唯有停雪罡氣流淌的刀鋒，在漆黑雨幕中帶起一條久而不散的雪白光線。

短短一炷香工夫，大泉邊軍精銳就已經丟下六百具屍體，這還是山林間不宜武卒蜂擁推進的緣故。

一直站在廟門口的陳平安低下頭，笑了笑。

地面上蹦跳出一個蓮花小人，在向他揮動僅剩的那條蓮藕小胳膊，嘴裡咿咿呀呀，然後為陳平安指了一個方向。

陳平安順著小傢伙手指方向望去，是一座山峰最高處。

蓮花小人的意思是有兩個傢伙站在那邊觀戰，很厲害，它都不敢太靠近那座山頭。

陳平安輕聲問道：「那你有沒有看到有個頭頂芙蓉冠、身穿道袍的年輕人？」

蓮花小人使勁搖頭擺手。

陳平安朝它伸出大拇指，輕聲笑道：「去廟裡躲著。」

蓮花小人使勁點頭，健步如飛，一個蹦跳高高跳過門檻，見到了正在打飽嗝的裴錢，它便有些不情不願。初次見到她，它便不太喜歡，有一次剛從土中冒頭，就被裴錢手持行山杖一棍子敲了下去，沒打中，裴錢便拎著行山杖四處狂奔，把它逗弄得筋疲力盡。裴錢因此被陳平安扯著耳朵走了一里路，疼得她哇哇大哭。

見裴錢鬼鬼祟祟，似乎是想去拿行山杖，蓮花小人便有些氣呼呼，這次竟是半點不怕她了，走到裴錢腳邊，直挺挺躺在地上。

裴錢拿著行山杖，猶豫了半天，瞥了眼廟門口陳平安的背影，終於還是丟了行山杖，蹲下身，笑咪咪道：「你呀，才是個賠錢貨，半點用都沒有，以後我爹肯定把你賣了換錢哩，到時候我可以買一大堆糖葫蘆，嘖嘖嘖，真好吃。」

蓮花小人生著悶氣，乾脆側身而臥，不看黝黑小女孩。

裴錢伸出一根手指，戳了戳小東西的胳肢窩，道：「小賠錢貨，以後你要是當我的小跟班，我就不讓爹把你賣了換錢，咋樣？」

蓮花小人連滾帶爬，去遠處盤腿坐著，像極了陳平安讀書時候的模樣。

裴錢翻了個白眼，語重心長道：「你知不知道我現在多有錢？我有個據說是多寶格的盒子，裡頭裝著好多好多的寶貝。你以後對我放尊重點，曉得不？你要是乖了，做了我的跟班，說不定我哪天大發慈悲，就會從裡頭拿出一枚漂亮銅錢，學那老魏大手一揮，賞你了！」

蓮花小人面不改色。

裴錢怒道：「你這小賠錢貨，咋這麼不懂事？信不信我今天晚上就學會了絕世劍法，你每次冒頭都戳得你滿頭是包？你難道不知道我能夠看得到你躲哪嗎？」

蓮花小人有些畏懼，可憐兮兮轉頭望向了陳平安。

裴錢立即賠笑道：「逗你玩呢，咋這麼開不起玩笑哩？」

廟門口陳平安心思微定。

既然知道了那座山峰上有兩人隔岸觀火，至少心中有數，不怕被殺個措手不及。

他猜測其中一人，極有可能就是那位坐鎮蜃景城的書院君子。

正人君子，已經見過，鍾魁。

書院賢人的口含天憲，在梳水國劍莊也聽說過了。

想必這次不過是遇上了一位偽君子罷了，不用大驚小怪。

學問大小與道德多寡，還真未必掛鉤，更何況書院弟子也在修行，修行路上，越往高處登山做神仙，山上風雨越大，自然誘惑多，危險多，始終堅守本心，並不簡單。

當初在碧游府見到了那頭與水神娘娘搏殺的河底大妖就覺得奇怪，為何大泉朝廷會對此妖放任不管。說不定那位君子所求，早已不在聖賢道理，不再是一心教化蒼生向善，而是追求自身的長生不朽，或是其他外物，比如……那枚玉簡上「可煉萬物」的仙人法訣。

財帛動人心。

長生之欲，讓一位上了歲數的書院君子心動，誤入歧途，又有什麼奇怪？

崔瀺這個巔峰時是十二境仙人境的聖人大弟子，不一樣走了一條欺師滅祖的道路？

陳平安最忌諱的，是那個一手讓自己身陷險境的「太平山年輕道士」，正是此人登門拜訪騎鶴城驛館，親手將祖師堂嫡傳玉牌，交到他陳平安手上。

直到劉琮自認為穩操勝券，洩露了一絲天機，陳平安才意識到不對勁。

生性謹慎、處處細心的陳平安，之所以這次栽了這麼大一個跟頭，實在是因為在這之前對那座太平山的觀感，太好。

背負老大劍仙陳清都的那把長氣劍，誤入藕花福地，鏡心齋童青青和樊莞爾借助那把鏡子成為神魂體魄合一的女冠黃庭，陳平安對她的印象就很好。

之後便是那位太平山祖師爺老天君，為了斬殺背劍白猿，不惜毀去了護山大陣的兩把仙劍，為了救下鍾魁殘魂，更是不惜跌境——印象更好。

而最早知道太平山，是與陸臺進入飛鷹堡，戳穿、破壞了那名金丹邪修的百年謀劃。飛鷹堡一切禍事的罪魁禍首，那名以山嶽差點鎮殺了陳平安的金丹邪修，試圖在飛鷹堡堡主夫人的心竅中養出元嬰鬼胎。在那之前，追殺這名老金丹的太平山年輕道士，應該就是尚未以謫仙人身分去往福地的黃庭。

更早之前，按照陸臺的說法，是太平山一位長生無望的元嬰大修士，體魄、神魂皆趨於腐朽不堪，自知大限將至，就開始雲遊四方，想著盡可能為山下做些善事。不知為何，與扶乩宗一位戾氣十足的金丹地仙，起了衝突，後者萬萬沒有想到生機淡薄的對方，竟是位元嬰。

太平山元嬰大修士被追殺到飛鷹堡前身所在的山頭附近，動用了扶乩宗的請神降真之法，卻沒有請下一位神靈，而是以本命精血為代價，施展禁術，招來一頭遠古魔道巨擘的分身，一戰到底，同歸於盡。

雙方廝殺得慘烈至極，打得雙方腳下地界，陰氣彙聚，無異於一座埋骨十數萬武卒的戰場遺址。

所有關於太平山道士的種種，無論是耳聞還是親見，都讓陳平安心嚮往之。

就連當下盧白象手中那把狹刀停雪，都是那位壯烈戰死的元嬰地仙遺物，所以拿到了那塊祖師堂玉牌之後，陳平安根本沒有多想，只當是太平山祖師爺離開驛館後，起了愛護之心，或是鍾魁幫著說情，才有了匆匆忙忙的飛劍傳物，交代附近山上道士交予陳平安一塊護身玉牌。

現在看來，是陳平安太想當然了。

那塊劉琮所謂「貨真價實」的玉牌材質絕佳，短時間內難以煉化為虛或是直接銷毀。

陳平安摘下玉牌轉身拋給裴錢，吩咐道：「將這塊玉牌放入油紙傘內，記得收起傘，別再打開。」

裴錢接住了那塊眼饞已久的漂亮玉牌，乖乖照做，手腳伶俐，沒有絲毫拖泥帶水。

裴錢不敢亂來，怕陳平安生她的氣。

陳平安唯一一次生氣，如果不是鍾魁求情，她這會兒十有八九還在狐兒鎮那破客棧掃地打水，給那個胸脯亂晃蕩的老娘們當牛做馬呢。

山頂老儒士冷笑道：「被陳平安發現了我們的行蹤。」

魁梧漢子渾不在意：「這傢伙本來就不簡單，碧游府那麼大的動靜，可不就是拜他所賜？不然我家主人，哪裡會對付他這麼個未成氣候的純粹武夫。主人臨行前與我笑言，陳平安腰間的那枚養劍葫蘆，只是個小彩頭，主人真正看重的，是何方神聖，捨得給他一件能夠遮蔽天機的寶貝。如果不是太燙手，主人當然是願意借去一用的，可是主人怕他一出手，整個桐葉洲就都要跟著動了，所以想讓我們來探探路，推算幕後之人的身分，若真是某位儒家聖人的大手筆，甚至是那一記專門應對桐葉洲之亂的神仙手……」

漢子很快止住話頭，不敢多說一個字。

書院君子王頎問道：「如何？」

漢子打哈哈道：「我忘了。」

王頎雖未追問，可心情漸好。

這魁梧壯漢，自認只是一頭小妖，是尚未結成金丹的螻蟻而已，不過一旦讓他入水，戰力還是可以媲美山上那些道行偏弱的金丹的。

在遇到主人之前，他倒也覺得自己是一方霸主了，占湖為王，領著一群腥臭無比的蝦兵蟹將，當著土皇帝，很是威風。後來主人指點了幾句，他才有了後來的造化，以上古時代曾是一條通海大瀆殘餘水段的埋河，作為蛟龍走江的路線，果然境界暴漲，若非因為一些凡夫俗子的賤命，被那個臭娘們攔在了碧游府和水神廟以上河段，死活不讓他過路，這會兒他早就是金丹境界了，若是再入海，元嬰可期！

原本那娘們要是願意讓他順利走完整條埋河，雙方就結下了一樁極大善緣，將來他證了大道，即使他性情涼薄、天生暴戾，這份香火情是必須找機會償還的，不然天道循環，他之後的修行路上，就會出現種種坎坷。他打破腦袋都想不通，為何那娘們鐵了心要阻他大道，真就因為自己害了那些個凡俗夫子的性命，是不是太可笑了？他堅信在這其中，必有不為人知的內幕，說不定淪為他腹中餐的男女，不湊巧與水神廟剛好大有淵源，她才暴跳如雷，一次次做著賠本買賣，與他不死不休。

這麼多年雙方打生打死，他深知埋河水神娘娘本身修為不高，只是她煉化器物太多，品秩太好，硬是靠著層出不窮的兵器，死死壓了他一頭，後來更是莫名其妙得了兩樁大機緣，先是破損金身不但修復，金身品秩直接提了一大截，碧游府更是一夜間水運昌盛，成了一座靈氣盎然的神仙洞府！

王頎所求，正是那門「直指大道」的煉器口訣。主人早年親口對他們一君子一水妖說過，那口訣是某位上古仙人的大道根本，而且浩然正大，同樣適宜儒士修行。

如此一來，意味著陽壽將近的王頎一旦得了仙訣，修行成功，不但可多活好些年，甚至有希望去爭一爭書院副山主的頭銜。

這麼多年來，王頎可謂對碧游府軟硬兼施，他讓這水妖禍亂埋河，甚至水淹碧游府，還打壞了那尊水神廟金身，就是希望那水神娘娘知道好歹，能夠向大泉朝廷求援。王頎甚至有一次專程離京「遊歷」埋河水神廟，故意展露了些許君子神通，可那水神娘娘竟然視而不見，更沒有向他這位君子訴苦半句。

之後王頎又施與天大恩惠，竭力要求大泉劉氏皇帝將碧游府升宮，則是希望那位水神娘娘念恩情，主動交出那塊祈雨碑上只有她悟出真意的仙人口訣，但是埋河水神依舊無動於衷，甚至揚言非要將那位文聖的聖賢典籍供奉祠廟，共用香火，不然就寧肯守著碧游府那塊破匾額。

這個水神娘娘，真是他娘的油鹽不進、腦子進水了吧。

破廟山頭不太平，太平山也不太平。

在中土神洲最著名的一條大河之畔，今天也有些不太平。

大河之畔來了兩位遠遊至此的男女，女子身穿錦緞宮裝，雖然以帷帽遮掩容顏，可是只看身段及風情，便知必是禍水。

男子身材修長，面容消瘦，身披一件雪白貂裘，腰間懸掛著一只朱紅色酒葫蘆。

若是陳平安和青衣小童、粉裙女童在此，就會發現是當年黃庭國和大驪交界上，與他們風雪夜相逢於山崖棧道的那對主僕。

宮裝女子名為青嬰。

那次與陳平安三人分別之後，峽谷之中，女子現出白狐真身，體形大如山峰，在她面前如同米粒大小的男子，只是輕描淡寫喊出她的名字，已經生出八條狐尾的女子，便斷去一條。

她稱呼男子為「白老爺」。

男子此時舉目望去，彩雲之間有一座白帝城，豎著一根旗杆，旗上寫有「奉饒天下棋先」，那位魔道梟雄——白帝城城主、天下人公認的第一棋手，至今無人能夠讓那位城主降旗，何等霸氣。

男子微笑道：「可惜沒了那座琉璃樓。」

宮裝女子柔聲道：「老爺，聽說那個喜好穿粉色道袍的傢伙對您可是仰慕得很。」

男子置若罔聞，收回視線前，微笑道：「城主不用出城，我只是路過而已。」

宮裝女子心情澎湃，與有榮焉！

能夠讓白帝城城主親自離開白帝城之人，千年以來，唯有一人！就是文聖那名弟子。

咱們白老爺就這麼簡簡單單拒絕了！

男子緩緩行走在這條黃河之水天上來的大河之畔，輕輕嘆息一聲，對青嬰說道：「妳離開片刻。」

青嬰心一緊，不敢詢問，立即一掠而走。

男子站在原地。

一位孺衫老者滿臉肅穆，出現在男子身側，作揖行禮，恭敬道：「禮記學宮呂璽，見過白老爺。」

男子面無表情。

呂璽，浩然天下儒家三大學宮之一禮記學宮的大祭酒！一位註定其神像得以立於文廟陪祀至聖先師的儒家聖人。

可這麼一位幾近三不朽的儒聖，對這位從寶瓶洲一路遠遊來到中土神洲的白老爺，仍是如此恭謹禮待。

呂璽一時間竟是不知如何開口，實在是太過為難，相商之事，太大了。

此時，白老爺自言自語道：「當年我將世間大妖所有真名，告訴那位小夫子，助他鑄造九大鼎，放在世間九座大山之巔，希望雙方共處，相安無事。

在那之後，天下萬妖蟄伏，退居山林，隱世不出，才有了你們人族的登山修道，才有了山上神仙，才有此方天地蔚為大觀的美好風物。

當年那個剛剛得了人道功德的小夫子，信誓旦旦對我說，先生以禮相待蒼生，我儒家必替天下禮遇先生。」

說到這裡，白老爺轉頭看了眼學宮大祭酒，扯了扯嘴角，道：「『先生』二字，如今倒是幾乎被你們儒家獨占了，呵呵。」

呂璽欲言又止，神色沉重。

白老爺繼續望向那條奔流到海不復回的滾滾河水：「後來有了搜山圖，又後來，浩然天下九座雄鎮樓中便有了一座鎮白澤。你現在走到我跟前，要我去婆娑、桐葉、扶搖三洲幫你們『搜山』尋大妖？憑什麼，憑當年禮聖的兩聲『先生』嗎？還是憑你們幫我打造的那棟高樓，容我在浩然天下有立錐之地？」

男子再次轉過頭，微微加重語氣，問道：「嗯？」

呂璽說不出一個字來。

好在那位白老爺露出一個笑意，感慨道：「不過我是信他的，更知他的難處。所以這麼多年來，依舊遵循著你們訂立的規矩。至於你們啊，太不講理了。讀書人不該如此霸道的，應該以聖賢道理教化蒼生，應當春風化雨，潤物無聲。」

如被中土五嶽壓頂的呂璽，稍稍輕鬆了一些。

白老爺自嘲道：「妖族有我白澤，是大不幸。」

呂壐又開始頭皮發麻了。

白老爺也不願跟這個晚輩計較，緩緩道：「我這次壞了規矩，擅自離開那棟樓，出去行走天下，就是想親眼看一看，當年那個小夫子與我描繪的世道，這麼多年過去了，到底到來了沒有。」

「敢問先生，結果如何？是好了，還是壞了？」

呂壐問話，竟有顫音。

須知白老爺的觀感，關係到一座天下，不，是兩座天下的走勢！

白老爺微笑道：「我想再看看。」他最後說道：「可以嗎？」

雖然看似詢問，卻看也不看那位學宮大祭酒，僅僅是這位白老爺言語之間蘊含的氣勢就使得呂壐的方丈神通都遮掩不住氣機，一條黃河大水，激盪起伏，大浪拍岸，頭頂彩雲更是聚散不定，顯現出了白帝城的巍峨真容。

呂壐終於沉聲道：「可以！」

魏羨依舊牢牢守住破廟門前的那塊空地，屹立不倒。

朱斂更加凶悍驚人，受傷越重，殺力越大，瘋魔一般，所向披靡。

劍勢大開大合的隋右邊，在獨自破甲九百，比盧白象要多殺兩百邊軍後，即將換氣之時，被許輕舟和草木庵徐桐聯手偷襲，即便如此，隋右邊仍是拚著最後一點殘餘氣機，在兩人眼皮子底下斬殺了一百二十餘披甲邊軍，才被許輕舟一刀劈掉頭顱，又被不敢掉以輕心的仙師徐桐以壓箱底術法，打爛身軀和魂魄，除了一把淒然墜地的癡心劍，世間應當再無負劍美人隋右邊。

可就在許輕舟彎腰，正要拾取那件戰利品的時候，破廟門口那邊，大步走出一位神色冰冷的絕色女子，正是隋右邊！

與陳平安擦肩而過的時候，她冷聲道：「已經破一千一百甲了。」

陳平安無奈道：「一枚金精銅錢，都夠我在家鄉再買一座真珠山了。」

隋右邊冷哼一聲，心情大惡，一掠而去，翩若驚鴻，伸手向遠處隨便一抓，癡心劍已經破空而返，被她牢牢抓在手中，一道磅礴劍氣直直而去，嚇得許輕舟和徐桐左右分開十數丈。

原來大戰之前，魏羨所說的祕密，是陳平安死則四人皆死，陳平安不死，四人死後，一枚金精銅錢就能讓他們重新走出畫卷，境界不跌絲毫。

山頂兩名仍然袖手旁觀的大敵，尚未露面。

陳平安閒來無事，晃了晃手中那根枯枝，既心痛那金精銅錢，又有些想笑，輕聲道：「前輩果然道法通天。」

大雨急促如沙場擂鼓，山上廝殺慘烈。

當那個馭劍女子死後突兀再現，從破廟安然無恙走出，山頂君子王頎和埋河水妖面面相覷。這是哪門子的仙家神通？難道那劍術卓絕的絕色女子，是道家旁門的符籙傀儡？還是不為人知的墨家機關術？可什麼時候符籙和機關術已經高明到如此地步了？

被劍氣夷為平地的那塊山林空地上，武將許輕舟瞥了眼草木庵仙師徐桐。方才若非徐桐提醒，他差點就要伸手抓住那把必然法寶品秩的癡心劍。徐桐要他趕緊讓開，許輕舟心頭亦是巨震，果斷棄了唾手可得的法寶，這才躲過了死而復生女子的劍師馭劍術，不然最少一條胳膊就要交待在這裡了。

徐桐心情沉重，道：「此女絕對不是尋常的純粹武夫。」

許輕舟定睛一看，隨著劍氣轉瞬間一劈而至，地上屍首分離的女子也憑空消失了。

遠處一棵樹上，毫髮無損的隋右邊站在枝頭，手持癡心劍。

隋右邊遙望著身披兵家金烏甲的許輕舟，和手拈一張金黃材質符籙的仙師徐桐，戰意盎然。她有一種直覺，只要再來一場耗盡純粹真氣的生死之戰，破境在即！

許輕舟出現片刻的心神搖曳，這女子，「死了一次」後，修為和氣勢竟然漲得如此明顯，分明是在大戰中抓住了破境契機，打定主意要將他和徐桐當作砥礪武道的磨刀石，一旦讓她躋身第七境金身境，恐怕自己手中的名刀大巧就失去了意義。

許輕舟是意志堅定、久經廝殺的純粹武夫，尚且如此，徐桐身為錬氣士，大泉王朝第一大仙家門派草木庵的主人，面對一名六境巔峰純粹武夫，本應無所畏懼，可是當這個敵人極有可能戰場破境，而且像是一個殺不死的存在，只需一劍功成，就可以削去徐桐項上頭顱的時候，徐桐如何能夠不心驚膽戰？

大千世界，無奇不有，法寶、靈器千千萬，可是鍊氣士的命只有一條。

許輕舟已經察覺到徐桐的怯戰心思，但他既沒有惱羞成怒，破口大罵那位在蜃景城享福百年的神仙，也沒有慌亂起來，這位出身大泉頭等將種門庭的男子，沉著冷靜道：「再殺她一次，若是她再活過來，你我二人便避其鋒芒。」

徐桐一咬牙，手指間那張金黃色符籙寶光流溢，恨聲道：「那就不計代價，再殺她一次！」

隋右邊扯了扯嘴角。

她看那許輕舟和徐桐，不過是自己在登天道路上腳底下的兩具白骨而已。

另一處戰場，盧白象也需換氣，一直在等這一刻才出手偷襲的武道宗師和鍊氣士，殺傷力遠遠不如許、徐二人，所以盧白象只是肋部被劃出一條血槽，肩頭被一支朝廷特製、布滿符籙紋路的墨綠色箭矢貫穿而已。

盧白象隨手抖了抖刀尖的血滴，竟是看也不看一眼那支箭矢，更沒有騰出手去拔。

連他在內，四位藕花福地的歷代天下第一人，走出畫卷之前，各自都得到了一句話，只是相互並不知情，作為四人共主的陳平安，更是被蒙在鼓裡。

魏羨最早走出那幅畫卷，可破廟門口那句話，卻說得挺晚。

盧白象當時就相信魏羨不會在這種事情上騙人，更相信不是陳平安暗中授意魏羨，想要誘使四人死戰到底，只是盧白象暫時還不想死。

朱斂都沒死呢，還最為生龍活虎。

盧白象雖然不曾聽說過什麼金精銅錢，只知道這座天下的神仙錢，有雪花、小暑和穀雨三種，但是盧白象覺得自己這條命，怎麼都值一枚金精銅錢。

反正馬上就要破甲一千，既然完成約定在即，就不用著急。何況對方這場圍殺之局，想要收網撈起他這條大魚，還早呢。

關於破境一事，盧白象可能是四人當中，看得最淡的一個。

隋右邊無疑是最心頭炙熱的那個，因為她野心最大，要完成在藕花福地未能完成的夙願——仗劍飛升。

第二口新鮮的純粹真氣，在盧白象體內如大江大河奔流，雖然遜色於先前巔峰狀態，但是足夠再應付一炷香的廝殺了。

破廟所在山頭的山腳處，又有大泉邊軍登山絞殺那些傳聞中的魔道巨擘。

高適真被大雨淋得臉色慘白，終於拗不過身邊一位國公府老管家，由著後者在他頭頂撐起了大傘。

高適真方才剛剛經歷過一場大喜大驚，先是有山上諜報傳到山腳，負劍女子被許將軍和徐仙師聯手斬殺，腦袋被削落在地，魂魄又被打得飛散，死得不能再死了。結果片刻之後，又有斥候下山稟報，那負劍女子又活了過來，與許輕舟、徐桐展開了下一場廝殺，這次那負劍女子盯著兩人追殺，不再針對邊軍甲士。

這位孤注一擲的大泉申國公，突然轉頭看著身邊不遠處，那些沉默登山的甲士，他們的臉龐在大雨中依稀可見。有些臉龐年輕，跟他兒子高樹毅差不多歲數；有些百戰老卒則已經不再年輕，如他高適真一般。

約莫兩刻鐘後，心情沉重的高適真又得到一個壞消息。

那負劍女子硬扛許輕舟一刀劈砍在背，以及一尊金甲符籙傀儡的當頭一拳，臨死之前一劍洞穿了徐桐的心臟。本不該當場死絕的徐仙師，雖然手段盡出，可是不管吞下多少靈丹妙藥，施展了多少續命吊命的仙術，依舊死了，整顆心臟枯萎如灰燼。

負劍女子死後，屍體又消失不見，當她第三次從破廟走出時，已經躋身了武道第七境金身境。

許將軍已經率先撤退，擅自離山，大皇子殿下震怒，揚言要嚴懲蜃景城許氏。

高適真一言不發，唯有冬夜裡冰冷刺骨的瓢潑大雨，像是老天爺睡夢裡的喋喋不休。

幾代人都為國公府效命的老管家輕聲安慰道：「國公爺，只要王先生不曾親自出手，就說明還沒有到一錘定音的時候，不用太悲觀。」

高適真面無表情。

山上，盧白象雖然負傷極多，可除了腰部那道傷口，以及那支貫穿肩頭的特製箭矢，戰力受影響不大，依舊抵擋住了一次次如潮水般的攻勢。

一些個漏網之魚，破廟門外一夫當關的魏羨收拾起來毫不困難。

魏羨出身行伍，這位起於市井底層的南苑國開國皇帝，大半輩子戎馬生涯，在藕花福地四國青史上贏得了萬人敵的美譽。

在那之後，所謂陷陣無雙的沙場猛將，在世時再風光，撐死了就只是「魏羨第二」，所以魏羨比盧白象更適應亂軍叢中的廝殺，無形之中，身處大軍結陣的戰場，魏羨就擁有一種類似儒聖坐鎮書院的優勢。

這可不是什麼六境巔峰武夫就能擁有的天資，可能八境遠遊境和九境山巔境的宗師，都無法獲得，加上那副甘露甲西嶽——不愧是讓許輕舟眼紅至極的兵家甲丸。要知道，許輕舟本身披掛的甲胄，是兵家甲丸三等中的第二等金烏甲，品秩要高出甘露甲一大截——與其他三人相比，朱斂出手不留餘力，故而受傷極重。

在魏羨打算與朱斂互換陣地的時候，朱斂卻拒絕了魏羨的好意。

武瘋子一旦身陷絕境，凶性之烈，令人膽寒，但魏羨仍是執意要換下朱斂，更多是想要來一出「萬軍叢中取上將首級」的好戲，這個他最擅長。雖說多半要付出一條命，才能宰掉那個什麼大泉皇子劉琮，但隋右邊都死了兩次了，魏羨覺得自己死去活來一回，能夠換來一場澈底放開手腳的酣暢衝鋒，不虧。再說了，在邊陲客棧是護在門口，在這山上還是護在廟門口，自己豈不是成了一條看家護院的看門狗？

此時朱斂一拳打退一件鍊氣士的靈器，借勢後撤，佝僂身形一路往後滑，雙拳已經可見白骨。

朱斂在重新向前衝殺之前，咧咧嘴，輕聲跟背後的魏羨說道：「好心提醒你一句，死了能活，花的是那陳平安的銀錢，心不心疼，看咱們四人各自心情。但是我勸你還是別輕易死，暫時我說不出理由，就是這麼個直覺，信不信由你。你要是覺得無所謂，就繞過這些只會點術法的煩人蒼蠅，去殺那皇子劉琮，我不攔你。」

魏羨好像不願領情，問道：「能幫我擋著甲士入廟片刻？」

朱斂已經一腳重踏，身形快若奔雷，數次轉折路線，重新與那些隨軍修士和在一旁策應的甲士糾纏在一起。

顯而易見，他朱斂不幫這個忙。

魏羨一拳砸中一名劈刀砍向他面甲的大泉邊軍，打得那人胸口甲冑凹陷進去，撞飛了身後一名袍澤，屍體直接砸得身後的邊軍七竅流血，倒地不起。

魏羨抽空轉頭望向陳平安，道：「擒賊先擒王，我去試試看？」

陳平安點頭答應。

魏羨深呼吸一口氣，迅猛前掠，只是稍稍繞過了朱斂所在的戰場。

朱斂嘿嘿一笑，道：「不聽老人言，吃虧在眼前，難得有回菩薩心腸，還給人當作耳旁風，這世道。」

陳平安再次抬頭，直直望向那座山峰。

破廟內，裴錢在跟蓮花小人顯擺她的家當，又拿出了那只多寶小木匣。她對那個憨笨蠢蠢的蓮花小人，破天荒沒什麼戒心，它是除了陳平安之外，裴錢在這個世上最放心的。

只是蓮花小人心不在焉，經常踮起腳尖望向門外的陳平安。

裴錢臭臉教訓道：「咋的，對我爹沒信心啊？你斷了條胳膊，還眼瞎？我爹是誰？會輸？我跟你說，就算我裴錢哪天變成了不喜歡銀子的傻瓜，我爹也不會打架輸給別人！」

蓮花小人一臉茫然，兩者之間，有啥關係？它一直搞不懂這個脾氣惡劣的黝黑女孩，到底在想什麼。

這時陳平安的聲音傳入破廟：「用樹枝抄書練字。」

蹲在地上的裴錢如遭雷擊，偷偷給了蓮花小人的腦袋上一巴掌，沒敢下狠手，怕五百字變成一千字，起身後拿了行山杖，在地上寫起了聖賢文章。

她每寫一個字，小傢伙就一個蹦躂，沉入土地，然後就在那個字旁邊探出腦袋，咯咯而笑。

裴錢翻了好些白眼，心想天底下怎麼有這麼無聊的小東西，該不會是個小白癡吧？唉，回頭還是跟陳平安好好說道說道，賣了換錢，給她買本新書都成啊。

山頂，埋河水妖摩拳擦掌，躍躍欲試，道：「不然我下去練練手？」

王頎沉吟不決。

埋河水妖看了眼雨幕，又道：「再過一刻鐘，這雨水就要小了，到時候就算你求我，我都懶得出手。你別忘了，我這次出現在這裡，原本沒有幫你殺人的必要，只是幫著我家主人盯著這邊情況而已，到時候只需從陳平安的屍體上摘下那養劍葫蘆，就可以拍拍屁股走人了。」

當然，他其實還需要幫主人尋找那件能夠遮蔽天機的寶貝。至於如何找，大有玄機。這樁密事，王頎一個離經叛道的小小書院君子，根本沒資格知曉。

埋河水妖悄悄轉移視線，遙望了一眼手持狹刀的盧白象。

王頎仔細思量之後，點頭道：「出手可以，不要現出真身，不然事後我無法跟大伏書院交代，那位山主不好糊弄。」

埋河水妖譏笑道：「這還不簡單？就說我這埋河水妖，受你點化，棄惡從善了，想要跟你和大泉朝廷討要一座水神祠廟，所以願意出把力，靠著立功，換取一個正統身分。」

王頎苦笑道：「這番看似合情合理的措辭，皇帝劉臻興許會信，書院山主絕對不會當真。行了，就按照我說的，千萬別以妖族真身與陳平安纏鬥，你只要逼迫陳平安露出一絲破綻……」王頎話語一頓，殺意十足，沉聲道：「我就要他在這裡形神俱滅！」

埋河水妖撇撇嘴，道：「行吧，希望你說到做到，能夠一舉擊殺那個等著咱倆送上門的陳平安。別是什麼嘴皮子功夫……」說到這裡，埋河水妖哈哈大笑：「差點忘了，你們讀書人的嘴皮子功夫，正是咱們這座天下最厲害的，失敬失敬。」

王頎不跟這蠻夷妖物一般見識。

埋河水妖全然不在意會不會讓破廟那邊察覺動靜，大步走出，每一步都踩踏得山頭震顫，瞬間躍出，衝到了山頂崖畔，在空中畫出一道弧線，最後轟然落地，發出巨大聲響。

王頎輕輕嘆息一聲，面有憂愁。

結成金丹客，方是我輩人，只是人老珠黃，草木有榮枯，千辛萬苦得來的一顆金丹，也有黯淡之時。他王頎一身所學，尚未施展抱負，如何能死？尤其是金丹鍊氣士，對於生死大限，遠遠比那些渾渾噩噩的凡夫俗子更加透澈明瞭。

數著日子等死一事，何其煎熬。

來了。

那座高聳山峰的下面，被魁梧水妖砸出那麼大一個聲勢，陳平安不是聾子，自然一清二楚。

他左手拎著那根隨手拾取的枯枝，右手一拍養劍葫蘆，初一和十五從葫蘆中掠出，消失不見；右手縮入袖中拈出一張金黃符紙材質、由鍾魁以小雪錐親筆寫就的寶塔鎮妖符。

這張珍稀符紙，是鍾魁贈予陳平安三張金黃符紙中網底為龍爪篆的風雷紙。

雖然陳平安暫時不知來者身分，可世事就是如此巧合，一張寫於碧游府的鎮妖符，剛好被用來鎮殺一頭埋河水妖，實在是天理循環，報應不爽。

至於初一和十五，是陳平安祭出寶塔鎮妖符後，在他向來者遞出一劍前，用以阻攔山頂君子王頎對來者的救援的。

立於山巔的君子王頎，心中感慨，果真是一念起心，分出神魔。希望此次圍殺順利，在這之後，得了直指大道的仙人口訣，便不再理會俗世恩怨了，潛心修行，終有一日會成為書院副山長，到時候再彌補大泉王朝的山河氣運一二便是了。

一位頭頂芙蓉冠的年輕道士，並未御風遠遊，卻一次次縮地成寸，很快離開大泉王朝邊境，來到北晉南方，又一路往南，揀選了寂靜偏遠的山林湖澤，悄無聲息，最後在一處山頭停下，身形消失。

地底下，別有洞天，似乎是一條被掩埋的古道，這條蜿蜒古道岔路極多，可是他選擇方向時沒有絲毫猶豫。

一路上或陰森或瑰麗的地底異象，都沒能讓年輕道士停步片刻。最終他來到一座破敗不堪的「山門」前，匾額歪斜，碎了小半，只剩下「瀆別宮」三字。

當他步入其中時，一股細微劍氣驟起又驟然消失。

到處是斷壁殘垣，年輕道士腳步緩慢。

飛鷹堡、碧游府、狐兒鎮。

除了九娘所在的客棧，其餘兩處都不是什麼太緊要的地方，準確說來，飛鷹堡曾經極其重要，如今已是往事雲煙了，讓他不太願意想起。

之後在桐葉洲的遊歷，一路上他處處無心插柳，至於最終柳成不成蔭，這位年輕道士其實根本不在意。

在他主持的這樁桐葉洲謀劃中，扶乩宗和太平山兩頭大妖才是關鍵所在，但是他發現竟然有個不知根腳的傢伙，竟然一而再再而三出現在他走過的「大道」之上。

一次是巧合，兩次還是巧合，那麼三次呢？

要謹慎啊，可別一個不小心，讓留在家鄉那邊一具以山脈作為枕頭的真身，魂魄損失太過嚴重，使得數百年內無法清醒過來，到時候豈不是錯過了萬年未有的開疆拓土、爭霸大業？還怎麼為家族子孫謀取一塊塊無法想像的肥沃地盤？

他不斷在心中如此告誡自己。

在這座廢棄宮殿的道路盡頭，是一座類似遠古鎖龍臺的舊址，有一頭衣衫襤褸、滿身血汙的白猿盤腿而坐，一身無法遮掩的凶煞戾氣磅礴流瀉，只是那一縷縷凝如實質的劍煞之氣，每當要飄出這座巨大石臺，就會被一條條莫名浮現的雪白閃電，打得毫無蹤影。

正是逃命至此的太平山背劍白猿，只是如今已經不存在「背劍」一說了。

老猿沙啞問道：「為何來此找我？就不怕我們兩個都死在這裡？」

年輕道士走到鎖龍臺邊緣地帶，沒有拾級而上，微笑道：「放心，家鄉那邊有個老東西早就對你有過斷言，你是個有福運的，死不了。」

老猿問道：「你到底想做什麼？」

老猿瞥了眼這傢伙身穿道袍、頭戴芙蓉冠的模樣，真是讓它越看越壓抑。

當年此人不知如何改頭換面，以失去記憶的少年之身，被一個太平山金丹修士相中，帶上山後，竟然瞞天過海，混進了祖師堂，還得了一塊嫡傳玉牌，是在女冠黃庭之前，太平山最有希望躋身玉璞境，打破青黃不接尷尬局面的修道天才，被寄予厚望。

此人躋身金丹以及順勢破開元嬰瓶頸的速度，連太平山祖師堂都感到震驚，不惜專門為他找來一件遮掩天機的重器，為的就是防止桐葉宗和玉圭宗心生歹意。

在年紀輕輕就成功躋身元嬰之後，修行路上一直不遺餘力斬妖除魔，得到極好口碑的他，有一天不知是覺得時機成熟，還是突然開竅了，在井獄中找到了白猿，展露了那個駭人的真實身分，命令身為鎮山供奉的背劍白猿，故意放走一頭井獄底層的大妖魔。

一戰之後，兩敗俱傷，元神受損，一個不到百歲的年輕地仙，竟然淪為風燭殘年的境地，生機衰敗，腐朽不堪，比千歲高齡的老元嬰還要慘澹。在那之後，年輕元嬰便以「天無絕人之路」為理由，下山遊歷，最終與那扶乩宗金丹修士廝殺慘烈，後者以失去轉世機會，引來一尊遠古魔頭的分身降世，年輕元嬰最終竟是屍骨無存。

那塊太平山祖師堂玉牌沒了，遮蔽天機的重器也毀於一旦。

這位昔年太平山最有天賦的年輕道士，坐在臺階上，背對著白猿，微笑道：「鍾魁、黃庭，是必須要死的。尤其是鍾魁，他不死，不只是儒家未來多出一位學宮大祭酒那麼簡單。大戰過後，生靈塗炭，自然就輪到了鬼魅陰物橫行天下，咱們家鄉那邊有個老傢伙，剛好擅長此事。如果儒家有個鍾魁，到時候我們陣營當中，死的可能是這麼多個你了。」

他高高舉起胳膊，伸出三根手指，加重語氣，道：「最少！」然後年輕道士又伸出彎曲的剩餘雙指，哂笑道：「其實是這麼多，方才是怕嚇到你。」

白猿嗤之以鼻，自然不信。

五個自己，那就是五個十二境劍修！那個被它三招斃命的鍾魁，有這本事？

年輕道士雙手輕輕拍打膝蓋，道：「如今你躲著當老鼠，好歹還有個盼頭。扶乩宗那位，害我謀劃失敗，活該給人追殺到了海上。它運道不如你太多，哪怕入了海，還是難逃一死，現在就看那兩個慢悠悠趕去的傢伙，誰能撿到這個大漏。不過十二境的修為，臨死一擊，說不定還能拉個人陪葬。我回到家鄉後，就不與他的子孫計較太多了。」

白猿皺眉道：「坐鎮桐葉洲天幕的那位儒家聖人，連我都找不到，要想找出你，豈不是更難，你為何要急著離開？」

那位文廟七十二神像聖人之一，職責就是監督桐葉洲版圖的動向，在他眼中中五境錬氣士、武道宗師和人間帝王將相的映象，不過是人間星火點點，密密麻麻，即使是太平山一役，聖人到底也只能注意到兩團炸開的稍大螢火而已，然後才會運轉神通，視線落在了太平山那邊。

神人掌觀山河，極其不易，國與國、洲與洲之間，亦有一道道無形的天然屏障。

穗山之巔，老秀才那般喜愛自己的閉關弟子，也不過是掐訣推衍而已。

若是有煉化之物被想要關注之人攜帶在身，則兩說，找到此人會容易許多，可要是那人有了遮蔽天機之物，又是難如登天的境地了。

年輕道士雙手抱住後腦勺，向後躺去，背靠著臺階，道：「為了不讓太平山搜尋到我頭上這頂祖師堂芙蓉冠，我主動壞了它的品秩。本來呢，再支撐個五、六十年，還是可以的，但現在那個在天上年復一年畫地為牢的儒家聖人，提前來到人間，可就不好說了。那位陪祀文廟的聖人，是必然會找到我的。在他找到我之前，我必須再做點事情。既然謀劃失敗了，與最早預期偏差了不少，好歹要再噁心噁心他們，比如說，殺個陳平安，再殺個黃庭之類的，不急，看情況吧。」

白猿默然，這些陰謀，實在不是它擅長的。

年輕道士微笑道：「被找出來，我才能夠保留一絲勝算。當然了，不能讓他們找得太輕鬆了，不然儒家會懷疑的。一定要讓那位儒聖找得辛苦一些，才天衣無縫，讓他們一點點抽絲剝繭，那個名叫陳平安的年輕人，或者是之後黃庭的死，就是線頭。不然灰溜溜跑回家鄉就有苦頭吃嘍，說不定就要被驅逐到那片山脈之中，自生自滅，然後給那個瞎子當苦役，我可就真輸了個底朝天。一想到這個，我就有些愁啊。」

白猿一想到蠻荒天下的那個古老傳聞，也有些悚然。

年輕道士嘖嘖道：「確實有些懷念家鄉的味道了。在這兒，太束手束腳了，既要防著頭頂巡視的儒家聖人，還要忌憚那神神道道的觀道觀觀主，很是辛苦啊。若是沒有後者，我在桐葉洲的布局，其實要輕鬆很多，無須刻意繞開他嘛。黃庭算是運氣好，有我這個前車之鑑，給咱們那位脾氣暴躁的祖師爺丟進了道觀中。如果可以的話，真想見一見那個臭牛鼻子啊……」

他的話語戛然而止。

破廟那邊，裴錢突然摀住雙眼，滿地打滾，指縫之間，彷彿有日光、月輝迸射而出。

片刻之後，這邊的地底瀆別宮鎖龍臺附近，出現一位高大老道人，冷笑道：「哦？」

桐葉洲西邊海上，一頭現出千丈真身的大妖，掀起滔天巨浪，瘋狂逃竄，身後有數道身影御風尾行。

海上，有一名劍修，心情煩躁，既不願意給誰當那狗屁護道人，可是內心深處，又有些擔心桐葉洲的亂局，殃及那個小齊給予所有希望的年輕人。

實在不願現身人間，便在海上御劍散心，左右徘徊不去。

剛好，劍修名叫左右。

見著了那頭已經識趣換了逃亡路線的受傷大妖。

可他心情實在糟糕，就一劍遞去，將其斬殺了。

魏羨身披甘露甲西嶽，在得到陳平安首肯後，趁朱斂牽制住大半隨軍修士之時，試圖直搗黃龍，找機會宰了那皇子劉琮，哪怕換命都無所謂。

隋右邊斬殺了草木庵仙師徐桐之後，許輕舟哪怕明知劉琮會遷怒整個家族，仍是二話不說，擅自離開這座山頭，返回蜃景城，與擔任征西大將軍的爺爺商量對策。作為大泉王朝名列前茅的將種門庭，又扎根蜃景城數代之久，許氏雖忌憚大皇子劉琮，卻不至於束手待斃。

坐龍椅的，還是當今陛下劉臻，而不是劉琮。真與劉琮撕破了臉皮，大不了許氏就鐵了心投靠二皇子，換一條真蛟扶為龍。

盧白象所處戰場，戰況依然膠著。大泉邊軍這五千死士，不愧是劉琮的麾下嫡系，知道軍法森嚴的厲害，哪怕被殺得肝膽欲裂，眼睜睜看著袍澤一個個死於那人刀下，依舊不惜性命，瘋狂撲殺而去。

實在是太慘烈了，一些個鐵石心腸的督軍校尉雖然滿臉淚水和雨水，仍然恪盡職守，無論是誰，膽敢怯戰而退者，斬立決！

隱匿暗處的武學宗師和隨軍修士，都看得於心不忍。

仙氣縹緲的遊仙詩與許寫得出山上的神仙風采，可從沒有任何一首邊塞詩，真正寫得出沙場的血腥殘酷。

埋河水妖從別處山峰降落在地後，大踏步奔跑而來，若有樹木阻擋道路，一手拍去。

陳平安看那來者的聲勢，心中有了決斷。

他將原本袖中右手雙指間的那張符籙，換成了疊在一起的三張符籙。

當初在碧游府，鍾魁向陳平安借了那支小雪錐，作為報答，畫了三張符籙可結陣的三才兵符，又稱「鐵騎繞城符」。

畫符時，鍾魁運一口浩然氣，筆下有米粒大小、披掛銀甲、身騎白馬的百餘騎武將，在符紙上衝鋒而出，排兵布陣，策馬而停，最終變作了一筆一畫的符籙圖案。

之後陳平安自掏腰包，拿出兩張金色材質符，和一張聖人文稿的青色符紙，鍾魁苦兮兮地按照陳平安的要求，分別畫了龍虎山天師府的五雷銜珠雷法符、上山下水防止鬼打牆的破障符，以及最後一張品秩、威勢遠遠超出井字元的鎮劍符，被鍾魁譽為「投袂劍起，澄淨江河，四方嶽崩，九洲海沸」。

此時，不敢現出真身的埋河水妖衝殺而來，距離陳平安已經不足百步。

陳平安緩緩走出屋簷，往右手邊走去，很快雙方就只剩下五十步距離。

陳平安一抖手腕，三符被一口純粹真氣點燃，迅猛出袖，陳平安心中默念道：『列陣在前！』

埋河水妖哈哈大笑，腳步不停，一個縱身而躍，殺向那手拎枯枝的年輕人，譏笑道：「武夫耍符，也不怕讓大爺我笑掉大牙？」

只是很快這頭埋河水妖就半點都笑不出來了。三張金色符籙本體燃燒殆盡後，身形猶在空中的水妖驚訝地發現，虛無縹緲的三張符，開始圍繞著他疾速旋轉。

水妖氣沉丹田，使了個千斤墜，匆忙落地之際，三張符籙之中各有一名白馬銀甲的虛幻騎將，持矛衝殺而出。

水妖厲色道：「去死！」身形一擰，旋轉一圈，迅猛三拳打爛那三名騎將。

只是源源不斷有騎將衝出符籙，不多不少，一次三騎，無聲無息。

埋河水妖如被困戰陣中央，仍是毫不畏懼，出拳如虹，一次次打殺那些策馬衝出符籙的騎將。

每當壯漢轉移戰場時，三才兵符的三張符籙就隨之飄蕩，始終保持原先距離。

埋河水妖殺得興起，凶相畢露，只覺得酣暢淋漓，大呼痛快。

三張鐵騎繞城符，短暫困住並且消耗一名幾乎結成金丹的水妖並不難，甚至是逼迫它現出真身，也不是沒有可能，可想要活活耗死這頭埋河大妖，絕無可能。

陳平安自然對此心知肚明。

留在山巔的書院君子王頎，在耐心等待陳平安的破綻，陳平安何嘗不是在尋找一線機會以符鎮殺或是一劍斬殺陣中水妖。

大雨依舊，暫時還沒有變小的跡象。

埋河水妖被那三張古怪符籙給糾纏得心煩不已。怎的，這些個騎將，就打殺不絕了？這都已經被他打碎了幾騎了？一百五十？兩百？

它越來越覺得形勢不妙，那個站在三十步外的年輕人，手持枯枝，肯定不是好心等著自己破開符陣，再來一場狗屁的君子之爭！尤其是它眼角餘光中的那根枯枝，總是讓它有些心神不寧，不對勁，絕對有古怪！

不管了，你王頎當那縮頭烏龜死活不出手，老子可懶得管你如何跟大伏書院講道理。

身上已有多處細微傷口的埋河水妖眼瞅著大雨的聲勢就要下降，此時再不占盡天時，到時候現出真身的威勢就要驟減。

這頭水妖雙眸雪白一片，虯結的肌肉開始極度扭曲。

山巔王頎顯然看出了埋河水妖的打算，怒喝道：「不可！」

水妖哪裡還管這些，大地驀然震顫，現出巨大真身，一雙眼眸大如燈籠，身軀長達百丈，頭顱就擱在它原先的立足之地。

尚未靈氣殆盡的鐵騎繞城符便跟著拉開距離，依舊有鐵騎向這頭水妖衝鋒而去。

一些個躲在兩側伺機而動的大泉邊軍，直接被黃鱔大妖的身軀一彈而開，倒飛出去的時候七竅流血，數十人或傷或死。

大雨淋在水妖身上，滑落在山上後，沒有滲入泥地，而是迅速彙聚成了一條溪澗。

陳平安認出了這頭大妖的身分，正是在埋河水底與水神娘娘廝殺的黃鱔大妖。

看來山頂那個藏頭藏尾的高人，無疑是書院君子王頎了。

陳平安雙指拈著那張鍾魁說是「五龍銜珠」的龍虎山正法符籙，灌入真氣後，丟向埋河水妖頭頂，果真有五條十餘丈長的「纖細」蛟龍，盤旋於空中，口銜白珠，身旁有雷電縈繞。

埋河水妖剛剛以為到了自己施展神通的時候，不承想頭頂出現了五條隱隱蘊含天威的蛟龍，心神微微凝滯之後，發出震天響的一聲咆哮嘶吼，開始劇烈掙扎，想要掙脫鐵騎繞城符的圍困，盡可能少挨幾顆「雷電珠子」。

鐵騎持矛，一次次刺入鱔妖身軀之中，任由埋河水妖的身軀將自己一掃而散，身形與靈氣一同消散，重歸天地間。

一條蛟龍張開大嘴，一顆雪白雷珠激射而出，砸入埋河水妖頭顱，山頭顫抖。

又是兩顆，分別砸在水妖七寸與尾巴上，不只是身軀劇痛而晃動，水妖的魂魄與金丹都一起顫抖起來。

唯一的好處，就是迸發出來的巨大衝勁，總算撞碎了那三張該死的兵符。

一道青色長虹從別處山頂落在這座山頭的樹幹上，以心聲請求陳平安道：『你我雙方就此收手，我讓劉琮立即帶兵離開，如何？』

王頎說出這番言語的時候，咬牙切齒。

那頭埋河水妖，真是個成事不足、敗事有餘的東西！

一條銜珠蛟龍吐出雷電寶珠後，就會自動渙散消失。

陳平安沒有任何停手的念頭，最後兩條蛟龍自然而然、毫不猶豫地吐出蘊含天地萬法之首的最正雷法寶珠。

五條蛟龍已經不見，那五顆珠子卻死死鑲嵌於埋河水妖的身軀之中，從頭顱到尾巴，當最終連成一線後，大放光明。水妖身軀之中，雷電迅猛遊走，最終形成一條幾乎與水妖身軀等粗的巨大閃電。

與陳平安心意相通的初一和十五，改變原先策略，劃出兩條流螢，分別刺入埋河水妖燈籠大小的眼眸中。

隋右邊亦是駕馭那把不知穿透過多少心口的癡心劍，精準釘入埋河水妖的頭顱之中，一穿而過，整把長劍直接沒入頭顱下邊的地面，足見其鋒銳程度。

而王頎與陳平安，幾乎同時出手，都有必殺之心。

陳平安以手中枯枝為劍，一掠而去。

天地間的這場大雨，彷彿瞬間全部被君子王頎駕馭，一滴滴改變了降落軌跡，千萬滴雨珠，悉數激射向陳平安。

一劍過後。

樹枝上再無王頎的身影，陳平安站在書院君子的位置上，一抖肩，法袍金醴激盪起一陣漣漪，將那些嵌入金色法袍的雨滴，全部彈開。

堂堂書院君子王頎，竟然避戰而退了。

奄奄一息的埋河水妖，再也無法駕馭身軀下已成溪澗規模的雨水，血水與雨水一起滲入泥土。

陳平安手中的枯枝化作齏粉。他一掠去了埋河水妖頭顱那邊，在空中伸手一抓，將癡心劍握在手中，直接劈下了埋河水妖的整顆頭顱。

大雨漸漸停歇，山上甲士開始撤退下山。

魏羨終究沒能擒下大皇子劉琮，只殺了一名誓死護主的劍修，只得收了兵家甲丸在袖中，由著劉琮退往山腳。

朱斂受傷最重，卻一次沒死。

盧白象往埋河水妖屍體這邊走來，這才有機會拔掉身上那幾支特製箭矢，沒有隨手丟掉，一把握在手中，狹刀停雪已經被收回鞘中。

桐葉洲西海上，那頭逃命的大妖，莫名其妙就被人一劍當場斬殺，大如山峰的整顆腦袋，像被一根絲線切割而過，齊齊整整墜入海中，長如山脈的屍體倒還是漂浮海上，起起伏伏。

一路追殺至此的三位桐葉洲大修，心思各異。

太平山當代宗主宋茅倒持長劍，劍尖朝後以示誠意和感激，朗聲道：「太平山宋茅，謝過前輩助我們一臂之力，斬殺大妖！」

只是那名一身劍氣瘋狂流瀉如瀑布的劍修，理也不理堂堂太平山宗主的示好。

桐葉宗掌管宗門戒律以及譜牒的一位老祖師爺，臉色陰晴不定。

這一路銜尾追殺大妖，只有宋茅傾力而為，全然不顧自身性命，恨不得與那頭大妖同歸於盡，只是宋茅雖是太平山名義上的第一把交椅，修為卻不算太高，此次下山，因為山門井獄變故，又不敢攜帶其中一把護山仙劍，所以是心有餘而力不足。至於這位桐葉洲仙家執牛耳者的桐葉宗祖師爺，則是不願拚著修為受損擊殺大妖，一頭跌了境仍是十一境的大妖，真身巨大且尤為堅韌，哪裡是好對付的。大局已定，這頭畜生必然逃不出這三人視野，鈍刀子割肉，慢慢來就是，急什麼？

此次奉命出山，這位玉璞境桐葉宗老祖師爺將其視為一樁美差，斬殺了那頭禍亂扶乩宗的大妖，有功德在身不說，還可以讓死了道侶的扶乩宗宗主嵇海感恩，所以雖然這一路追殺，藏藏掖掖，沒有祭出鎮門之寶，內心深處，卻對大妖勢在必得。

玉圭宗掌握那座雲窟福地的姜氏家主，面如冠玉，僅就相貌而言，比他的獨子姜北海還要年輕英俊。此刻他滿臉笑容，顯然海上那名劍修宰了大妖，讓那桐葉宗老祖師爺算盤落空，他心情極好，畢竟他可沒有攜帶殺力巨大的宗門仙兵。

為了好朋友陸舫的劍道，他偷偷去了趟藕花福地，等於是在桐葉洲消失了一甲子，玉圭宗內部，怨言不少，所以才將他推了出來。又想馬兒跑又不給馬兒吃草，這位姜氏家主可不就要消極怠工？

身穿道袍、頭頂芙蓉冠的太平山真君宋茅，雖然心中略有不悅，但是大是大非拎得很清楚，對方眼高於頂，全然不將自己和太平山放在眼中，自有他的底氣在，就是實在想不到桐葉洲何時出現這樣劍術通天的劍修了？

宋茅有些琢磨不透對方的心性和背景，不知道那人為何出劍，是藉機撿漏殺妖證道分功德，還是純粹的路見不平？會不會貪圖那頭大妖一身是寶的屍體？甚至是要全盤收入囊中，不許三人染指分毫？宋茅自然不在乎大妖屍體，只是此次桐葉洲大亂，此妖是明面上的罪魁禍首，與背劍白猿那頭老畜生遙相呼應，才使得桐葉洲中部妖魔橫行，所以必須要將屍體搬回去，讓儒家書院過目，再由書院出面，請陰陽家推算天機。

宋茅一時間不知如何言語。

那古怪劍修望向桐葉宗老祖師爺，說了兩個字：「不服？」

在整個桐葉宗都威名赫赫的老祖師爺，說了一番暗藏殺機的話語：「這頭大妖最好是留著性命被帶回桐葉宗，說不定能問出更大的陰謀來，不然我們三人何必追殺如此之遠？你卻一劍殺了，斷了線索，我們還如何順藤摸瓜，找出幕後主使？好巧不巧，桐葉宗西海如此廣袤，你怎麼就剛好出現在大妖逃亡的路線上？」

玉圭宗姜氏家主臉上笑意不變，他是從來不嫌熱鬧大的。

宋茅正要說話，那瞧著不過是個中年男子的陌生劍修，淡然道：「那就幹啊。」

從頭到尾，劍修就說了這麼兩句話。

不服，就幹。

這哪裡是山上神仙的做派，半山腰那些中五境錬氣士都未必如此粗鄙，底層的江湖武夫還差不多。

宋茅已經來不及當個和事佬。

陌生劍修又是一劍，只是這次遞向了「不服」的桐葉宗老祖師爺。

那位老神仙臉色劇變，一個字都說不出口，趕緊祭出一件煉化千年的本命法寶，是一口得自一座破碎洞天的上古禮樂大鐘。

鐘為八音之首，這口煉化後高不過一臂的青銅古鐘，法相高達十數丈，懸在桐葉宗祖師爺的頭頂，將老人籠罩其中。古鐘外壁篆刻有一篇上古儒家功德聖人的銘文，此刻大如拳頭的文字迅速流轉，老人屹立其中，可謂寶相莊嚴。

只是那一道劍氣當頭劈下後，以為至少可以抗衡片刻的老人，卻發現身前古鐘法相直接被劈裂開來，於是再不敢有絲毫托大，連人帶本命青銅古鐘一起倒掠出去，希冀著在自己倒退千百丈之後，劍氣氣勢能夠衰減。

退了再退。

長達十餘里的海面之上，出現了一條久久沒有被海水填平的溝壑。

當劍氣終於消失時，眼見手中托著的那座本命古鐘上邊出現了一條細微刮痕，桐葉宗老祖師爺面無人色，震撼之外，更是心疼不已。

這需要他耗費多少天材地寶才能修繕如新啊！那劍修隨手一劍，怎麼可能有此威勢？別說是桐葉洲，更別提北邊那個小地方寶瓶洲，就算是婆娑洲，也不該有此劍仙！煉化一條大江作為腕上飛劍的曹曦——負責看守鎮海樓之人，也絕無此劍氣！

劍修一劍劈退老修士，滾那麼遠去，總算不礙眼了，轉頭對另外一人問道：「熱鬧好看嗎？」

姜氏家主臉上笑容立即僵硬起來，抱拳賠罪道：「多有失禮，還望劍仙前輩恕罪。」

劍修冷笑道：「前輩？你歲數比我可大多了。」

這位姜氏家主在桐葉洲山上，那是出了名的死豬不怕開水燙，正色道：「修行路上，達者為先。我姜尚真哪敢與前輩相提並論。」

劍修不再理會這個聽都沒聽說過名字的姜尚真，望向更遠處那個心有餘悸的老頭子，問道：「你身上好像帶著擅長攻伐的重寶，還不錯，給我看一眼？」

那位剛吃過大苦頭的桐葉宗老祖師爺，大致曉得了這個劍修的脾氣，那真是比太平山老天君還火暴，哪敢傻乎乎亮出那件宗門重器，用屁股想都知道那劍修不會甘休，萬一來一句「既然拿都拿出來了，別浪費了，乾脆互換一招，試試斤兩」，那自己到底是接還是不接？不接招，玉圭宗和太平山的人都在旁邊看著；接了，接住對方一劍倒還好，接不住的話，莫不是要為那頭孱命大妖陪葬？

老祖師爺不敢擺譜，趕緊說道：「攜帶宗門重器，只為順利殺妖，不可隨便現世。」

他心中腹誹不已，世間竟有如此跋扈不講理的劍修，儒家聖人都在幹什麼？不管管的嗎？

不等老修士覺得我已經如此退讓示弱，你稍微有點腦子，也該見好就收了，劍修就已經問道：「你不拿出來，怎麼接得住我第二劍？」

桐葉宗老祖師爺氣得火冒三丈。真當我是泥菩薩沒半點脾氣了？

姜尚真板著臉，心中偷著樂。

早看不慣桐葉宗修士那副欠揍的嘴臉了，不只是他，整座玉圭宗都是如此，尤其是自家老宗主，這輩子屈指可數的幾次大動肝火，幾乎全部是拜桐葉宗修士所賜。

此時，太平山真君宋茅沉聲道：「如今桐葉洲妖魔亂世，懇請劍仙前輩今天不要出劍。」

劍修收回視線，轉而望向宋茅，道：「那你來接這一劍？」

宋茅毫不猶豫道：「可以！不管接不接得住，桐葉宗和玉圭宗的人都在場，會傳訊我太平山，是我宋茅技不如人，即便死在此處，太平山絕不怨恨前輩！」

劍修念叨了兩聲太平山後，像是記起了什麼，破天荒笑道：「果然是太平山的修道之人，還不錯，桐葉洲也就你們上得了檯面，其餘不值一提。」

宋茅愕然，不知何解。

那劍修壓下滿身劍氣些許，作為自己不再出劍的表態。

算了，記得小齊曾經提起過這個太平山，說了句什麼來著——素有古風俠氣？

劍修說道：「大妖屍體你們只管拿走。」

宋茅如釋重負，收劍入鞘，抱拳道：「謝過劍仙前輩殺妖。」

劍修猶豫片刻，望向三人，問道：「可有人認識一個叫陳平安的年輕人，知不知道他如今身在何處？」

宋茅和桐葉宗老祖師爺皆是惘然不知。

姜尚真在心中迅速權衡一番，之後笑道：「我剛好知道。」

劍修問道：「怎麼說？」

姜尚真以心聲對這位劍術通神的古怪劍修，簡明扼要說了藕花福地的見聞遭遇。

劍修點點頭，不以為意道：「小小福地的天下第一……還算湊合吧。」

姜尚真試探性問道：「前輩是否需要我幫忙看顧一二？」

劍修斜眼，不屑道：「你配嗎？」

姜尚真無奈苦笑，不再說話。

劍修就此遠去，與桐葉洲越來越遠。

他左右可懶得給誰當什麼護道人。

等到那名劍修遠離此地，姜尚真嬉皮笑臉道：「果然還是咱們浩然天下更有趣些。」

宋茅好奇問道：「你認識這位大劍仙？」

姜尚真笑而不語。

小心翼翼回到兩人身邊的桐葉宗老祖師爺，冷哼一聲：「此人劍術是高，就是……」

姜尚真幸災樂禍道：「就是如何？」

老祖師爺硬生生將到了嘴邊的話語咽回肚子，是真怕了那傢伙的出劍，太不講理了。

下一刻，老祖師爺覺得自己真是祖墳冒青煙了。

那名劍修已經轉瞬而返，他瞥了眼老修士，給姓姜的撂下一句話：「這頭大妖的妖丹歸你了。」

姜尚真抱拳笑道：「晚輩知道如何做。」

劍修左右，再次就此遠離人間。

桐葉洲那條破碎龍脈的瀆別宮中，白猿看到了一位身穿道袍的高大老人。

年輕道士笑容尷尬。

老道人笑問道：「心想事成，開不開心？」

年輕道士苦澀道：「很是意外了。」

坐在鎖龍臺上的白猿，雖然做不出年輕道士這種禍亂半洲的陰謀布局，但是修行數千年，眼力還是有的。

眼前的是觀道觀觀主，那個據說誰都找不到的東海老道人。

想要進入藕花福地，世人就只能找到那個背負金黃大葫蘆的小道童，一幫貨真價實的陸地神仙，耐著性子與一個小傢伙談買賣。

年輕道士站起身，問道：「老道長來此，是要替天行道，殺我了事？」

老道人譏笑道：「天都塌了，哪來的替天行道。我來此地，是想看看，誰有這膽子和本事，敢覬覦我送出去的那把桐葉傘。」

年輕道士恍然道：「是那把小丫頭隨手撐在手中的油紙傘？」他嘆息道：「早知道那陳平安與老道長有關，我可不敢冒犯，自找苦吃不是？」

老道人與年輕道士擦肩而過，一步步拾級走上那座鎖龍臺道：「我對人間沒有興趣，不殺你。該讓某些安樂窩裡的人長長記性了，不然早忘了那些老骨頭們當年做了什麼。」

年輕道士轉過身，笑著跟在東海觀道的老道人身後，步步登高，道：「謝老前輩法外開恩。」

有老道人這番話，他在桐葉洲的謀劃，哪怕提早洩露，仍可算是成了一半，因禍得福也說不定。

重返蠻荒天下後，至少不會被放逐到那片山脈中去，給一個瞎子當苦力了，年復一年搬動一座座山嶽，放在這裡擱在那邊的，別人覺得好玩，身處其中的大妖，有哪個不是覺得生不如死？關鍵是不知怎麼回事，蠻荒天下的那些霸主，似乎從未想過要聯手將臭瞎子這個大釘子拔出，丟到劍氣長城那邊去。

老道人走到鎖龍臺上，瞥了眼如臨大敵的白猿，點點頭道：「小畜生還算有點意思，我便順勢而為好了，記得在藕花福地，拿出你的那門背劍術。」

剎那之間，已無仙劍可背的太平山白猿，在鎖龍臺上消失不見。

年輕道士心思急轉，默默推衍，嘴上問道：「白猿已經不在，老前輩不如開門見山，想要我做什麼？」

老道人反問道：「你的本心想要做什麼？」

年輕道士坦誠道：「說了會死在這鎖龍臺，還是不說了。」

老道人有些失望，道：「我已經給了你機會，你一個真身巔峰距離十三境只差毫釐的大妖卻連一個陳平安都不敢殺，所以錯過了一樁天大機緣。當初劍氣長城陳清都，借了陳平安一把佩劍，為的就是將某些因果轉嫁到陳平安的肩上。你要是殺了他，你與蠻荒天下有大功德，我呢，也可以趁機將陳平安收入道觀之中，既可以氣死那個老秀才，也可以讓自己蒲團的位置抬高一大步。」

年輕道士心頭大震。

老道人笑道：「現在晚了。」

年輕道士一跺腳，悔恨不已。腳下那座古老鎖龍臺轟隆隆作響，鎖龍臺外邊的漆黑虛空，不斷電閃雷鳴。

老道人說道：「你如果是人，在浩然天下當個縱橫家前途是不錯的，當個陰陽家嘛，資質不太行。」

年輕道士無奈點頭，道：「確實如此。」

老道人突然說了一句用意極深的話語：「其實你們這些兩座天下的晚輩，如果生得更早一些，能夠僥倖活到今天，很多都是不差的。」

年輕道士陷入沉思。

老道人雙手負後，伸手一抓，鎖龍臺外那些電閃雷鳴，紛紛破開禁制和規矩，竄入鎖龍臺內，在老道人手心彙聚一團，最終形成一個拳頭大小的雷電圓球。

這一幕看得年輕道士不得不中止思緒，苦笑不已。

這就是差距了，甚至與境界高低無關。

老道人將那顆雷電收入袖中，輕聲道：「老秀才很看不起的諸子百家，其中有個人，卻為這世道洩露了一句最大的天機。」

年輕道士眼神炙熱，抱拳道：「懇請老前輩為晚輩解惑！」

老道人轉過頭，眼神冷漠，沉聲道：「你一個妖族，口口聲聲喊我前輩，自稱晚輩？罵我是老畜生不成？」

不給那個年輕道士任何機會，一個本就殘缺不全的魂魄從那具精心挑選的皮囊中飄蕩而出，被老道人伸手掐住脖子，而「太平山年輕道士」的身軀則癱軟在地，跟白猿如出一轍，憑空消失，只有那頂道家的芙蓉冠，留在了鎖龍臺上。

老道人隨手一揮，大妖魂魄依舊是年輕道士模樣，被重重砸在地上，臉上痛苦不已，哪怕如此，他仍是趕緊將那頂芙蓉冠馭入手中，匆忙戴在頭上。

雖然當初為了成功越過那堵劍氣長城，只能夠以一魂四魄讓人藏起，這才離開蠻荒天下，走入那座倒懸山，最後來到這座桐葉洲，可是在浩然天下修行了這麼久，一身皮囊又屬於絕佳，所以最終仍是躋身了十二境仙人境。

可他在老道人手底下，全無還手之力。

老道人緩緩道：「有人曾言：『一尺之棰，日取其半，萬世不竭。』」

靠著那頂芙蓉冠穩固魂魄的大妖，艱難道：「是名家那位開山鼻祖不算最著名的學問之一，我在各家書籍上見過許多次，只是不曾認真思量。」

老道人譏笑道：「所以說你們蠢啊。」

只剩下魂魄而無肉身的大妖，頭戴芙蓉冠，心中惴惴，從未如此懷念家鄉。

老道人轉過頭，微笑道：「那把你『當年遺物』狹刀停雪上邊的禁制，我已經抹掉，你會不會介意？」

大妖搖頭不言。

老道人笑道：「連個馬屁都不會拍，活該你遭此大難。」

大妖一頭霧水。

老道人已經一步跨入虛空，走了。

陳平安鋪開隋右邊那幅本命畫卷，丟入一枚金精銅錢，藕花福地的南苑國京師，便下了一場小雨。

初冬時節，雨水雖然不大，可還是有些惹人厭煩。

一行四人走在街上，左右張望，嘖嘖稱奇。為首的那個年輕人雌雄莫辨，很是俊美，大冬天手持摺扇，沒有打開，輕輕敲打手心，落在南苑國百姓眼中，若非實在長得好看，不然就真是附庸風雅的大俗人一個了。

有個名叫曹晴朗的蒙童，原本已經從自家陋巷走到街上，只是突兀下了場雨，只得跑回家拿了把油紙傘，這會兒走到街巷拐角處，遙遙看到了那一行人，滿懷著希望，瞪大眼睛望去，可依稀看到那位年輕公子哥的面容後，便有些失望，獨自一人，快步走向學塾。

種夫子授課，最不喜歡別人遲到。

曹晴朗看不太清楚那位公子哥，後者卻將他看得一清二楚。

作為保留一身修為，以真身和完整魂魄落在藕花福地的謫仙人，陸臺一落地，就躋身了最新的天下十人之列。

至於身後三名扈從，一樣的待遇，卻受限於在浩然天下打下的底子不厚，而且年紀也輕，所以撐死了就只是這座江湖的二流頂尖高手，距離一流宗師還有些距離——差點在那場劫難中心神崩潰的桓蔭，改換門庭、投靠了陸臺的年輕道士黃尚，以及城府深重的飛鷹堡外姓俊彥陶斜陽，正是頭頂五嶽真形冠的金丹邪修釘入飛鷹堡內部的棋子。

如今三人都是陸臺的記名弟子。

陸臺來到毗鄰狀元巷的一條街上，這裡有一座小宅子，曾經是丁嬰和鴉兒進入京城後的落腳處，算是魔教在南苑國的一處據點。大戰落幕後，國師種秋一直留著這棟宅子。

陸臺笑道：「從今往後，這就是我的私宅了。」他轉過頭，對三人吩咐道：「黃尚你去湖山派，能夠從俞真意手上學到多少本事，看你自己的造化。

至於陶斜陽和桓蔭，這座福地，你倆隨便晃蕩。

陶斜陽可以多留心龍武大將軍唐鐵意，桓蔭可以接近塞外那個臂聖程元山。

甲子之後，你們要是沒辦法躋身天下前十之列，那就乖乖變成這座福地的養料好了。自求多福吧。已經送了你們各自保命的物件，要是還淹死在這座小小的江湖裡，我覺得帶你們下來，簡直就是浪費錢。」

陸臺揮揮手，三人畢恭畢敬告辭離去。

不遠處站著一位雙鬢微霜的青衫儒士，正是曹晴朗眼中的種夫子，今天不是頑劣貪睡的學塾蒙童們遲到，反而是這位不苟言笑的老夫子自己遲到了。

陸臺笑望向國師種秋道：「我與陳平安是朋友，種國師的風采，我已經親眼領略過，所以我選擇扎根在南苑國。」

種秋點點頭道：「既然如此，我就拭目以待，但還是希望你不要毫無顧忌，哪怕你是陳平安的朋友。」

「啪」的一聲，陸臺打開素雅竹扇，輕輕搧動清風細雨，笑咪咪道：「有沒有想過六十年後，去看看外邊的風光？」

種秋搖頭，轉身離去。

陸臺不以為意，轉頭看著宅門，經過一年的風吹日曬，張貼的門神已經略顯老舊，他自言自語道：「快過年啦，門神得換，春聯得貼，還要請幾個順眼些的漂亮丫頭當丫鬟。要不先去趟春潮宮，跟那簪花郎周仕討要幾個？」

在陳平安往畫卷丟入第二枚金精銅錢後，松籟國湖山派下了一場細細綿綿的太陽雨，沒有人大驚小怪，除了那位貌若稚童、御劍升空的掌門大真人俞真意。

俞真意御劍懸停在極高之處，天上大風吹拂得一身道袍獵獵作響，輕聲道：「風雨欲來。」

南苑國京城一棟官邸，有個少年剛剛從藏書樓捧書走出，突然有一物從天而降，就摔在他身前，少年嚇了一大跳。

仔細一看，是一頭滿身鮮血的小白猿，精瘦精瘦的。小傢伙神色萎靡地躺在地上，眼神比那捧書少年還要迷茫。

藕花福地的北晉國邊境上，一個年輕道士喃喃站在湖畔，癡癡望著湖中鏡像，反復呢喃著：「我是誰？我是誰？」

最後頭疼欲裂的他，抱著腦袋蹲下身。

破廟內，氣氛古怪。

所有人圍著篝火而坐，陳平安只說了一句「辛苦了」。

朱斂拒絕了陳平安遞來的瓷瓶，說這點傷勢，拿來開筋動骨最合適不過，不用浪費少爺的靈丹妙藥，然後他瞥了眼已是金身境的隋右邊，笑問道：「少爺，我對一句話百思不得其解。」

陳平安點頭道：「說說看。」

朱斂滿身血汙，多處白骨裸露，仍是笑容如常，問道：「『吃一錢後，十一到十，此後停步』，做何解？」

隋右邊猛然起身，殺氣暴漲，卻發現那把癡心劍被陳平安拿走後一直沒有交還給她。

隋右邊死死盯住佝僂老人，厲聲問道：「朱斂，你為何不早說？」

陳平安緩緩道：「應該是說每死一次，我用一枚金精銅錢將你們從畫卷再度請出後，你們未來的最高武道成就，就會從傳說中的武道十一境武神境跌落到第十境。吃了兩枚，就只能成為九境宗師，所謂的山巔境，一般世俗武夫眼中的武道止境。」

隋右邊神色悲愴，殺氣更濃，既恨朱斂，更恨陳平安，無法抑制。

朱斂笑呵呵道：「明白了，感謝少爺為老奴解惑。」

陳平安突然站起身，徑直走向廟外，頭也不回道：「隋右邊，妳隨我出門一趟，我有話跟妳說。」

廟內隋右邊眼神冰冷。

陳平安仍是沒有回頭，跨過門檻，繼續道：「一炷香內，妳不出門找我，我就把畫卷燒了，妳欠我的兩枚金精銅錢，可以不用還。」

隋右邊這才面無表情地走出破廟，快步跟上那個走在山路間的背影。

陳平安在隋右邊跟上後，似乎毫不在乎她會不會暴起殺人，緩緩說道：「心境壞了，以後還練什麼劍？妳隋右邊若是只有這點心志，我看妳其實根本就不用練劍了，反正有沒有東海老道人的束縛，妳都走不到最高處。」

隋右邊手指微動。

陳平安在前邊依然緩緩而行，淡然道：「妳會死的。妳真想死的話，在妳死前，我還有話要說給你聽。」

隋右邊默然。

一刻鐘後，陳平安和隋右邊一前一後，返回破廟。

隋右邊雖然臉色奇差，但是心境似乎有所好轉，半點殺氣也無，也沒了要破廟所有人一起為她武道崩塌而陪葬的瘋狂死志。

兩人再次坐在火堆旁。

陳平安接過裴錢的飯碗和筷子，開始吃今晚的第二碗米飯。馬屁精裴錢蹲在他旁邊，雙手托著一小罈子醃菜。

陳平安環顧四周，笑問道：「你們到了這座陌生天下，有什麼想法嗎？」

四人沉默片刻，盧白象率先開口笑道：「山中何事，松花釀酒，春水煎茶，願得大逍遙。」

朱斂嘿嘿笑道：「世間情動不過盛夏白瓷梅子湯，碎冰碰壁噹啷響。願得美人心。」

魏羨想了想，說了句符合他開國皇帝身分的話：「殺盡百萬兵，寶劍血猶腥。」

裴錢瞪眼道：「老魏，屁咧，你就不能好好說話？」

魏羨點點頭：「這話是南苑國文人送我的詩句，要是我自己吟詩的話，應該是……大雨嘩嘩下，柴米都漲價。板凳當柴燒，嚇得床兒怕。」

裴錢這才點頭笑道：「老魏，這詩比前面那首好多了，我都聽得懂哩。」

魏羨笑納了，「嗯」了一聲，自誇道：「當年就有許多大文人說得誠懇，說我確是有些文采天賦的。」

裴錢翻了個大白眼。

隋右邊自顧自道：「願隨夫子天壇上，閒與仙人掃落花。」

陳平安最後望向身邊的裴錢，笑問道：「就剩下妳了。」

裴錢驚訝地「啊」了一聲，羞赧道：「我讀書還不多，如今還不會作詩呢。」

陳平安扒了一大口飯，夾了一筷子醃菜，笑道：「我也沒讓你作詩。」

裴錢「哦」了一聲，神采飛揚，樂滋滋道：「那我可就真說了啊，不許生氣，不許罵我！」

陳平安點點頭。

裴錢大聲道：「我想讀最薄的書，吃最貴的菜，罵最壞的人，打最野的狗！」

陳平安差點被米飯噎到。

裴錢見機不妙，覺得大概是自己的志向還不夠大，瞥見腳邊的行山杖，趕緊補充道：「要不……再加一個戳最大的馬蜂窩！」

魏羨使勁板著臉道：「小小年紀，就有如此王霸之志。」

裴錢向那老魏咧嘴而笑，伸出大拇指，讚道：「還是老魏你上道！很有眼光哩，難怪能當個皇帝老爺。唉，就是如今窮了些。」

陳平安搖了搖頭，然後也跟著笑了起來。

破廟外面，雨停了。

第七章　過橋登山

雨後的破廟裡邊，篝火帶來一些暖意。

陳平安膝蓋上盤腿坐著蓮花小人，小傢伙悄悄指了指裴錢的眼睛。

陳平安心中了然，讓裴錢跟他出去一趟，小傢伙沒入土地，幫著陳平安去巡視小廟四方。

先前裴錢在破廟內的異象，陳平安雖未親見，但是大戰落幕之後，裴錢袖子上全是鮮血，滿身泥濘，說是先前眼睛疼，在地上打滾了很久。

蓮花小人當時手腳亂舞，給陳平安大致解釋了過程。

一大一小走出破廟，陳平安走出一段距離之後，轉身停步，蹲下身凝視著裴錢的那雙眼眸：「妳的眼睛怎麼就突然流血了？」

裴錢心有餘悸，臉色慘白，委屈得眼眶裡都是淚水，搖頭哽咽道：「不知道啊，突然就疼得死去活來了，好像有東西要炸開，跟有錢人家過年時候那爆竹似的。對了，咱們到了家鄉，過年的時候能放爆竹不？可喜慶了，我一直想要親手試試看哩。」

陳平安哭笑不得，輕聲道：「當初離開家鄉，有人讓我五年之內都不要返回龍泉郡，不過過年的時候，放爆竹沒什麼難的。咱們說正事，是不是當初把咱倆丟出藕花福地的老道人，在妳眼睛裡動了手腳？他有跟妳說了什麼話嗎？」

裴錢想了想，道：「在老魏他家裡，就是南苑國京城，不是有一口水井嗎？我看了一會兒水井底下，又看了一會兒頭頂的大太陽，煩著呢，然後我就在那兒見到了一個個子很高的老傢伙，身上穿著道袍，他說要往我眼睛裡放點小東西。我一開始當然不答應啊，可老道人說值錢得很，我想了一會兒，就答應了……」

裴錢「哎喲」一聲，趕緊歪著腦袋。

原來是陳平安扯住了她的耳朵，教訓道：「鑽錢眼裡，連命都不要了？」

裴錢嚷嚷著疼疼疼，眼睛疼，陳平安這才鬆手。

陳平安若有所思，鍾魁就一直說裴錢的眼睛好看，應該是看出了一些端倪，只是沒有明說。

其實鍾魁私底下說了句讖語：「日出東海，萬裡熔金。月落西山時，啾啾夜猿起」。

陳平安自言自語道：「總不能真是將藕花福地的日月，放進了裴錢眼睛裡吧？」

至少裴錢能夠看得出地底下的蓮花小人，還能夠看破太平山祖師爺那一手隔絕天地的方丈神通。

經過「太平山年輕道士」贈送祖師堂玉牌一事，陳平安有些一朝被蛇咬、十年怕井繩的感覺。不過那位自稱認識文聖的東海觀道觀老道人，是天底下最早聽說過「順序」學說的人，想來即便真要算計他陳平安，自己暫時也沒有破局的本事，只能兵來將、擋水來土掩，走一步、算一步。之所以是算計，而不是太平山祖師堂玉牌這類用心險惡的陰謀，是因為到了老道人或掌教陸沉這種層次的修行之人，早已不屑使用陰謀詭計，皆是光明正大的陽謀，爭取處處與玄之又玄的天地大道契合。

陳平安站起身，對裴錢道：「以後給妳買一把新的油紙傘。」

裴錢訝異道：「花這冤枉錢做啥？」

陳平安沒有給出答案，讓她先回破廟裡去。

等到裴錢一路跑回廟內，陳平安轉過身，看到了自己一眼就能認出身分的男子——中國公高適真，因為高樹毅長得跟這位國公爺有七、八分相似。高適真身後站著一位管家模樣的持傘老者，應該是位深藏不露的鍊氣士，還有一位手持老藤拐杖的白衣老翁，對陳平安笑容諂媚。

高適真死死盯著陳平安，突然感慨道：「比想像中還要年輕很多啊。」

高適真問道：「在那座邊陲小鎮，三皇子想要順手牽羊，希冀著裹挾大勢逼死姚家，為自己的功勞簿錦上添花，才有了那樁禍事。如果換成在蜃景城，你跟我兒子高樹毅的相逢就像今夜的大雨，只是兩個陌生人，在某個老字號的酒樓各自喝著美酒，你們會不會成為朋友？」

陳平安搖搖頭。

高適真臉龐扭曲起來。

陳平安緩緩道：「我之前跟那個大皇子劉琮說過，其實我們道理都懂，就是有些時候再好再對的道理，比起自己想要拿到手裡的東西來說，太輕飄飄了。高樹毅這樣的人，我希望他下輩子投胎，別再碰到我，不然我會再殺他一次。」

高適真臉色陰沉，問道：「你是想惹怒我，誘使我對你出手，你好藉機斬草除根，讓中國公府一脈從此從大泉除名？」

陳平安伸出兩根手指，在身前隨便一抹，道：「這就是你和高樹毅的為人處世，做什麼說什麼，總有軌跡可尋。」

陳平安這個並無惡意的動作，讓那持傘老者心弦緊繃，差點就要護在高適真身前，拄著老藤拐杖的白衣老翁更是差點遁地而逃。乖乖，以雷霆手段鎮殺埋河水妖，再一劍逼退書院君子，哪裡是他這麼個小小土地公能夠掰手腕的？打個噴嚏都能讓他魂飛魄散了吧。

那兩張聞所未聞的金色符籙，真乃神仙手段也。

高適真反而是最鎮定的那個人，又問道：「我此次上山，是為了將陳亡邊軍的屍體搬下山，你不會阻攔吧？」

陳平安道：「這就是我還願意站在這裡跟你說話的原因。」

高適真滿臉怒容。

中國公府在大泉王朝屹立兩百年，與國同齡，何曾受此奇恥大辱？

老管家輕聲提醒道：「老爺。」

高適真深呼吸一口氣，轉頭望向那位山水神祇中胥吏之流的土地公，喝道：「有屁快放！」

白衣老翁壯著膽子上前一步，對陳平安低頭彎腰，笑道：「陳仙師，小的我要幫著國公爺收拾屍體，可能會派遣一些山精鬼魅，擔心那些上不得檯面的東西不小心動靜大了，會叨擾仙師在破廟的休息，所以趕來提前與仙師打聲招呼，還希望仙師大人有大量，不與小的計較這些。」

陳平安點頭道：「只管搬運。」

老翁怯生生道：「小的斗膽再多嘴一句，不知陳仙師打算如何處置那頭大妖的屍體？是否需要小的使喚山精鬼魅們，為仙師代勞，做些例如剝皮抽筋、汲取大妖丹室精血裝入瓶瓶罐罐這類力所能及的瑣碎事情？」

只取了埋河水妖一顆妖丹的陳平安笑道：「那就有勞土地爺，事成之後，我會給些報酬答謝你們。」

老翁受寵若驚，連說不敢讓仙師破費，差點熱淚盈眶，天底下竟然還有如此溫良恭儉讓的神仙？

高適真冷哼一聲，轉身下山。

陳平安獨自走向破廟。

埋河水妖距離結成金丹，只有一步之遙，那顆晶瑩剔透的幽綠丹丸，棗核大小，不知是否因為挨了一張龍虎山五雷正法符籙的關係，妖丹內隱約有絲絲縷縷的雷電閃爍。

今晚與這頭埋河水妖一戰，入不敷出，是板上釘釘的了，一顆尚未成熟的偽金丹丸，陳平安付出了足足三張龍爪篆紋的符紙，毀了這套鍾魁親筆畫的鐵騎繞城符，再加上那張陳平安自己掏腰包拿出的金色材質的龍虎山正法符籙，到現在陳平安都還在心疼。

走向破廟的時候，這位白衣飄飄、頭別玉簪、腰繫朱紅酒葫蘆的陳仙師一直碎碎念：「破財消災，破財消災。」

至於隋右邊兩次戰死消耗的金精銅錢，陳平安根本不願意去想，一想到就心肝顫。

入了破廟，魏羨難得主動開口，問道：「要不要返回蜃景城，痛打落水狗？如今大泉劉氏已經膽子都碎了，掀不起風浪。說不定那個書院君子還要砸鍋賣鐵，主動求和，央求咱們別走漏風聲。」

陳平安想了想，還是搖頭道：「趕緊去往天闕峰仙家渡口，到時候我以飛劍傳訊，分別給大伏書院和太平山說今夜事，其餘我們不用多管了。王頎的所做所為，尤其是勾結妖族一事，必須讓鍾魁和書院知曉。如今連太平山都如此不太平，桐葉洲實在太亂，我們早早乘坐渡船返回寶瓶洲的老龍城。」

今晚守夜一事，交由盧白象和隋右邊。

受傷最重的朱斂去遠處溪澗梳洗一番，換了身潔淨衣衫，在火堆旁盤腿而坐，安然酣睡，讓裴錢佩服不已。

摘了甘露甲的魏羨雖然不用守夜，卻去了破廟外面，在武瘋子朱斂與隨軍修士廝殺的戰場處，蹲下身，對著那些凌亂腳印怔怔出神。

陳平安在牆根那邊，坐忘而眠，神色如常。

如何都睡不著的裴錢，卻猜到陳平安心情不太好，多半是賠錢的緣故。因為沒了落魄書生鍾魁那幾張符籙？她很想拎了行山杖就去揍蓮花小人，都怪它是個賠錢貨。迷迷糊糊之間，這個唯獨她有個牛皮小帳篷的黑瘦小女孩，就此睡去。

天亮時分，魏羨坐在門檻上，看見破廟門外有個諂笑著的白衣老翁，手持老藤拐杖，更遠一些，站著一些道行淺薄的山精鬼魅，很是滑稽，其中有背著大行囊的，還有捧著瓷瓶陶罐的。

老翁天未亮就到了門外空地上，也不喊話，就拉著一幫嘍囉站在那邊當門神，魏羨有些佩服這個老頭兒，能對著破廟笑這麼久。

陳平安睜開眼後，起身走向門檻，見到了恭候已久的土地爺，便快步走去，給了老翁一枚小暑錢作為酬勞，嚇得掌管這方數百里山水的老翁，像是見著了一碗吃完就要上刑場的斷頭飯，死活不敢收下。

陳平安只得作罷，再次向這土地爺抱拳致謝。

白衣老翁笑開了花，告辭之後，走出去兩、三里路，才抹了抹額頭汗水。

一個人身鼠首的山精趕緊拍馬屁道：「土地爺，沒想到你老人家還有這麼大面子，能讓那位仙師如此客氣。這等英雄事蹟，要是傳出去，那還了得，以後這方圓千里，誰敢跟土地爺大嗓門說話？」

白衣老翁咳嗽一聲，緩緩而行，覺得手中老藤拐杖頓時輕了幾分，裝模作樣道：「以德服人，以德服人。」

陳平安看著堆放在門口的那些大小行李，嘆息一聲，鄭大風贈送的那塊咫尺物，可以派上用場了。

飛劍十五作為方寸物，是極其特殊的存在，雖然一直用得得心應手，可到底不夠大，無字玉牌作為地仙也要垂涎的咫尺物，其實極其稀罕，之前只是因為陳平安戀舊，才一直給陳平安暴殄天物地雪藏起來。

方寸物和咫尺物，被山上修士譽為「最小洞天」，可遇不可求，崔東山作為走到過十二境巔峰的大修士，隨身攜帶的也只有一件咫尺物。尋常方寸物和咫尺物，各有一把打開「洞天」的鑰匙，正是這些物件本身蘊含的脈絡，被人煉化後，極難破解，除非是以大神通強力摧毀，一旦出此下策，裡頭的物件至少也要銷毀大半，說不定「洞府」全部崩碎都有可能。鄭大風自然不可能只給咫尺物而不給鑰匙，不說清楚破解駕馭與重新煉化之法。

此行去往天闕峰，再無波瀾。

大泉王朝的真正底子，其實因為陳平安，已經傷得不輕——守宮槐宦官李禮、中國公府、大皇子劉琮、草木庵徐桐、將種許氏、坐鎮蜃景城多年的君子王頎。

一路北行，陳平安背著竹箱，裴錢手持行山杖，斜挎包裹，額頭上貼著一張百看不厭的寶塔鎮妖符。

盧白象腰佩停雪，手心攥著幾枚棋子，嘎吱作響。

隋右邊背負著那把品秩暴漲的癡心，眼神恍惚的次數有些多，比起最初走出畫卷那位劍心純粹通明的女子劍仙，多了幾分人味。

朱斂喜歡邊走邊看書，裴錢就納悶了，老傢伙走路不看路，怎麼不摔個半死？

魏羨閒來無事，行走之時，竟然用上了陳平安的六步走樁，陳平安對此沒說什麼。

天闕峰，是大泉北邊清境山的最高峰。清境山群峰綿延，林木尤為蔥蘢幽翠，遠勝別處，以一個幽字冠絕大泉山水。

天闕峰有丹梯三千階，從山腳直達山頂，山頂有一座青虎宮，在此間修行之人，與外界隔絕，從不涉足市井，對於達官顯貴的登山訪仙，一律拒之門外，加上清境山多野獸出沒又沒有直達天闕峰的道路，使得青虎宮的存在，一直雲遮霧繞，山野樵夫也不敢擅自靠近天闕峰。老人都說容易鬼打牆，是山上的神仙們不願沾染俗氣。

一行行走在清境山小路上。

哪怕天闕峰比不上倒懸山和老龍城，可也絕不是大泉名義上的第一修行門派草木庵能夠媲美的。那本購自倒懸山的《九洲神仙書》，其中就專門提及天闕峰的女仙梳妝檯，雖然寥寥幾句，卻也極為傳神，令人好奇不已。

陳平安便提醒了魏羨他們幾句。

畫卷四人，都是才智卓絕之輩，自然知曉輕重利害。

走得累得半死的裴錢突然抬頭，驚訝出聲道：「快看快看，天上有船！」

陳平安伸手按下裴錢的手指，輕聲道：「山神娶親一事，妳給忘了？」

裴錢趕緊點頭，拍胸脯保證道：「下次肯定不會了！」

陳平安笑道：「就算有下次，也沒關係，妳畢竟還小，但是我說是這麼說，妳不能因此鬆懈。」

裴錢笑容燦爛道：「明年就十一歲啦，可不小了。」

陳平安笑問道：「那妳來背我的竹箱？」

裴錢苦著臉道：「可我今年才十歲啊。」

陳平安一記爆栗敲過去，裴錢靈巧躲過，挪了幾步，哈哈大笑。

朱斂笑咪咪地看著兩人。

天闕峰，一峰獨高，周邊群峰如俯首低眉，所以很惹眼，只是臨近山頂就開始雲霧繚繞，看不清上面的具體景象。

大致算是進入天闕峰地界後，經過一座石拱橋，底下是嘩嘩作響的清澈溪澗，游魚悠哉。

陳平安剛走上橋就停住腳步，往南望去。

登山之後，就不知下一次是什麼時候，才能雙腳踩在桐葉洲的大地上了。

扶乩宗那條有著千奇百怪的喊天街，大妖作亂後，是不是從此就沒了？

那個撞破天大陰謀的外門雜役少年，會不會像自己這樣，從一個泥腿子變成了另外一個人？

飛鷹堡那邊，陸臺在那座上陽臺觀道可有成效？當時為何要將價值二十枚穀雨錢的狹刀停雪，偷偷放入他的行囊？當時陳平安見陸臺收了陶斜陽三人做記名弟子，還不太理解陸臺那句「不近惡，不知善」，如今才有些理解其中意味。

鍾魁以後還是不是大伏書院的君子？

女冠黃庭追殺那頭背劍白猿，會不會又是一番造化？

藕花福地的春潮宮周肥，返回玉圭宗後，搖身一變，成了整個雲窟福地的主人，是叫姜尚真來著？

碧游宮和埋河水神廟的香火，有沒有更加鼎盛？

大泉蜃景城到底有沒有迎來今年的第一場冬雪？

曹晴朗在那個小宅子裡，一個人過得還好嗎？學塾先生的學問大不大？會不會教他書本以外的道理？

橋上，盧白象四人見陳平安停下，就跟著站在橋上。

陳平安看著遠方，黑炭小女孩便抬頭看著跟平時不太一樣的陳平安。

朱斂一得空就開始翻書看。

裴錢看過了陳平安，就踮起腳尖，想要看清楚這瘋老頭到底成天看些什麼，鬼鬼祟祟的，見不得人。

朱斂一巴掌抵住裴錢腦袋，輕輕推開。

裴錢問道：「書上寫了啥？」

朱斂答非所問道：「沒寫啥，就是些個老套故事。」

裴錢刨根問底道：「啥叫老套的故事？」

朱斂呵呵笑道：「對妳這個年紀的小娃兒來說，不老套，見啥都新鮮。只不過書上故事，那些悲歡離合，紙上看來終究淺、淡、輕。看過就看過了，很快就會忘記。可是人活著，餓得肚子咕咕叫，腳底磨出了水疱，給人打了一拳鼻青臉腫，都是實實在在的。」

裴錢皺眉道：「你到底想說啥？能不能好好說話，多學學人家老魏，行不？」

朱斂斜眼打量著手持行山杖的小丫頭，嘖嘖笑道：「膽子肥了不少啊。」

裴錢笑著退後了兩步，擺手道：「不肥不肥，就我這小身板，瘦了吧唧的。」

朱斂合上書，埋怨道：「給妳一攪和，書上那般蕩氣迴腸的貼身廝殺，索然無味啦。不看了、不看了。」

裴錢一頭霧水，問道：「書上的人，殺得很痛快？有我爹和神仙姐姐在破廟外那麼厲害嗎？」

隋右邊黑著臉，強忍住一劍削去那老色胚腦袋，再一巴掌拍死這個口無遮攔的小丫頭的衝動。

朱斂收起那本香豔異常的書，雙手負後，搖頭笑道：「比不得、比不得。」

覺得自己這一記馬屁十分出神入化的裴錢，邀功般轉頭笑望向隋右邊這位神仙姐姐。

隋右邊轉過身，徑直走下石拱橋，眼不見、心不煩。

裴錢有些納悶，心想這個臭臉娘們今兒吃錯藥了？

盧白象依舊雲淡風輕地微笑著，此地景色宜人，以後若是自己能夠結茅修行，也該尋一處這樣風景如畫的風水寶地。

陳平安沒有理會其他人。

到了寶瓶洲最南邊的老龍城，就可以見到那個范二了，還有性情溫婉的桂夫人，當然還有灰塵藥鋪的鄭大風。

再往北走，去大髯豪俠徐遠霞徐大哥的家鄉，找徐大哥和張山峰去，告訴他們上次分別後，自己喝過多少好酒，一雙手能數過來就算他陳平安輸！

還要去書簡湖，看看顧璨那個小鼻涕蟲過得如何，見面的時候，成了仙家弟子的顧璨會不會就再也不是自己屁股後頭的拖油瓶了？

再去大隋山崖書院，那裡有李寶瓶、李槐、林守一、于祿、謝謝，當然還有個弟子崔東山。

估計這一趟走下來，五年之期也差不多到了，到時候就可以回到家鄉，走入泥瓶巷，走上落魄山。

金窩銀窩不如自家的草窩，更何況自己如今的家，可真不是什麼草窩了。

只有真正走過外面的世界，才知道如今的龍泉郡地界是何等適合修行，山水氣運被大驪王朝強行截留在各座大山，可以說每一座都是蓋了水字印後的碧游府。

天闕峰青虎宮有大殿六重之多，分別供奉祭祀有各路道家神仙，主殿大柱上的對聯，號稱一絕，將近四百個字，有「仙人篆書榜金門」的美譽。青虎宮右側有一堵巨大石壁，雲霧繚繞，是一幅天然而生的蛟龍布雨圖；左翼靠近懸崖，正是最著名的仙子梳妝檯，源於有一棵古老青藤扎根崖畔，枝葉茂盛，一直蔓延垂掛下去，長達百丈，宛如一位天上仙子以雲海作為溪水，梳洗一頭長達百丈的青絲。

青虎宮宮主陸雍，是一位潛心修行、不理俗事的老元嬰，名聲不顯，而且這輩子只注重煉丹一事，在山上鍊氣士眼中屬於最極端的「文修」，戰力極其不符元嬰身分，所以在桐葉洲中部，一些個擅長廝殺的金丹地仙，都不太把青虎宮當回事。又因為天闕峰的仙家渡口規模不小，經常有地仙往來，青虎宮的鍊氣士就沒少受氣。

昨天青虎宮來了一位身分比天大的貴客，報上名號後，山門弟子趕緊跑去通報，陸雍竟然捨了一爐丹藥毀壞的風險，離開丹爐房，親自陪同那位大修士逛了一圈天闕峰，戰戰兢兢，汗如雨下。

也怪不得陸雍這般伏低做小的作態，實在是青虎宮早年招惹過對方所在宗門。青虎宮與桐葉宗更近一些，桐葉宗是桐葉洲仙家執牛耳者，經常有弟子下山修行時，路過這座渡口。當年青虎宮一個不長眼的龍門境長老，在一場衝突中，偏袒桐葉宗一位嫡傳小仙師，本來這不算什麼，人之常情，可哪裡知道那個跟桐葉宗鬧矛盾的下五境年輕修士，竟是不顯山不露水的玉圭宗弟子，而且關鍵是那人姓姜！

玉圭宗姓姜的人，有錢。為何有錢？雲窟福地都是姜家的，能不有錢嗎？

當年那個姜氏子弟也沒喊打喊殺，就是砸了一大把錢，預訂了整整一個月天闕峰渡口所有渡船，使得數百位桐葉洲鍊氣士滯留清境山，大眼瞪小眼，待足了一個月之後才得以啟程，人人恨不得把青虎宮給砸個稀巴爛。

青虎宮中沒人有膽子跟那個姜氏年輕人抱怨半句。陸雍身為堂堂元嬰地仙，直接躲了起來煉丹，煉出一大爐丹藥後，讓青虎宮弟子們一個個送出去賠禮，這才沒澈底砸了祖師爺辛苦打造出來的金字招牌。

一個姜氏子弟就這麼牛氣沖天了，那麼姜氏家主親臨青虎宮，陸雍能怎麼辦？

天闕峰那條被稱為「丹梯」的臺階頂部，站著姜尚真和陸雍，就兩個人。

陸雍試探性問道：「真不用老朽讓青虎宮弟子下山去，幫著前輩迎接那些貴客？」

萬裡迢迢從桐葉洲西海趕到這大泉北境的姜尚真，默不作聲，高深莫測。

陸雍只覺得苦不堪言，難不成會是一場山崩地裂的神仙打架？小小青虎宮，哪裡經得起姜尚真這種上五境神仙的一跺腳、一揮袖？

陸雍只能祈求祖師爺們顯靈保佑了。

與這種性情難測的上五境大修士相處，真是難熬，陸雍感慨萬分。等這尊神仙離開清境山後，自己一定要閉關煉出一爐靈丹，不然實在憋屈。

陸雍小心翼翼問道：「不然老朽親自下山相迎？」陸雍覺得自己作為一位元嬰，已經卑躬屈膝到了這個分上，姜氏家主好歹也要稍稍念些香火情吧。

可姜尚真淡然道：「你配嗎？」

陸雍膝蓋一軟，我青虎宮危矣！

姜尚真驀然大笑起來，拍了拍老元嬰的肩膀，道：「哈哈，開個玩笑，別怕別怕。只要今兒順利，之前你們青虎宮惹出的那件破爛事一筆勾銷不說，我姜氏再跟你購買一百爐最貴的丹藥。」

陸雍咽了口唾沫，只得賠笑。

姜尚真嘖嘖道：「說這三個字，確實讓人神清氣爽。」

橋上。

朱斂三人也走過了石拱橋，與隋右邊站在一起，所以橋上就只剩下陳平安和裴錢。

陳平安回過神後，趴在欄杆上，探出腦袋，似乎想要尋找什麼。

裴錢蹦跳著，好奇詢問：「找什麼？」

陳平安說道：「想看橋底有沒有懸劍。」

裴錢挺直腰杆，又開始施展她的馬屁神功了，躍躍欲試道：「在橋上哪裡看得到，我去橋底下幫你找找看！」

陳平安笑著站起身，揉了揉她的小腦袋：「不用了。」

裴錢仰起頭，滿臉疑惑，陳平安低頭看著她的那雙眼眸。

裴錢配合著瞪大眼睛，使勁瞪圓了，問道：「給瞅瞅，我眼睛裡邊真有錢嗎？」

陳平安愣了一下，拍了拍她腦袋，往橋那一頭指了指，笑道：「去，咱們過了橋開始登山。」

裴錢說了一句「好嘞」，顛了顛包裹，揮動著行山杖，大搖大擺走下了石拱橋。

陳平安閉上眼睛，記起少年時在家鄉坐在橋上，入夢後看到了另外一座橋——金色，極長。

雲海滔滔，左邊望去，日出大海，轉頭右望，月落西天。

陳平安就這麼閉著眼睛，從腳底下這座不起眼的石拱橋一端，大步走向另外一端。

一襲白衣，山風拂過，雙袖飄搖。

裴錢剛剛蹦跳著下了橋那邊的臺階，轉頭望去，眼睛一亮，老氣橫秋道：「我爹真神仙也。」

陳平安閉眼行走石橋，身形微微搖晃，橋下流水，雙袖行雲，仙氣十足。

魏羨對裴錢的點評深以為然，出口稱讚：「龍驤虎步，嶽峙淵渟……」才說到一半，魏羨就閉上了嘴巴。

盧白象微笑道：「天有不測風雲，有些小意外，無傷大雅。」

原來石拱橋是有階梯的，不知為何，陳平安忘了這茬，竟是一腳踏空，連人帶竹箱滾落在地。

裴錢一巴掌拍在額頭上。親爹啊，你咋這麼不經誇呢？

隋右邊別過頭，嘴角有些笑意。

陳平安一個蹦跳起身，睜眼後拍了拍衣袖，旁若無人，大步前行。

法袍金醴上有金光一閃而逝，那幅金色團龍的所銜之珠，其中蘊含靈氣，越發凝聚。

若非有這件海外仙人的本命遺物傍身，陳平安這會兒可就不是摔個跟頭這麼簡單了：一是體魄如同「開關迎敵」，任由天地靈氣如海水倒灌竅穴，有大苦頭要吃；二是極有可能以鯨吞之勢，汲取清境山的天地靈氣，到時候肯定要惹來一番異象，橫生枝節，指不定又是一場風波。法袍金醴就像一座湖泊，有蓄水的作用。

只是終歸治標不治本，要煉化五行之物，真正搭建起完整的長生橋，在自身氣府開闢出五座類似湖泊，已經是當務之急。

當下這座長生橋，成也未成，妙不可言。

陳平安莫名覺得，直到這一刻，自己才真正被這座天地接納。怪哉！

畫卷四人眼睛都毒，起先覺得有些滑稽可笑，畢竟陳平安在他們印象中，時時端正，處處規矩，難得有這麼狼狽的一幕，只是略微打量過後，就各自察覺到了蛛絲馬跡，只是無人道破。

青虎宮三千級丹梯頂部，雖然有雲霧繚繞，可並肩而立的姜尚真和陸雍，這兩位都是大修士，比起純粹武夫的畫卷四人，自然看得更多一些。

陸雍驚豔道：「好一件龍衮法袍，委實深不可測，說不定就是傳說中的『小福地』品秩了。小仙師身穿此袍，恐怕比身披最高等的兵家甲丸，還要法寶不侵，飛劍不入。」陸雍誤認為陳平安是位兵家修士。

姜尚真微笑道：「陸宮主好眼光。」

陸雍惶恐道：「前輩謬讚了。」

姜尚真轉過頭，問道：「如果我沒有記錯，你年紀比我還大，喊我前輩作甚？」

陸雍啞然，這姜氏家主作為整座雲窟福地的太上皇，真是帝王心性，難以揣測，自己伴君如伴虎啊。

姜尚真又笑道：「這會兒，你若是說一句修行路上達者為先，就很機敏過人了。」

陸雍不知道姜尚真葫蘆裡賣什麼藥，只得苦笑道：「前輩高見，陸雍資質魯鈍，不然這輩子也不會只能跟丹砂草木為伍。」

姜尚真問道：「我這兩百年，需要親手打理福地事務，忙得焦頭爛額，出門不多，比瞎眼瞎還不如。陸宮主坐鎮這天闕峰仙家渡口，迎來送往，你可聽說桐葉洲之外，尤其是最近百年，浩然天下出了哪些出名的年輕劍仙？」

陸雍想了想，試探性說道：「劍氣長城的那位？」

姜尚真氣笑道：「陸雍你是真當我傻啊？我會沒聽說過他？」

陸雍忐忑不安，趕緊亡羊補牢，開始掰手指計算別洲有哪些名動天下的劍仙，給姜尚真說了一大串如雷貫耳的劍修名號，都是最近百年風頭最盛的著名劍仙，關鍵是年紀都不算大，有八人之多，中土神洲有四個，俱蘆洲有三個，小小的寶瓶洲竟也出了一個——前幾年剛剛躋身玉璞境的劍仙魏晉。相較前邊七個，風雪廟神仙臺的魏晉，境界暫時不高，但是未來成就極其清晰，所以連桐葉洲這邊都有所耳聞，甚至像青虎宮陸雍這樣的元嬰老修士，因為魏晉的關係，才得以頭回聽說那個寶瓶洲兵家祖庭之一的風雪廟。

一個個名字和大致事蹟聽在耳中，姜尚真始終搖頭，只說「不對，差太遠了」。

陸雍也沒轍。

鍊氣士中劍修本就稀少，劍仙更是少之又少，能夠以元嬰境無視一道大門檻的差距，斬殺玉璞境，世間唯有劍修。

最近百年中鋒芒畢露的「年輕」劍仙，一心煉丹的陸雍真就只聽說這麼多了。

姜尚真不再為難陸雍，自己內心也頗為無奈，之前兩甲子，一甲子去了趟雲窟福地，平定了一場千年難遇的大亂，受了不輕的傷勢，之後一甲子光陰耗在了藕花福地，閉關休養，對於天下大勢實在是無暇顧及。

差不多兩百年，山下凡夫俗子都死了多少回了，可對姜尚真這些山頂修道之人而言，尤其是還有望百尺竿頭、更進一步的，其實對於光陰流逝，感觸不深，一步跨得出，站得穩，就可以多出數百年甚至是千年壽命。

山下人間的是非恩怨，實在不值一提，長生之下，道非道也。

姜尚真視線微微低斂，身後這座青虎宮號稱供奉著所有道家神仙，而眼前腳下這條登天階梯，三千級，便是寓意「大道三千」。

聽上去道路還挺長，可有幾人走得到真正的最高處。大道大道，可不是說這條路有多寬啊，相反，越往上走，腳下道路越窄，甚至會是座獨木橋。

只不過姜尚真有自知之明，自己所修之道、所走之路再高，也不會高成一座獨木橋，不至於需要他去與前邊的飛升境廝殺爭道，也不會有後人需要擠掉他才能繼續前行。

關於那名海上劍修是何許人也，估計還得返回玉圭宗，跟老宗主討教才行。他老人家別的本事不說，小道消息那是比誰都靈通。老宗主那種恨不得連新進女弟子穿什麼顏色的肚兜都想問出答案，山頭之間供奉們潑婦罵街一般的吵架，他都要去貼牆根偷聽的習慣，真是……頂好的。

世上有幾個仙人境的山巔修士，會躲在府邸內，每天看過小門派各色仙子們，透過各自山門鏡花水月的神通，花枝招展，搔首弄姿，展露所謂的「才情」，就會往那些門派匿名寄出大把大把的小暑錢，甚至是偷偷溜出宗門，親自給她們送機緣送法寶的？

玉圭宗每年靠著雲窟福地的提成，富得流油，老頭子你身為一宗之主，他娘的還有臉皮跟我姜尚真喊兜裡沒錢心裡好慌？還一臉豪氣地跟我說尋見了一位同道中人，是那寶瓶洲一個名叫無敵神拳幫的老幫主？還要找個機會去拜會一下？

姜尚真有些時候真搞不懂，老宗主到底是怎麼修成的仙人境。

幾乎從不與他姜尚真談論大道的老宗主，在他剝離謫仙人周肥身分重返宗門後，竟然語重心長地跟他掰扯了半天，說他不該如此對待世間女子，藕花福地那座春潮宮的女子，可憐啊。姜尚真挨了半天訓後，老傢伙就讓他去西海截殺大妖，一件裝樣子的宗門重器都沒給，估計是真生氣了。

反倒是那個被姜尚真帶出福地的鴉兒，一到宗門，就被賞賜了件老頭子自己私藏的法寶，當然是假借姜尚真的名義。

一行六人，走在青虎宮三千級階梯上，陳平安有些奇怪，一路沒有遇到任何人，抬頭望去，雲霧遮蔽視線，看不到那座青虎宮。

裴錢扯了扯陳平安的袖子，輕聲道：「上邊站著兩個人，好像正等著咱們呢。」

陳平安心一沉，難道大泉王朝那邊有誰還不肯收手？

就在此時，似乎是察覺到自己被發現了，那兩人走下了臺階，從雲海中緩緩走出——一位是玉樹臨風的年輕人，一位是仙風道骨的老神仙，只是老者明顯慢了一個身位，像是扈從。

陳平安腳步依舊不急不緩，袖中雙指間拈著那張青色材質的鎮劍符。

遙遙望去，上邊兩人看似步子慢，實則極快，轉瞬間就站在了距離陳平安一行人七、八級臺階的上方。

裴錢覺得那個年輕人有些眼熟，便躲在了陳平安身後。

姜尚真開門見山道：「陳平安，藕花福地一別，又見面了，看來我們緣分不淺。」

陳平安問道：「春潮宮周肥？玉圭宗姜尚真？」

姜尚真笑咪咪道：「是也。」轉頭對陸雍笑道：「這才叫真正的好眼光。」

陸雍無言以對。

陳平安笑道：「沒想到你這麼快就找上門了。」

姜尚真收斂笑意，神色認真道：「陳平安，你跟周仕和鴉兒的恩怨，我不管了。無論你信不信，我在藕花福地的城頭上，就想過是不是離開藕花福地之後，找到你，請你去我姜氏當個供奉，雲窟福地的許多機緣，只要你有本事，任你擷取，我姜尚真樂見其成。只是後來你執意要殺陸舫和周仕，我確實動了殺機，想要回到桐葉洲，做點什麼，可是即使請了陰陽家修士幫忙，仍是找不到你，後來又有件事要做，便耽擱了。」

陳平安嘆了口氣，道：「不過還是被你找到了？」

姜尚真心中微微訝異。

離開藕花福地這才多久，為何感覺是兩個陳平安了？不在修行，而在心境。

陳平安身後那四人，應該就是福地傳說中的那些歷史人物了，負劍女子應該是陸舫經常提起的女子劍仙隋右邊，其餘三人，大致猜得出身分，只是暫時無法對號入座。佩刀的高大男子，是傳說中那個年輕時英俊無雙的武瘋子朱斂？精悍矮小的漢子，是魔教開山鼻祖盧白象？那個笑咪咪的佝僂老人，是南苑國開國皇帝魏羨？

陳平安能夠擁有這四名扈從，姜尚真有些驚豔和羨慕，只是還不至於太過嫉妒。

陸雍此時心中叫苦不迭，聽姜尚真的口氣，還真是結下大仇的死對頭，那個小仙師修為似乎不高，那就肯定是背景太硬，以至於姜氏家主此刻露了面，都不敢隨手打殺？難道是桐葉宗那個老變態的嫡系子孫？

姜尚真開心笑道：「陳平安，你沒有一見面就擺出與我拚命的架勢，我就放心了。我們一邊登山一邊閒聊？」

陳平安簡明扼要道：「好。」

於是陳平安和姜尚真並肩而行。

陸雍隨後跟上，裴錢悄悄與這位元嬰地仙走在同一級臺階上，只是隔著好幾步遠，偷偷打量著這個山上的老神仙。

只要陸雍一有轉頭的跡象，黑炭小女孩就立即跟著扭頭望向遠處風景，手中行山杖篤篤篤敲在臺階上。

陸雍大感訝異，這小閨女越看越覺得有靈性啊。

雖然這位青虎宮宮主打架的本事稀拉無比，到底是元嬰修為，一棵修道苗子好不好，大致能走到什麼高度，還是能看出個一二。

姜尚真先問過了四名扈從的身分，陳平安沒有掩飾。

姜尚真得知真相後，發現自己就沒一個猜對的，一拍額頭，自嘲道：「我的眼光跟陸雍有得一拚。」

氣氛彷彿並不凝重，不似寇仇相見分外眼紅，反倒如老友重逢，或是談笑泯恩仇？可事實如何，就只有姜尚真和陳平安自己心裡有數了。

姜尚真問道：「此次北行，可還順利？」

陳平安搖頭道：「磕磕碰碰，跟大泉王朝兩位皇子都起了不小的衝突。」

「哦？」

姜尚真轉頭問道：「陸宮主，大泉皇帝叫什麼？」

陸雍趕緊答覆：「劉臻。」

姜尚真望向陳平安，道：「我把他們老子拎過來，要他給你道個歉？去趟蜃景城很快的，要不了多久，說不定你在青虎宮吃頓齋飯的工夫，劉臻就站在你跟前了。不過大泉王朝是大伏書院管著的，書院山主很有來頭，出自中土神洲的一座聖人府邸，有個當學宮大祭酒的兄長，你到時候別打死劉臻就行，不然我不好擦屁股。對那皇帝老兒飽以一頓老拳什麼的，當然沒關係。」

陳平安道：「你真不用這樣做。你能不能給我透個底，這次找我是為了什麼？把我攔在天闕峰渡口，然後抓去玉圭宗？」

姜尚真爽朗大笑，抹了把嘴，自顧自樂呵道：「屁顛屁顛趕來的路上，我倒是想過這麼做。找你找得辛苦，說沒有半點怨氣，那是自欺欺人。其實玉圭宗是有弟子在蜃景城那邊修行的，不然我還真沒辦法在青虎宮守株待兔。

與你直說了便是，我在蜃景城待了一天，詳細瞭解了你的所做所為後，還去見了那個姓姚的新任兵部尚書，也就只是遠遠看了眼，然後要蜃景城那名弟子以後幫著照拂姚氏，我自個兒就直奔青虎宮，就為了見你一面。」

陳平安停下腳步。

姜尚真依舊拾級而上，淡然道：「到了上面，自會與你挑明一切。」

陳平安跟上姜尚真，一起步入那座圍繞天闕峰的雲海。

這層繞峰流轉的雲海，可不普通，正是青虎宮的護山大陣，凡夫俗子深陷其中，就會名副其實地如墜雲霧，視野所及，空無一物。這段路程白霧茫茫，走了一會兒豁然開朗，見到了一座雄偉宮觀，原來是登頂天闕峰了。

陳平安站定，正了正衣襟，扶了扶頭頂那支白玉簪子。

姜尚真依舊瀟灑前行，走出去數步，見陳平安仍然站在原地，轉頭望去，發現這個打死丁嬰的年輕人，神色十分奇怪。

等到陸雍、裴錢以及魏羨四人都走到了山頂，陳平安還是站在那裡，一動不動。

裴錢順著陳平安的視線望去，發現宮觀那邊，人頭攢動，似乎都在好奇是何方神聖，能夠讓宮主和那位玉圭宗大人物親自迎接。

在青虎宮那邊的觀望之人多是年紀不大的錬氣士，還有不少跟裴錢差不多大的孩子。

裴錢小聲問道：「咋了？」

陳平安回過神後，一隻手輕輕按住裴錢的腦袋，微笑道：「最早的時候，我跟他們一模一樣，站在大門口，看著別人。」

陳平安繼續前行，跟隨姜尚真直接去往蛟龍布雨石壁那個方向的仙家渡口。

陸雍看了眼青虎宮那邊的子弟，一個個惹人笑話，一揮袖，沉聲道：「都回去修行！成何體統，不像話！」

經過那堵蛟龍隱於雲霧若隱若現、變幻莫測的石壁，走出三、四里路，就到了天闕峰渡口。渡口處有一艘懸停崖畔的巨大樓船，船底下竟飛旋著無數青色鳥雀，像是牠們以羽翼托起了這艘浮空大船。

陸雍心情複雜，這艘渡船本該昨天就動身去往寶瓶洲老龍城了，只是被姜氏家主阻攔下來，手段很簡單，砸錢。

青虎宮沒敢跟姜尚真收錢，渡船所有乘客，都額外得到了一筆等同於路費的小暑錢，陸雍讓一位長老去當的善財童子。也有不長眼的，罵罵咧咧，不願收錢，只想要跟青虎宮討要個說法，青虎宮招惹不起，姜尚真就到渡船上，一巴掌把那名桐葉洲北方金丹修士從天上渡船打入了清境山一座低矮山峰之中。

青虎宮遣人去將奄奄一息的金丹修士，從山壁中拔出來，慘不忍睹。可知道了姜尚真的身分後，金丹修士拖著病軀，硬生生咬牙重新登山，與那個一露面半句話不說就動手傷人的姜氏家主賠罪道歉。

陸雍從頭到尾，盡收眼底。

見著那艘船底鳥雀盤旋的仙家渡船，裴錢激動不已，恨不得立即施展一番瘋魔劍法，那可就是劍劍不落空啊。

魏羨等四人也是第一次見到這番神奇景象，雖然臉上無動於衷，心裡仍然感慨萬分。

這就是浩然天下了。

姜尚真站在渡口旁，笑道：「我就只送到這裡了。」

陳平安點了點頭。

姜尚真猶豫了一下，道：「能不能問一句，你師承何人？」

陳平安笑著不說話。

姜尚真仍不死心，又道：「我無惡意。」

陳平安搖搖頭，道：「不是故意瞞你，而是我沒有嚴格意義上的師父。」

教他燒瓷的是不願意收他為徒的姚老頭，教他劍氣十八停的是阿良，教他拳法的是十境武夫崔姓老人，教他學問的是齊先生和文聖老秀才，教他畫符的是李希聖。

教他要與人為善的，是爹娘。

姜尚真無奈道：「好吧，不願意說就不說。我這次找你，是有人託付我，交給你一樣東西，我已經小心裝在一只瓶子裡頭。你收下後最好放入方寸物中，在你覺得到了真正安然無恙的地方之前，不要拿出來。」

陳平安兩次遊歷，也算見識了不少，比如在飛鷹堡外就見過千里送人頭的，但是與自己結仇的姜尚真，竟然跑這麼遠就為了送自己東西，陳平安打死都不相信。

姜尚真看著毫不掩飾戒備眼神的陳平安，一跺腳，施展神通隔絕出一座小天地，苦笑道：「扶乩宗之亂，你聽說過吧？」

陳平安點點頭。

姜尚真指了指自己道：「那頭大妖受傷後，仗著皮糙肉厚，仍是逃入了西海。我呢，剛好就是去追殺大妖的三人之一，其餘兩個，太平山宗主宋茅，還有個桐葉宗管譜牒的老王八蛋。大妖傷重，難逃一死，只是我和桐葉宗的，都不願意下死手，怕惹急了大妖來一個玉石俱焚，傷了我們自身的修為，就想著慢悠悠跟著大妖耗死它，一路上還能欣賞欣賞風景，聊聊天。」

陳平安知道那場追殺，絕對不是姜尚真說的這麼輕巧愜意。

姜尚真轉頭望向西邊，唏噓道：「然後我們三個就遇到了一位劍修，那真是一身劍氣沖斗牛，天生一副俠義心腸，脾氣還好，一劍斬殺了大妖不說，還喜歡跟咱們講道理，更不貪圖大妖身軀……」說到這裡，姜尚真一拍額頭，「真編不下去了……」姜尚真眼神驟然間凌厲起來，盯著陳平安，「那名劍修問起了誰認識你陳平安，我便照實說了，他沒有多說什麼，只是去而復還，說了句『妖丹歸我了』。就只有這麼一句話，太平山和桐葉宗就沒了任何異議，將一頭十二境大妖最寶貴的妖丹，任由我剖挖取走。我清楚那名劍修的意思，所以才來找你，就是為了將妖丹交到你手上。」

陳平安臉色如常，道：「那名劍修，我認識，叫左右。」

認識？就這樣？左右？

真是個陌生的怪名字。難道真是這兩百年才冒頭的年輕劍仙？

姜尚真都想跳腳罵娘了，他凝視著陳平安的眼睛，手中多了一只半臂高的精美瓷瓶，問陳平安道：「你知道這顆妖丹的價值嗎？你知道什麼樣的劍修，才能夠一劍斬殺現出真身的大妖嗎？」

陳平安搖頭又點頭道：「妖丹的價值，我不知道，但是左右的劍術，我知道。左右親口對我說過，他的劍意比阿良低，劍術……比阿良高。我相信他。」

姜尚真面容僵硬，歪著腦袋，伸手揉了揉臉龐。

陳平安啊陳平安，你能不能別用這種輕描淡寫的口氣，講一個自稱「劍術比阿良還要高」的朋友？

陳平安也察覺到端倪，笑道：「放心，我與簪花郎周仕和魔教鴉兒的恩怨，跟你關係不大。再者，就算我去求左右，他也不會答應我，對你姜尚真出劍。」

自稱大師兄的左右，那可是捏著鼻子才認的自己「小師弟」。

放心個屁！姜尚真倒不是不相信陳平安的話，而是那個叫左右的劍仙，出劍需要理由嗎？估計他一個心情不好，就劈在玉圭宗山頭上了吧。你陳平安要不去問問桐葉宗那老王八蛋現在的感受？接了一劍過後，為了不接第二劍，連那張老臉都不要了！

姜尚真打定主意，以後遠離陳平安為妙。

接過裝有妖丹的瓶子，陳平安沒有二話，趕緊收入方寸物當中。

姜尚真輕聲道：「這只瓶子也算件不錯的法寶，就當是我姜氏的賠禮了。至於你和周仕以後能不能遇上，遇上了又會如何，以後再說吧。」

裴錢瞥了眼陳平安和那個傢伙，就不再多看。

山神娶親是第一次，伸手指向頭頂渡船是第二次，事不過三。

裴錢是看得到兩人，忍著不多看。陸雍和魏羨四人是看不到，便不再多看。

片刻後，兩個身影重新出現在眾人身邊。

陳平安率先走向渡船，裴錢立即跟上，四人隨後。

陳平安登上渡船後，轉身向姜尚真抱拳道：「一碼歸一碼，謝了。」

姜尚真笑著點頭，多少年沒有這種如釋重負的感覺了？

早有青虎宮管事在船頭等候，小心翼翼領著陳平安他們登上渡船頂樓。

姜尚真依舊望向渡船，久久無言，陸雍就只能老老實實陪著這位姜氏家主發呆。

渡船本就只是在等待陳平安一行人，此時很快就緩緩升空，往北而去。

姜尚真收回視線，輕聲道：「貴客臨門，你們青虎宮就不打算送點什麼給這位陳仙師嗎？」

陸雍心一緊，識趣道：「理所當然，要送要送，只是還望前輩提點，該送些什麼才穩妥？」

姜尚真冷笑道：「什麼貴重送什麼啊，好歹是個元嬰，還需要我教你送禮？」

陸雍一咬牙，小心翼翼道：「若是那位陳仙師婉拒，青虎宮該如何做？」

姜尚真轉過頭，眼神冷漠道：「哭啊、鬧啊、上吊啊，人家能不收下？天底下騙人錢財進自己口袋不容易，送錢還難？青虎宮這點小事都做不到，你這個當宮主的，怎麼不去死啊？」

陸雍大汗淋漓，連連點頭道：「前輩教訓的是，我心裡有數了。」

姜尚真冷哼一聲，又道：「不管你陸雍送出什麼，回頭報個價給我，我雙倍償還青虎宮。」

陸雍剛剛有一番打算，不承想姜尚真瞇起眼，陰沉道：「別跟我在這種破爛事上抖機靈，該是多少錢就是多少錢，你陸雍和青虎宮還沒資格，讓我姜尚真欠人情。」

陸雍趕緊點頭如小雞啄米。

姜尚真突然自嘲一笑，拍了拍陸雍肩膀，和顏悅色道：「方才想明白一件事，所以我打算在青虎宮多待一天，你挑選幾個順眼的子弟，我親自為他們講一講修行之事。如果其中真有上好的修道胚子，我送你青虎宮一個去往雲窟福地的名額。嗯，別忘了，長得歪瓜裂棗的，資質再好也別來礙我的眼，與人傳道授業解惑，還是要講究一個賞心悅目的。」

陸雍心中狂喜，終於發自肺腑地作揖感謝道：「前輩大恩，陸雍銘記在心！」

修行路上，從來是福禍相依，禍，扛不扛得下，福，接不接得住，都是自身的修行。比如哪怕是姜尚真這樣的山頂神仙，要是換成了那個謫仙人周肥的身分，遇上一旦起了殺心的丁嬰，一樣就只能死在藕花福地了。

登上渡船頂樓後，一行六人，各自皆是頭等廂房，當然陳平安的屋子更是大到誇張。

魏羨四人拿了玉牌和鑰匙後，默契地跟隨陳平安。

裴錢關上門後，丟了行山杖，在幾間屋子串門，跑來跑去，最後去了那座觀景陽臺看雲海，黝黑臉龐上掛著滿滿的幸福，呆呆眺望遠方。

魏羨也去了觀景臺，其他三人落座，加上一個陳平安。

盧白象笑問道：「主公，方才那位年輕神仙是？」

朱斂已經重新起身，倒了一杯茶水給陳平安，陳平安接過茶杯後，說道：「是玉圭宗姜氏家主，姜尚真，好像是玉璞境修士，而且他掌握著一座品秩很高的雲窟福地，福地版圖極其廣袤，有許多天材地寶。」

朱斂讚嘆道：「少爺何止是往來無白丁，分明呼朋喚友皆是山上仙人。」

隋右邊看了眼神色從容的陳平安，然後給自己倒了一杯茶水。

陳平安搖頭道：「不是什麼朋友。」

盧白象感慨道：「玉璞境，那就是已經躋身上五境了。」

陳平安已經給他們大致講過純粹武夫與鍊氣士的各自境界劃分。

武夫第七境金身境、八境遠遊境、九境山巔境是世俗武夫眼中的武道止境，但是世間其實猶有十境，可哪怕如此，陳平安跟他們說十境依舊不是武道止境。

鍊氣士中五境——洞府境、觀海境、龍門境、金丹境、元嬰境，上五境只知玉璞境、仙人境、飛升境，其餘二境，則失傳已久。

觀景臺那邊，裴錢看過了風景壯闊的雲卷雲舒，又開始覺得有些乏味了，唉聲嘆氣起來對魏羨道：「老魏啊，我跟你說點心裡話唄？」

魏羨「嗯」了一聲，站在欄杆那邊，渡船航行在雲海上方，應該有仙家陣法庇護，才能夠使得這渡船的觀景臺不受天上大風的激盪，唯有舒適的清風拂面。

裴錢踮著腳尖，愁眉苦臉道：「我爹還是不願意教我絕世劍術。」

魏羨淡然道：「飯要一口一口吃。」

裴錢蹲在地上，背靠欄杆，愁眉苦臉道：「愁啊。」

魏羨低頭瞥了眼黑瘦小丫頭，安慰道：「沒關係，明天還是這副鳥樣，習慣就好。」

裴錢抬起頭，眼神幽怨，問道：「老魏，你這樣的人，能找著媳婦嗎？」

魏羨想了想，道：「找得到，都是別人幫我找的，不過我最喜歡的那個，沒能娶進家門。」

裴錢問道：「為啥？嫌棄你長得醜？那也怪不得別人姑娘啊。」

這一大一小，安慰人的「本事」，相差無幾。

魏羨趴在欄杆上，似乎回憶著什麼：「倒不是嫌棄我的模樣，她也好看不到哪裡去。就是那時候我家裡窮，一心想著以後掙了大錢就娶她，後來世道亂，她死了，我沒死。」

裴錢站起身，拍了拍魏羨胳膊，安慰道：「行啦，都是過去的事了，你想啊，這都過去多少年了，你還念著她呢，可不就算是她還活著嗎？不錯啦，說不定當年娶了她，越看越煩哩，你肯定也當不成皇帝老爺了。」

魏羨點了點頭，贊同道：「是這個理。當年我身邊就沒誰能夠講明白，那麼多考取功名的，書全讀狗肚子裡去了。」

裴錢笑嘻嘻問道：「老魏，你覺得我能當多大的官？」

魏羨說道：「娘們當不了官。妳這樣子，長大了估計也是個醜姑娘，即便進了宮，一輩子也見不著皇帝。」

裴錢一腳踹在魏羨的腿上，怒氣衝衝道：「老魏，你咋是個老流氓呢？」

魏羨呵呵笑著，這位藕花福地萬人敵，最近心裡頭難得有些小小芥蒂，現在也沒了。

其實也不能怪陳平安噁心人，還是他魏羨自己嘴賤，好死不死問了陳平安關於南苑國後世的歷史，尤其是史書對他魏羨的評價。

陳平安當初察覺到南苑國不對勁後，就翻閱了許多正統史書和稗官野史，關於開國皇帝魏羨，自然翻到不少，其中就有種種魏羨誕生時的祥瑞和傳奇，比如說魏羨父親有次去田地裡勞作，見到妻子仰臥在道路上，有白龍盤踞其上，然後就懷上了魏羨……

魏羨在那次閒聊之後，就再沒跟陳平安說過話。

裴錢這個唯恐天下不亂的，當時就笑得捧著肚子滿地打滾。這段時間就經常拿這個噁心他，比如她走山路的時候故意挺起大肚子，然後在魏羨身邊打轉，還嘴裡嚷嚷著哎喲哎喲的。最後是給陳平安扯得耳朵生疼，外加一記結結實實的爆栗，裴錢才消停了，還跑來跟魏羨道了歉，但背對著陳平安的時候，還是擠眉弄眼的呢。

魏羨不至於跟這丫頭置氣，可總歸開心不起來。

裴錢抬頭看著魏羨的側臉，突然說道：「老魏，對不起啊，以後我不笑話你了。」

魏羨咧咧嘴，笑道：「麼（沒）的事。其實這算什麼，還有好些事情，南苑國的史官沒膽子寫……」

裴錢小聲道：「比如？你給我說道說道，咱倆小聲些說。」

魏羨輕聲道：「多了去了，比如那會兒，我在鄉裡綽號鼠八，家裡窮，就偷雞摸狗，後來還幹過剪徑草寇、販賣私鹽的好些腌臢勾當。至於我娘親，可沒被什麼白龍趴在身上過，倒是我親眼看過她偷漢子，只是我沒吱聲。那漢子人不錯，比我爹會做人多了，後來為了救我，那漢子堵在巷子裡，被匪人把整個後背砍爛了，還喊著讓我快跑。我能怎樣？跑唄，反正到最後，我也沒能找到殺他的凶手。」

裴錢一邊嘆氣，一邊轉身走向陳平安，驟然快跑，哈哈大笑道：「魏羨他娘親——」

陳平安轉頭望向一臉歡天喜地正要揭人傷疤的裴錢，怒道：「閉嘴！回去道歉！」

裴錢嚇得噤若寒蟬，眼眶一紅，立即跑回觀景臺，正要開口跟魏羨道歉，魏羨卻笑著拍了拍她小腦袋，道：「行啦，哭啥，屁大點事。下次換妳請我吃串糖人。」

裴錢趕忙答應下來，可仍是戰戰兢兢，怯生生瞥了眼屋子裡的陳平安。完蛋，是真生氣了。

她趕忙抱住魏羨大腿，哽咽道：「等會兒我爹要把我丟下船，你一定要抓住我。」

魏羨無可奈何，轉頭望向屋子那邊，笑道：「真沒事。」

陳平安猶豫了一下，點點頭，站起身，對裴錢說道：「過來。」

裴錢趕緊到了隔壁書房，手腳麻溜地關上門，這才耷拉著腦袋，一副挨罵決不還口、挨打決不還手的可憐模樣。

陳平安沉聲道：「老魏是不是妳朋友？」

裴錢想了想，不敢撒謊，老老實實回答：「半個。」又匆忙補充了一句：「半個已經很多了，小白還沒有半個呢，就老魏有。」

陳平安問道：「關於朋友，那兩本書上怎麼說的？」

裴錢不假思索就說道：「友直、友諒、友多聞，益矣。忠告而善道之，不可則止，勿自辱。日三省乎己，與朋友交而不信乎？君子待人以誠……」

裴錢竹筒倒豆子，說了一大通。

陳平安問道：「那妳做到了哪一句？」

裴錢低著頭，小聲嘀咕道：「書上說的，又不是你說的。」

陳平安氣得不行。

裴錢輕聲道：「我知道錯了，除了不該笑話老魏，還有老魏待我以誠，我也應該以誠待之。」

陳平安這才臉色稍稍好轉，黑著臉道：「拿上書，去觀景臺大聲讀書。」

裴錢問道：「我會背了，不拿書，行不行？」一見陳平安又要生氣，裴錢立即轉身就跑，說：「要拿書的，不然誠意不夠，愧對寫書的聖賢。」

陳平安嘆了口氣，又想起了泥瓶巷的顧璨那個小鼻涕蟲，都不是讓人省心的傢伙。

觀景臺上，裴錢雙手高高拿著書，不用翻書頁，就開始大聲朗誦起來，假裝翻書頁的時候，轉頭滿臉得意，對魏羨輕聲笑道：「老魏，我爹覺得我這次認錯的話說得對哦。」

魏羨伸出大拇指，以示嘉獎。

裴錢搖頭晃腦，結果腦袋上給人一記爆栗砸下去。

裴錢頭都不敢轉，哭喊道：「我不敢了，我錯了，真的不敢了……」

朱斂「嗯」了一聲，負手轉頭而走：「好的，孺子可教，還有救。」

裴錢猛然轉頭，正要跟這個老王八拚命，結果剛好看到陳平安走出房間，立即憋下這口惡氣，乖乖轉頭，繼續背書。

不久之後，除了裴錢還留在觀景臺背書，就只剩下盧白象還在桌旁，與陳平安相對而坐。

盧白象笑問道：「主公，你就不問我那句話的內容？」

陳平安摘下養劍葫蘆倒了兩杯酒，遞給盧白象一杯，笑道：「想說就說，你不想說，我又能如何？」

朱斂曾經以為陳平安之所以對盧白象刮目相看，是因為後者第一個說出了那句話，算是第一個投誠的「叛徒」。

恰恰相反，盧白象至今未說，是畫卷四人中的最後一個。

盧白象神色古怪，喝過了一杯酒，才說道：「我那句話，其實相比他們三個，應該是最沒有意義的，『花錢如流水，開不開心』。」

陳平安無奈道：「的確是那人的口氣。」

盧白象問道：「以後能不能不喊主公？」

陳平安搖頭道：「那可不行，聽著挺帶勁的。」

盧白象怎麼都沒想到是這麼個答案，本以為陳平安極有可能會答應下來。

陳平安哈哈笑道：「不用喊，開個玩笑。」

盧白象緩緩起身抱拳行禮，微笑道：「陳平安以國士待我，盧白象必以國士報之。」

陳平安也只好跟著起身，還禮道：「這話換成朱斂來說，我還習慣，你來說，不太適應。」

盧白象笑著告辭離去。

陳平安獨自坐在桌旁，耳邊讀書聲不斷，過了許久，說道：「回屋子。」

裴錢就等這句話了，合上書本，歡快地跑回屋子，一屁股坐在凳子上，給自己倒了杯茶，嗓音沙啞道：「渴死我了。」

陳平安問道：「真不記恨我？」

「啊？」裴錢一臉茫然，神色並非作偽，「為啥記恨？」

陳平安笑著不說話。

裴錢可憐兮兮道：「今天能不能不抄書啊，爬了那麼多階梯，可累了。」

陳平安「啪」一下，貼了一張符籙在裴錢額頭，道：「這張寶塔鎮妖符，歸妳了。」

裴錢正要歡呼，陳平安已經說道：「回自己屋子抄書去。」

裴錢一琢磨，自己賺大了啊，於是利索地重新挎好包裹，手持行山杖，蹦蹦跳跳抄書去了。

陳平安走到觀景臺。

已經是第幾次乘坐仙家渡船了？

隋右邊在自己屋子閉目養神，桌上放著那把越來越露鋒芒的癡心劍。

養了這麼長時間的劍後，隋右邊能夠清晰感受到一股劍意在劍鞘內遊走。

劍意，而非劍氣。

那晚大戰落幕後，她跟隨陳平安離開破廟，兩人有過一番對話。

陳平安的言語，有些說得很不客氣：「當下兩枚金精銅錢，我可以不用妳還，但是從今往後，魏羨、朱斂和盧白象，他們三個，花了我的金精銅錢，還不還，待定，可是妳必須還，不過什麼時候還，不講究，只是話我得先說清楚，醜話說在前頭，總好過到時候妳跟我翻臉。」

有些則說得很讓人懷疑：「妳別覺得我沒資格與妳說修行和劍道，我見過天底下劍術和劍意幾乎是最強的兩個劍修。我雖然練劍不久，但是我已經知道劍術和劍意在這座天下的最高處在哪裡，一步步走去那邊就行了。」

有些則說得玄乎：「修行一事，重在叩心關。你們四個，曾經都是藕花福地的天下第一人，自己有自己的道路要走，而且會走得格外堅定。比如妳，就一心想要劍術通神，越是志向高遠，妳現在就越絕望，但是相信我，天無絕人之路！」

最後隋右邊詢問陳平安為何唯獨她，必須要償還金精銅錢。

那個傢伙，當時神色嚴肅，回答道：「我有個喜歡的姑娘，下次我去找她的時候，她要翻看我的家底，萬一對不上帳，而且還是因為其他女子，我怎麼跟她解釋？」

劍氣長城，大戰告一段落。

夜幕中，這座天下，雙月懸空。

走馬道上，大小新舊兩座茅屋那邊，寧姚坐在茅屋裡正對著的那處城牆上，膝蓋上疊放著壓裙刀和槐木劍，怔怔出神。

那位名為陳清都的老大劍仙，來到寧姚身邊，盤腿坐下，道：「既然暫時空閒下來，那麼有件事就可以告訴妳了。」

寧姚疑惑轉頭。

老人笑道：「那把長氣劍，我本來是想著將來哪天送給妳的。」老人擺擺手，打斷寧姚的開口，道：「但是此次妖族攻勢，極其奇怪，我怕送妳，反而是禍事。剛好陳平安要重建長生橋，我就讓他背著長氣劍去桐葉洲找那座觀道觀。借劍前，我私底下與他明言，背了長氣劍，好處一大把，可是壞處更大，要擔因果的，是寧姚與妖族之間的大因果。」

陳清都微笑道：「那孩子……第一次流露出很不一樣的眼神和臉色，哪怕他與曹慈一戰，咱們就在旁邊看著他連輸三場，眼神都不曾那麼明亮。真是讓人記憶深刻。」

陳清都轉頭問道：「寧丫頭，妳怎麼不生氣？不怪我多此一舉，讓他擔風險？」

寧姚翹起嘴角，道：「生氣？我不生氣。我是寧姚！他是陳平安！」

意氣風發，好像在說，我寧姚喜歡的傢伙，願意這麼做，她半點都不奇怪！

陳清都跳下牆頭，走向茅屋，嘖嘖道：「大晚上的，還要挨這麼一劍，我也是自找苦吃。」

寧姚雙手托著腮幫，開始想念他，滿臉驕傲的笑意。

哈，我的眼光怎麼就這麼好呢？

她突然眉頭緊皺，想起在泥瓶巷住宅有過一次對話，自言自語道：「啊？到最後還是我缺心眼？」

她站起身，收起了曾經借給他的壓裙刀以及跟他借來的槐木劍，然後一邊學著那個笨蛋出拳而走，嘴裡一邊道：「我寧姚一隻手，能打五百個大劍仙陳平安！」她停步轉身，望向那座蠻荒天下，雙臂抱胸，神采飛揚，「就問你們怕不怕？」

老大劍仙陳清都啞然失笑，好嘛，真要有這麼一天，天底下誰敢不怕？

當初在天闕峰渡口旁，姜尚真最後問了陳平安一個小問題：「為何要在乎那些青虎宮子弟的觀感？而且你那是……想給他們留個好印象？圖什麼？至於嗎？」

姜尚真當然看得破障眼法，知道法袍金醴和養劍葫蘆的不俗，但是真正讓姜尚真感到奇怪的物件，是陳平安別在髮髻間的那支白玉簪子，材質普通。

他稍稍留心，就發現了玉簪上篆刻有八個小篆。

言念君子，溫其如玉。

——劍來【第二部】（六）亂起太平山　完

高寶書版集團
gobooks.com.tw

DN 298
劍來【第二部】（六）亂起太平山

作　　者　烽火戲諸侯
責任編輯　高如玫
封面設計　張新御
內頁排版　賴姵均
企　　劃　何嘉雯

發 行 人　朱凱蕾
出　　版　英屬維京群島商高寶國際有限公司台灣分公司
　　　　　GlobalGroupHoldings,Ltd.
地　　址　台北市內湖區洲子街88號3樓
網　　址　gobooks.com.tw
電　　話　(02)27992788
電　　郵　readers@gobooks.com.tw（讀者服務部）
傳　　真　出版部(02)27990909　行銷部(02)27993088
郵政劃撥　19394552
戶　　名　英屬維京群島商高寶國際有限公司台灣分公司
發　　行　英屬維京群島商高寶國際有限公司台灣分公司
初版日期　2023年12月

本書中文繁體字版由浙江文藝出版社有限公司授權出版。

國家圖書館出版品預行編目(CIP)資料

劍來第二部（六）亂起太平山/烽火戲諸侯著. --
初版. -- 臺北市：英屬維京群島商高寶國際有限公
司臺灣分公司, 2023.11
　面；　公分.--

ISBN 978-986-506-844-8（平裝）

857.9　　112016540